KB164725

고양이가 사는 집

정정화

울산 울주 배냇골에서 태어나 지금은 언양에서 산다. 2015년 경남신문과 농민신문 신춘문예에 「고양이가 사는 집」, 「담장」이 각각 당선되었다. 단편 「쿠마토」가 『2016 신예작가』에 실렸고, 『한국소설』, 『소설 21세기』 등에 작품을 발표했다. 현재 '소설 21세기' 회원으로 활동하고 있다.

고양이가 사는 집

2017년 7월 25일 초판 1쇄 인쇄
2017년 7월 31일 초판 1쇄 발행

지은이 | 정정화
펴낸이 | 권오상
펴낸곳 | 연암서가
등 록 | 2007년 10월 8일(제396-2007-00107호)
주 소 | 경기도 고양시 일산서구 호수로 896, 402-1101
전 화 | 031-907-3010
팩 스 | 031-912-3012
이메일 | yeonamseoga@naver.com
ISBN 979-11-6087-009-1 03810
값 13,000원

* 이 책은 울산문화재단의 문화예술육성지원금을 받아 펴냈습니다.

고 양 이 가   사 는   집

정정화 소설집

연암서가

어머니가 집 안에서 넘어지셨다. 여든넷에 대퇴경부 골절로 꼼짝 못하고 누우신 어머니. 당신의 기저귀를 갈아주다가 살이 흐물거리는 가는 다리를 보자 눈물이 났다. 그 튼실하던 젊음은 어디로 간 걸까. 뒷산을 누비며 싸리를 쪄서 내다 팔고, 갈대를 꺾어 빗자루를 만들고, 손가락 마디마디가 굵어지도록 농사짓던 억척은 어디에도 없다. 자식들이 커가는 모습을 지켜보며 머금던 환한 웃음은 어느 주름살이 감아간 걸까. 터진 양말을 깁다가 골짜기에 쌓인 눈을 보며 읊으시던 멋진 시조 가락은 내 가슴에 남아 있는데. 배냇골에서 언양까지 가파른 고갯길도 거뜬히 넘으시던 어머니, 당신은 신라 현인 사파의 말씀처럼 '경전을 싣고 다니던 암소'이셨다. 의기소침하고 맥 빠지다가도 다시 거뜬히 일어나는 내 일상의 힘은 당신이 웅얼거리신 그 경전 덕분임을 이제는 안다.

아버지는 학도병으로 6·25에 참전했다가 엄지손가락을 잃으셨다. 그런데도 유공자로 등록되지 못했다. 정씨 농가의 가장으로 팍팍한 삶을 짊어진 아버지는 자주 약주를 드셨고, 전쟁터를 누비는 꿈에 가위눌리다 깨곤 하셨다. 흥과 정이 많은 성격에 입담이 걸어 이웃으로부터 변호사라는 별칭을 지니기도 하신 아버지. 당신의 전쟁 체험을 밤 깊은 줄 모르고 들었다. 총탄이 쏟아지는 사지에서 살아 돌아오는 이야기는 침을 삼킬 정도로 긴장감이 넘쳤다. 아버지가 돌아가신 지 19년, 기억할 수 있는 이야기는 갈수록 줄어든다. 일기장에 적어뒀더라면 소설이 되고도 남음직한 디테일한 서사들이 희미해져서, 아깝다.

그리하여 이 책은 아버지 어머니의 은공이다. 당신 품에서 자란 내가 이번에는 곁에 두고 어르던 아이들을 세상으로 보낼 차례다. 스스로를 부채질한 열정에 가슴이 들뜨기도 하고, 때론 길을 찾아 헤매던 시간이 빚은 글들. 문학을 왜 하는지, 하는 물음에는 작가로서 좀 더 단련한 다음에 하리라고 그 답을 미룬다. 질문만 거듭할지도 모르는, 어쩌면 이 소설집에 그 답을 풀고 있다는 생각에 마음이 상기된다, 방금 받은 연애편지처럼.

순정으로 감사해야겠다. 오랜 시간 지켜봐 준 남편과 두 딸에게 사랑하는 마음을 전한다. 기쁜 마음으로 책을 펴내 준 연암서가에 진심으로 감사하다. 그리고 독자 앞에 즐거운 시간을 내어주는 작가가 될 수 있기를 염원한다. 지금 내 모든 바람은, 어머니의 손을 잡고 거닐고 싶음이다, 배냇골 그 깊은 울주의 골짜기를 느릿느릿.

2017년 6월의 저녁에
정정화

차례

김필립

창밖에 내리던 비는 어느새 눈발이 섞여 진눈깨비로 변해 있었다. 길 건너편 간판은 러시아어로 쓰여 알아볼 수가 없었다. 예카테리나 궁전 앞 삼거리에서 창희는 구스타프 클림트의 그림이 그려진 노란 우산을 펼쳤다. 창희가 가이드를 향해 우산을 내밀었다. 키가 큰 가이드가 창희의 작은 우산 속으로 들어갔다. 내가 누군가와 같은 우산 속에서 빗길을 걸은 적이 있었던가 떠올려보았지만 잘 기억나지 않았다. 가이드를 처음 만나던 날, 자신의 이름을 소개했다. 그가 한국 사람임에도 우리말 이름은 기억나지 않고, 김씨라는 성과 간단하게 불러 달라던 필립이란 애칭만 기억에 남아 있다. 그 이름을 처음 들었을 때 풀잎이라는 낱말이 떠올랐는데, 발음이 비슷해선지 젊음이 주는 싱그러움 때문인지 이유는 잘 모르겠다. 필립은 왜소한 체격이었지만 근육으로 다져진 몸매였다. 흰색 티셔츠에 국방색 사파리를 걸치고 검정 스키니진을 입고 있었다. 눈꼬리가 살짝 올라가 눈매는 매섭게 느껴졌고, 눈에는 핏발이 서 있었다. 말을 할 때 입꼬리가 살짝 올라가서 귀엽기도 했다.

버스 기사는 저녁때 우리를 데리러 온다고 했다. 화장실에서 나온 창희는 얼굴이 파랗게 질려 있었다. 종종걸음으로 내게 와서는 귓속말로 생리대가 있는지 물었다. 나는 고개를 가로저었다. 창희가 같이 온 일행에게 물어봐도 별 성과가 없었다. 사람들이 창희를 흉보는 소리가 들렸다. 칠칠맞지 못하다는 내용이었다. 나는 창희가 생리대를 캐리어에 넣어둔 걸 알고 있었지만 사람들은 그 속사정을 다 알지 못했다. 창희는 필립에게 사정을 얘기하고 도움을 청했다. 식당에서 주문한 음식을 기다리는 사이에 두 사람은 마트에 갔다 오겠다고 했다.

십 분쯤 지나자 필립과 창희가 식당으로 들어왔다. 필립은 식사를 시작하고, 창희는 화장실로 곧장 갔다. 화장실에 갔다 온 창희의 얼굴이 굳어 있었다.

"어떡해! 생리대가 아니고 팬티라이너야."

우리는 할 말을 잃었다. 창희는 식사를 하는 둥 마는 둥 하더니 다시 필립에게 가서 사정을 말했다. 필립은 사람들이 후식을 먹는 동안 같이 가자고 했다. 두 사람이 약국에 간 사이에 몇몇 사람은 화를 냈다. 말도 제대로 하지 않고 갔다는 이유였다. 창희는 줄을 서서 사야 하는 것도 지겨운데 사람들의 동작이 느려 터져 늦었다며 흥분했다. 이곳 사람들은 비가 와도 뛰지 않았다. 천천히 자신의 걸음으로 걸었다. 우리는 뛰거나 머리에 뭔가를 뒤집어쓰거나 호들갑을 떨기 마련인데, 비가 오든 말든 개의치 않던 사람들이 떠올랐다. 그 여유로움은 사람이 자원인 좁은 땅의 우리나라보다 천연자원이 풍부하고 넓은 땅을 가지고 있어서가 아닐까, 생각했다.

식대를 계산하려던 필립이 허둥대며 가방이 없어졌다고 했다. 여기저기 전화를 걸고 알아보는 듯했는데 여의치 않은 모양이었다. 우리에게 뒤쪽이나 옆으로 메면 남의 것이라며 항상 앞쪽에다 메라고 주의를 주더니, 정작 자신의 가방을 잃어버린 것이다. 필립이 좀 전에 들른 곳도 갔다 왔지만 결국 가방을 찾지 못하고 돌아왔다. 그 일로 순식간에 분위기가 어수선해졌다. 그 와중에도 필립은 책임감 때문인지 우리를 숙소로 안내했다.

방에 돌아온 나는 오늘 하루 들렀던 곳에 대한 사진과 설명을 덧붙인 글을 블로그에 올렸다. 글을 올리자마자 사람들이 '좋아요'를 누르고 댓글을 달았다. 매일 하는 이 일이 이제는 습관이 돼서 피곤해도 글을 올렸다. 오늘 있었던 창희의 이야기나 가방을 잃어버린 가이드의 이야기가 더 흥미롭거나 호기심을 끄는 경우가 많았지만 전부를 올릴 수는 없었다.

노브고로드로 가는 길은 자작나무 숲으로 덮여 있었다. 흰 수피에 점처럼 거뭇한 얼룩이 자리했다. 창밖엔 비가 추적거리고 길섶은 축축한 습지처럼 보였다. 금방이라도 불곰 한 마리가 아침 인사를 하고 어슬렁거리며 기어 나올 듯했다. 자작나무 숲 뒤로는 보리밭이나 묵은 땅이 자리했다. 끝없는 평원이 이어졌다. 간간이 장난감처럼 뾰족한 지붕이 보였다. 나무집 안에 들어가 보지 않았지만 작고 앙증맞은 물건들이 있을 것 같았다. 넓은 땅에 비해 집은 작은 편이었다. 흔들리는 버스 안이라도 나는 나무집을 휴대전화에 담았다.

"여러분! 크렘린에 도착했어요. 소지품 잘 챙기세요."

필립은 우리가 혹시 물건을 분실할까 봐 신경을 썼다. 어제 가방을 잃어버려서 그런지 소지품을 잊지 말라며 강조했다. 필립은 친절하고 세심하게 우리를 대했다. 창희는 그런 필립을 보며 인물 좋고 인성까지 좋다며 칭찬을 했다.

나는 크로스백을 멨다. 날씨가 개었기에 창희와 나는 우산을 차에 두고 내렸다. 삽상한 공기가 콧속으로 파고들었다. 성안에서 러시아천년탑을 구경할 때 비가 쏟아졌다. 굵은 빗줄기였다. 나는 옆에 있는 송 씨의 우산 밑으로 들어갔다. 예순을 갓 넘긴 송 씨의 귀밑머리가 하앴다. 창희는 함께 쓸 사람이 없어 허둥대고 있었는데 필립이 다가갔다. 두 사람은 다시 같은 우산 속으로 들어갔다. 창희는 필립의 팔목을 잡으며 바짝 몸을 붙였다. 나와 송 씨도 같이 우산을 쓰고 있었지만 분위기가 달랐다. 송 씨는 창희와 필립을 한참 동안 쳐다봤다. 괜히 송 씨의 우산을 얻어 쓴 것 같아 후회가 됐다. 우산을 쓰고 있는데도 세찬 빗줄기에 어깨와 다리가 금세 젖었다.

얼마 후 비는 진눈깨비로 변했고 세상을 온통 뿌옇게 만들었다. 우리나라의 4월은 눈 구경하기 힘든데 이곳에 와서는 벌써 두 번째다. 변덕스러운 날씨에 잠깐 동화 속 주인공이 된 것처럼 가슴이 설렜다. 우산 위에서 투드득, 하는 소리가 나더니 땅바닥에 비료처럼 하얀 알갱이들이 쏟아져 내렸다. 우박이었다. 창희가 얼음 알갱이 하나를 주워 내게 내밀었다.

"어쩜 이리 예쁠까? 보석 같애."

창희는 꿈에 젖은 듯한 눈빛을 하고 있었다. 어릴 때 본 적이 있는 우박 알갱이의 딱딱한 감촉이 느껴졌다. 녹는다는 게 믿기지 않을 정도로 단단했다. 내가 송 씨에게 다시 건넸더니 송 씨는, 식물에 떨어지면 여린 잎은 구멍이 난다며 우박의 폐해에 대해 말했다. 작고 땡글땡글하고 예쁘기까지 한 우박이 그런 위력을 지녔다니 실감이 나지 않았다.

커다란 종이 전시된 곳을 지났다. 필립은 여러 개의 종을 편종처럼 매달아서 각각의 종이 다른 소리를 내는 기능이 있다고 했다. 창희는 필립에게 가방과 휴대전화를 맡기며 사진을 찍어달라고 했다. 송 씨는 냉큼 창희 옆으로 가서 섰다. 필립은 가방을 맡고 내가 사진을 찍어주었다. 필립은 두 사람이 있는 데서 조금 떨어진 곳에 서 있었다. 나도 종 앞에서 포즈를 취했다.

우리는 볼호프 강의 시원인 일멘 호수 쪽으로 걸어갔다. 빗줄기

사이로 바람이 귓가를 간질이며 지나갔다. 발밑엔 고운 모래가 밟혔다. 저 멀리 잔잔한 호수 뒤편에서 누군가가 나를 부르는 듯했다. 나는 통나무 의자에 앉아서 사진을 찍었다. 넓은 호수를 마주하니 마음이 평온해졌다. 송 씨는 창희의 사진을 찍어주느라 바빴다. 사진을 찍을 때는 필립이 가방을 들어주고 송 씨가 사진을 찍어줬다. 그때 나도 창희의 모습을 휴대전화에 몇 장 담았다. 호수와 나무의자가 묘한 조화를 이루었다. 호수가 너무 아름답다며 호들갑을 떠는 창희는 소녀처럼 얼굴이 상기돼 있었다. 호수에 떨어지는 빗방울. 호수 끝 어딘가, 물 아래 깊은 곳에서 감미로운 음악이 들려오는 것 같았다. 창희는 필립을 잡아당겨 다정하게 사진을 찍었다. 약간 튀어나온 이가 더욱 도드라져 보이도록 웃었다.

선물을 살 수 있는 곳에 버스를 댔다. 나는 창희와 진열된 물건들을 구경하기 시작했다. 갖가지 종류의 물건이 오밀조밀하게 진열장과 벽면을 채우고 있었다. 차가버섯, 보드카, 마트료시카 인형이 눈에 띄었다. 창희는 보드카를 바구니에 담았다. 마트료시카 인형은 모양과 색깔은 똑같은데 크기가 다르게 만들어져 있다. 크기대로 줄을 세운 인형은 나무 재질로, 작은 순서로 넣으면 전체가 가장 큰 인형 속에 감춰진 하나의 인형이 된다. 비밀을 감춘, 마법의 마트료시카 인형. 나는 그중 다섯 개로 이루어진 인형을 바구니에 담았다. 딸이 기뻐할 생각을 하니 마음이 바빠졌다. 종 모양에다 마트료시카 인형을 조합해 만든 것도 있고, 액세서리나 문구에 활용한 것도 있었다. 창희는 보드카와 종을 바구니에 담았다.

내가 물건값을 계산하고 있을 때 창희가 지갑이 없다며 소리쳤다. 물건이 가득 든 바구니를 들고 창희는 안절부절못하며 창백한 표정으로 서 있었다. 이럴 때 도움을 받을 수 있는 필립이 어디에 있는지 나는 매장 안을 눈으로 훑었다. 필립이 멀리서 창희를 쳐다보았다. 필립은 어제 들었던 가방이 아닌 다른 가방을 메고 있었다. 창희는 필립에게 지갑을 잃어버렸다고 말했다. 좀 전에 일멘 호수에서 사진을 찍을 때 필립이 창희의 가방을 맡아준 적이 있었다. 궂은 날씨에다 한적한 곳이라 사람들 발길이 뜸했는데 어디서 잃어버린 것일까. 버스에서 내려 이곳 매장까지 걸어오는 동안에 의심스러운 사람이 지나가진 않았는지 생각해 봤지만, 특별히 떠오르는 건 없었다.

창희는 옆에 있는 송 씨에게 돈을 빌려달라고 했다. 창희에게 관심을 보이는 송 씨였지만 고개를 가로저었다. 창희의 얼굴이 벌게졌다. 한국에 가면 바로 갚겠다고 해도 송 씨는 돈거래는 안 한다며 손을 내저었다. 나는 송 씨가 엉뚱하다고 생각했다. 그동안 살핀 대로라면 먼저 나서서 빌려줘야 할 상황이었다. 보드카를 꼭 사고 싶다는 창희를 위해 내 카드로 결제하고 나중에 돈을 받기로 했다.

숙소로 돌아오는 버스에서 그날 찍은 사진을 살펴보았다. 오늘 블로그에 올릴 만한 사진이 뭘까 하며 한 장 한 장 넘겼다. 약간은 흐린 사진 속에 호수는 잔잔하고 넓은 모습을 그대로 간직하고 있었다. 창희와 필립이 함께 찍은 사진은 두 사람의 표정이 밝았다. 창희와 송 씨가 나란히 찍은 사진 역시 잘 나온 편이었다. 평소에 조용한 성격인 창희에게 이렇게 호탕한 기질이 있었는지 의아할 정도로 자유분방한 모습이었다. 필립과는 자연스럽게 팔짱을 끼었고, 송 씨가 어깨에 손을 얹는 것도 마다하지 않았다. 창희와 내가 함께 나온 사진 뒤에 필립이 찍힌 사진이 눈에 띄었다. 날씨 탓인지 사진은 전체적으로 뿌연 운무가 낀 것처럼 흐릿했다. 창희는 동그란 나무 의자에 앉아 포즈를 잡고 있었고, 그 뒤로 필립의 모습이 작은 나무처럼 찍혀 있었다.

상트페테르부르크로 돌아오는 길은 차 안 분위기가 가라앉았다. 송 씨와 나란히 앉아 있는 창희의 표정이 어두웠다. 간식을 나눠주는 사람도 없고, 깔깔대던 웃음소리도 없이 버스 안은 침묵 속으로 빠져들었다. 창밖엔 비가 속절없이 쏟아지고 있었다. 자작나무숲은 안개에 뒤덮여 쓸쓸한 느낌마저 들었고, 버스의 윈도 브러시는 쉴새 없이 움직였다. 비를 맞아 그런지 몸이 으슬으슬 떨려왔다. 히터를 틀자 한꺼번에 몰려온 피로감에 나는 깜빡 잠이 들었다.

버스에서 내려 사람들이 숙소로 들어가고 난 뒤 창희는 필립에게 지갑 이야기를 하느라 남아 있었다. 창희가 내게 같이 있어 달라고 부탁해서 옆에서 기다렸다.

"경찰에 신고 좀 해줘요."

"하필 선생님께 이런 일이 생겨 제가 다 속이 상하네요."

필립은 창희에게 꼬박꼬박 선생님이란 호칭을 붙였다. 창희는 이름이 알려지지 않은 시인이었다. 필립의 태도는 창희를 특별한 사람으로 대하는 듯했다. 창희는 그 순간 입가에 희미한 미소를 띠었고 지갑을 잃어버린 사람 같지 않았다.

"제가 같이 갈게요."

"일단 들어가 쉬세요. 신고는 제가 알아서 해놓겠습니다."

우리는 필립과 헤어져 숙소로 돌아왔다. 창희는 필립 얘기를 하며 칭찬을 했다. 그런 사람이 어디 있겠냐며 고마워하는 기색이 역력했다. 나는 침대 위에서 오늘 찍은 사진을 훑어보았다. 블로그에 올릴 것들을 찾아서 올리고 간단한 소개를 했다. 그러고는 벌렁 드러눕고 말았다. 이만 쉬고 싶었다. 창희가 지갑을 잃어버린 사실이 내 기분까지 뒤숭숭하게 만든 것이다.

밤새 도둑 누명을 쓰고 답답해하는 꿈을 꾸었다. 꿈속이었지만 현실처럼 느껴져 기분이 찜찜했다. 나는 새벽녘에 잠에서 깼다. 낯선 곳에서 잠을 잘 못 자기에 여행 기간 내내 혼자서 방을 썼다. 휴대전화를 켜서 블로그에 들어갔다. 댓글이 많이 달려 있었다. 대부분 칭찬 일색이라 웃음이 절로 나왔다. 그중 한 댓글이 눈에 띄었다. '마지막 사진에서 뒤에 조그맣게 찍힌 사람만 아니면 작품 사진으로 손색이 없을 텐데 아쉬워요.'라는 내용이었다. 나와 창희가 함께 찍은 사진 뒤로 조그만 형체 하나. 사진을 클릭해서 크게 확대해 보았다. 가방 두 개를 들고 있는 필립이 하나의 가방에서 뭔가를 끄집어내는 모습이다. 모르는 사람이 보면 누가 누군지, 뭐 하는 장면인지 헷갈리겠지만 나는 낮에 그 사람들의 옷차림과 동선을 대충 알고 있었다. 붉은 깃발처럼 작게 보였는데, 남편이 백화점에서 사준 거라 몇 년째 들고 다니는, 창희가 아끼는 지갑이 틀림없었다. 필립의 이미지가 뒤죽박죽되는 기분이었다. 그토록 다정하던 필립이, 그토록 세심하게 챙기던 필립이……. 창희에게 이 사실을 알릴까 고민이 됐다. 창밖에는 가는 비가 내리고 있었다. 잿빛 하늘, 앙상한 나뭇가지, 웅크린 듯한 건물…… 상트페테르부르크 거리는 사람의 기척이 없을 정도로 을씨년스러웠다.

로비에서 만난 필립은 여전히 친절했다. 아무 일도 없다는 듯 명랑했고, 오히려 처음 봤을 때보다 얼굴에 생기가 돌았다. 만나자마자 창희가 지갑에 관해 물었다. 경찰에 신고했는지 묻는 말에 필립은 고개를 끄덕였다. 창희는 풀이 죽어 있었다. 필립에게 곧잘 하던 농담도 하지 않고, 그 좋아하던 하늘 사진도 찍지 않았다. 땅에 고개를 처박고 있는 모습을 보고 있자니 마음이 무거웠다. 당장에라도 필립에게 당신이 지갑을 훔친 범인이라고 말하고 싶었다.

"혹시 빠트린 물건 없는지 잘 챙기세요."

필립은 사람들에게 주의를 주었다. 나는 필립이 어떻게 저렇게 천연덕스러울 수 있는지 이해되지 않았다. 창희가 버스에서 내릴 때 필립이 손을 잡아줬다. 아직 삼십 대인 젊은 여성이라 굳이 붙잡아주지 않아도 될 텐데 과잉친절이었다. 도둑이 제 발 저린다더니, 그래서일 것이다.

　사람들이 숙소에 들어가고 난 뒤 나는 필립에게 전화를 걸어 1층 로비에서 만나자고 했다. 창희 때문에 의논할 일이 있다고 했더니 찻집은 여기서 머니까 자신의 집에서 커피를 대접하겠다고 했다. 낮부터 내리던 비는 싸락눈으로 변해 있었다. 필립은 발걸음이 빨랐다. 낯선 땅에서 잘 모르는 사람을 따라간다는 게 두렵기도 했다. 다시 숙소로 돌아갈까? 나는 앞서가는 필립을 바라보며 그 자리에 서 있었다. 필립이 열 걸음 이상 멀어질 때까지 꼼짝하지 않았다. 필립과 나의 거리가 스무 걸음쯤 될까. 필립이 좁은 골목으로 들어서려 할 때 놓쳐버릴까 봐 위기감이 몰려왔고, 나는 종종걸음을 치며 필립을 따라 걸었다.

　작은 첨탑형 지붕 위에는 눈이 쌓여 있었다. 필립이 사는 곳은 단칸방으로 누추하기 그지없었다. 작은 옷걸이에 걸린 몇 개의 윗도리, 상자 안에 개어놓은 옷가지들이 단출한 살림을 한눈에 보여주는 듯했다. 여행객에게 받았음직한 국산 컵라면과 김이 한쪽 모서리를 차지하고 있었고, 때 묻은 커버가 덮인 싱글 침대 하나가 놓여 있었다. 이불 모양이 방금 사람이 빠져나온 뒤처럼 볼록했다. 커피를 한잔 타겠다며 커피포트의 전원을 켰다. 나는 마시고 싶은 생각이 없었는데 사양하지 못하고 그대로 있었다. 커피 향이 좁은 방 안을 가득 메웠다.

"언제부터 여기 왔어요?"

"대학 3학년 복학 준비하다가 이곳으로 흘러들었죠."

"여기 생활은 어때요?"

"하고 싶은 공부를 할 수 있어 좋아요."

필립의 얼굴이 해맑다. 매서운 이미지도 이 순간엔 어디론가 숨었다. 이럴 때 지갑 이야기를 하면 어떨까 싶어 머뭇거렸다. 조용한 방 안에 목구멍으로 커피를 넘기는 소리만 났다. 내가 말을 하기 전에 필립이 먼저 입을 열었다.

필립의 부모님은 자신이 대학 다닐 때 아버지의 외도 때문에 이혼을 했다고 한다. 엄마는 충격으로 집을 나가버렸고, 아버지는 이혼 전에 사귀던 여자와 살림을 차렸다. 그즈음 필립은 도망치는 심정으로 군대를 갔다. 군대에 가면 세상과 단절할 수 있으리라 여겼다. 군대에서도 크고 작은 사건들이 따라다녔다. 호리한 몸매가 마음에 든다며 부대장은 밤에 필립을 곧잘 불러냈다. 필립은 호리하게 보이지 않으려고 틈이 날 때마다 근력 운동을 했다. 부대장은 노골적으로 필립을 괴롭혔다. 필립은 부대장의 머리에 총구를 들이대고 싶은 충동이 일었지만 용기가 없었다.

군대 생활을 마치고 복학을 하려는데 형편이 여의치 않았다. 아르바이트를 해도 돈이 모이지 않았다. 식당 서빙, 편의점 아르바이트, 공사판 막노동을 전전했는데 생활비를 쓰고 나면 돈이 얼마 남지 않았다. 게다가 대학 등록금은 천정부지로 올라있었다.

아버지에게 연락해서 등록금을 좀 대어 달라고 했다. 아버지는 스스로 해결하라며 전화를 끊었다. 좀 더 다정하게 말했더라면, 좀 더 자세히 사정 얘기를 했더라면 화가 나지 않았을지도 모른다. 냉정하게 말하는 아버지가 미웠다. 그간 어찌 지냈느냐고 묻지 않는 아버지가 원망스러웠다. 필립은 소규모 가내공업을 하는 아버지가 월말이면 현금을 찾아 직원에게 월급을 준다는 걸 알고 있었다. 직원이라고 해봐야 세 명이지만 그 정도 돈이면 한 학기 등록금은 충분하다.

은행에서 나오는 아버지에게 한 번 더 도와달라고 했다. 이번만 도와주면 다음부터는 어떻게든 해보겠다고 했다. 아버지는 단번에 거절했다. 필립은 시동을 거는 아버지의 차에 올라탔다. 아버지는 필립을 투명인간처럼 대했다. 가내공업은 빈집이 된 할아버지의 집에서 하고 있다. 외진 곳이라 사람이 별로 다니지 않았다. 집 안에는 주차공간이 없어서 아버지는 길가에 차를 댔다. 무표정한 얼굴로 서류가방을 들고 차에서 내렸다.

"제발, 아버지!"

"못난 놈, 니 일이니 니가 알아서 해."

아버지는 냉담했다. 필립은 피가 거꾸로 도는 것 같았다. 엄마를 버린 것도 모자라 자식까지 나 몰라라 하는 아버지가 이해되지 않았다. 그새 새엄마에게 아기가 생긴 모양이었다. '카톡' 프로필에는 그 애 사진이 올라와 있었다. 어릴 때 자신에게 로봇 장난감을 사다 주던 아버지가 떠올라 입술을 깨물었다. 필립은 가방에서 칼을 꺼내 주머니로 옮겼다. 골목 어귀로 나뭇잎을 실어 나르던 바람이 앞머리를 스치고 지나갔다. 아버지와 필립의 발소리가 이어졌다.

"아버진 어릴 때도 저랑 놀아주지 않고 바깥으로만 도셨죠? 엄마하고 헤어지고, 그런 덕에 이런 자식이 됐어요. 정에 굶주린 제가 할 수 있는 일이 뭐가 있겠어요?"

"변명하지 마라. 내가 학교 다닐 땐 아르바이트하면서 살았다. 배가 고파 수돗물을 마시면서 버텨냈다고."

"시대가 바뀌었잖아요. 그때처럼 일자리가 많은 것도 아니고, 한 달 뼈 빠지게 일 해봐야 등록금은커녕 생활비도 안 되는데 어쩌라고요."

"다 큰 사내자식이, 불알 떼서 개나 줘라."

필립은 아버지의 말에 분노가 치솟았다. 앞서가는 아버지의 등이 절벽처럼 느껴졌다. 필립은 뜻대로 안 되면 아버지와 같이 죽을 거라 마음먹으며 준비한 접이식 칼을 만지작거렸다. 손에서 진땀이 났다. 필립은 칼을 쥔 손에 힘을 주었다. 그리고 숨을 깊게 들이쉰 다음, 아버지의 옆구리를 찔렀다. 비명을 지르며 주저앉는 아버지의 피맺힌 눈을 보았다. 고통으로 일그러진 눈을 외면하고 아버지의 서류가방에서 돈 봉투를 빼내 정신없이 달렸다. 접이식 칼은 대충 접어서 가방에 넣었다. 피가 손에도 묻었고 소매에도 튀어 있었다. 필립은 호주머니에 손을 넣고 또 달렸다. 큰길로 접어들 때쯤 119구급차가 마을 어귀로 들어섰다. 필립은 사람들 사이로 파고들었다. 앞만 보고 계속 달렸다. 지하로 연결된 계단을 뛰어 내려갔다. 정신을 차렸을 때 지하철 공중화장실에서 비누칠하고 있는 자신을 발견했다. 손을 씻고, 소매 부분의 핏자국을 지웠다. 소매가 축축하게 젖어 들었다. 그제야 가슴이 두근거리고 다리가 후들거렸다.

그 길로 필립은 학교 다닐 때 친했던 친구의 집을 찾아갔다. 군대 있을 때 한 번씩 연락이 와서 위로가 되어 주었는데, 내가 방문했을 때 이미 저세상으로 가고 난 뒤였다. 유서에는 '흙수저'인 자신의 처지를 비관하는 내용이 담겨 있었다고 했다. 필립은 자신을 버티게 하던 친구조차 자살했다는 걸 아는 순간 슬픔이 북받쳤다. 친구의 죽음은 필립을 절망에 빠트렸다. 더는 이 땅에서 자신의 꿈을 펼치긴 어려울 것 같았다. 의지할 사람이 없는 암담한 현실을 버티기 힘들었다. 그 일로 아버지의 피 냄새를 떨치기도 전에 필립은 러시아로 오게 됐고, 가이드 일을 하며 러시아어와 한국어 통역번역학과를 공부하고 있다. 출국 전에 병원에 확인해본 결과 아버지는 생명에는 지장이 없다고 했다. 그 뒤로 필립은 늘 조마조마한 심정으로 살고 있다고 했다. 창밖엔 눈발이 거세지고 있었다.

"필립이 제 친구 지갑을 훔치는 걸 봤어요."

내리던 눈이 바람을 타고 치솟으며 날렸다.

"제가 봤다니까요!"

앞이 보이지 않을 정도의 눈이 세상을 뒤덮었다.

필립이 자리에서 일어났다. 무표정한 얼굴로 커피잔을 치우려고 일어선 필립의 덩치가 더 커 보였다. 그릇 몇 개가 얹힌 개수대 위에 부엌칼이 꽂혀 있었다. 나는 필립이 칼로 아버지를 찌르는 장면을 떠올리며 심장박동이 빨라지는 걸 느꼈다. 필립은 커피잔을 오래 씻고 있었다. 잔을 씻어 엎을 때 한 손에 가려 칼이 보이지 않는 순간 나는 숨이 멎는 듯했다.

"이만, 일어서시죠."

필립의 단호한 말과 무표정한 얼굴에 살기를 느낀 나는 다리에 힘이 풀렸다.

"피곤하실 텐데 쉬셔야죠. 하지만 숙녀를 밤길에 혼자 보낼 순 없죠."

필립이 내 손을 잡았다. 나도 모르게 벌떡 일어섰다. 필립이 내 손을 잡고 있다는 사실도 잊은 채 발걸음이 먼저 숙소로 오는 길을 재촉하고 있었다. 어둠 속에서 네바 강의 물결이 출렁인다. 철분이 많아 낮에도 푸른 물이 아니고 거무스레한 빛을 띠는데 밤엔 더 심했다. 조명에 비친 네바 강의 검푸른 물은 으스레한 밤 풍경을 만들어 냈다.

가까이 숙소 간판이 보였다. 안도의 한숨이 내쉬어졌다. 나는 조바심에 입술이 바짝 말라 있었으나, 어느새 침이 돌았다.

"여기 제가 찍은 사진이 ……."

"무슨 말을 하려고 뜸을 들이시나?"

필립의 목소리가 커졌다.

"저기요, 지갑을 훔치는 사진이 있다면 어쩌겠어요?"

"무슨 말도 안 되는 소릴 하시는 거죠? 그런 일은 있어서도 안 되고, 있다 해도 발설해선 안 되죠."

"제가 왜 그래야 하죠?"

"여긴 러시아예요. 무슨 일이 생길지 누가 알겠어요?"

으름장을 놓는 필립의 말을 참지 못한 내가 사진을 내밀었을 때, 필립은 당황하는 기색 없이 이건 지갑이 아니라고 했다. 자신은 가방을 들어줬을 뿐 물건을 훔친 적이 없다고 잘라 말했다. 나는 사진을 다시 확대해 보았다. 작게 찍혔지만 분명히 필립이 지갑을 빼내는 장면이었다.

"사진은 현실을 왜곡시킬 수도 있으니 함부로 사진을 공개하지 말았음 해요."

필립의 말에 나는 대답하기 힘들었다. 사진을 공개하지 말라는 건 분명 그 사진이 지갑을 훔쳤다는 걸 인정하는 말인데도 필립은 눈 하나 깜짝하지 않고 협박을 했다.

출입문을 열고 들어서는 순간 로비 소파에 창희가 앉아 있는 게 보였다. 필립이 움찔하는 듯했지만 이내 표정 관리를 했다.

"선생님!"

필립이 과장된 톤으로 다정하게 창희를 불렀다. 창희는 심란해서 내 방에 노크를 했는데 기척이 없어서 로비에 나와 기다렸다고 했다. 기운이 한풀 꺾인 창희를 보니 마음이 불편했다.

"우리 술 한잔할까?"

내 말에 창희는 고개를 끄덕였다. 나는 필립에게 근처에 있는 맥줏집을 소개해 달라고 했다. 필립 때문에 기분이 엉망이었지만 그 나라 언어를 전혀 알 수 없고 말도 할 수 없는 입장에서 필립을 의지하는 방법 외엔 별다른 묘안이 없었다. 맥줏집에서 술을 시켜놓고 기다리고 있었다. 흥겨운 느낌이 나는 맥줏집 정경을 사진에 담았다. 맥주가 나오자 나는 다시 사진을 찍었다. 유리잔에 자잘한 물방울이 맺혀 시원해 보였다. 최악의 상황에도 놓칠 수 없는 순간은 사진으로 남기는 게 버릇이다. 필립은 그런 나를 못마땅한 듯이 쳐다보았다. 얼른 맥주를 마시고 싶은 건지, 조금 전에 내가 한 말 때문인지 알 수 없었다.

"자, 지갑을 위해 건배!"

내가 먼저 건배를 제의하고는 맥주를 한 모금 들이켰다. 알싸하고 톡 쏘는 맛이 입안으로 퍼져나갔다. 필립은 미간을 찌푸렸다. 지갑을 잃어버린 창희, 지갑을 훔친 필립, 내막을 아는 내가, 저마다 어디에 홀린 듯 술을 마시기 시작했다.

"누님, 오늘 밤 실컷 마셔요."

"누님 조옿지! 필립을 보면 꼭 친동생 같아."

"저도 진짜 누나 같아요."

"필립, 지갑을 잃어버리지 않았다면 이 밤이 참 완벽했을 텐데……."

평소에 술이 약한 창희가 약간은 혀 꼬부라진 소리로 말했다.

"누님, 저도 그래요. 누님들을 만나 행복해요."

"아이참! 지금 연애소설이라도 쓰는 거야, 뭐야?"

두 사람 사이에서 멋쩍은 기분을 달래려고 나는 한마디 했다. 생맥주는 어느새 넉 잔째 들어왔다. 한 사람의 청춘과 친구 사이에 끼어 흔들리는 마음을 추스르며 나는 맥주를 마셔댔다. 처음으로, 의도하지 않은 장면이 사진에 담긴 걸 원망하는 마음이 들었다.

"도대체 지갑은 누가 훔쳐 갔을까?"

"그걸 알면 이러고 있겠어요?"

"범인은 늘 가까이에 있는 법이라던데." 나는 필립을 겨냥해 뼈 있는 말을 툭 던졌다.

"우리 누님은 농담도 잘하셔."

"내 말이 틀렸어요?"

"아이에요."

필립은 아니라고 하는지 아이라고 하는지 헷갈릴 정도로 말이 새고 있었다. 필립이 그만 가야겠다며 일어섰다.

필립이 가게 문을 나서는 걸 확인한 나는 창희에게 바짝 다가가 앉았다.

"니 지갑이 이 도시에 있으면 어떡할래?"

"어떡하긴, 당장 달려가서 찾아와야지."

"너, 희번덕거리는 필립의 눈 안 무서워? 개 보기보다 불행한 애 더라."

창에 눈발이 부딪히는 소리가 들렸다. 하얀 눈송이가 창에 붙었다가 스르르 녹아내렸다. 조용히 창희에게 내가 찍은 사진을 보여주었다. 창희는 깜짝 놀라며 흥분을 했다. 어떻게 그럴 수 있냐며, 필립을 경찰에 신고할 거라며 펄쩍 뛰었다. 나는 창희의 손을 잡으며 끝까지 얘기를 들어보라고 했다. 이야기가 끝나갈 무렵 창희는 무표정하게 탁자를 바라보고 있었다. 언뜻 눈에 눈물이 맺힌 것 같기도 했다. 창희는 필립이 어떻게 사는지 직접 확인해 봐야겠다고 했다. 내가 만류했지만 창희는 막무가내였다.

창희와 다시 네바 강의 다리를 건넜다. 필립이 사는 곳으로 가기 위해서였다. 강물은 불빛이 반사되어 빛나고 있었다. 눈발이 하나둘 날리는 길을 걸어 필립의 방에 도착했을 때 창희는 맑고 고요한 얼굴을 하고 있었다.

"커피 맛이 끝내준다고 해서 한잔 얻어먹으려고……."

필립이 내 눈치를 살폈다. 그러고는 이내 커피포트에 물을 끓이기 시작했다. 창희는 방 안을 이리저리 살폈다. 필립은 말없이 커피를 탔다. 커피에서 모락모락 김이 피어올랐다. 따뜻한 커피 향이 두 사람 사이를 흘렀다. 두 사람은 얼굴에 홍조를 띠고 있었다.

필립은 푸시킨의 시를 러시아어로 낭송해주었다.

"예슬리 쥐즌 찌바 아브마넷 네 뻬찰샤 네 쎄르즤씨……."(삶이 그대를 속일지라도 슬퍼하거나 노여워하지 말라…….)

필립의 맑은 목소리가 실내에 울려 퍼졌다.

뭔가를 따지고 들 것 같았던 창희는 시를 듣고 말없이 그 방을 나왔다. 골목을 돌아 나와 다리 난간에 섰다. 우리는 눈바람이 몰아치는 네바 강을 마주했다. 내가 불빛 어린 검은 강물을 바라보며 가슴 졸이는 것과 다르게 창희는 필립이 사는 곳을 지긋이 바라보며 서 있었다.

불맛

"그놈 때문에 묘목은 다 팔아먹었다."

용달차에서 내린 아저씨가 씩씩거리며 내뱉었다. 그놈은 입찰 경
쟁을 했던 규석 형을 두고 하는 말인 것 같았다. 아저씨는 눈을 희번
덕이더니 수진을 찾았다. 저런 상태로 수진에게 가면 안 된다 싶어
앞서가는 아저씨를 붙잡았는데 내 손을 뿌리치고는 분재원 안으로
성큼성큼 들어갔다. 수진은 줄기가 학의 목선처럼 휘어져 올라가는
소나무 분재를 손질하고 있었다. 마른 가지를 자르려고 전지가위를
갖다 대는 순간, 아저씨가 수진의 손목을 거칠게 잡아당겼다. 수진
은 손을 빼내려 몸부림쳤지만 아저씨의 악력에 옥죄여 풀려나지 못
했다. 수진의 얼굴이 사색이 되었다. 아저씨는 기쁘거나 화가 날 때
면 수진을 저런 식으로 데리고 간다. 나는 아저씨가 수진을 끌고 들
어간 출입문을 멍하니 바라보다 창 쪽으로 몸을 틀었다. 불투명 유

리창 안에 투명 유리창이 달려 있었는데 바깥쪽 창문이 조금 열려 있었다. 그곳에 서니 두 사람의 움직임이 보였다.

아저씨가 수진의 옷을 잡아당겼다. 단추가 터지고 옷이 찢어졌다. 거대한 짐승 한 마리가 수진을 덮치려고 했다.

"이러는 거 싫다고."

수진이 악다구니를 치자 아저씨는 굵고 억센 손으로 뺨을 후려쳤다. 아저씨는 허리띠를 풀고 수진에게 달려들었다. 수진은 두 손으로 밀어내려 했지만 아저씨의 힘에 밀렸다. 수진의 허연 허벅지가 아저씨의 육중한 몸에 깔렸고, 수진의 보얀 얼굴 위에 아저씨의 구릿빛 얼굴이 맞닿았다. 아저씨 밑에서 수진의 야윈 어깨가 들썩였다. 나는 주먹을 불끈 쥐었다. 손톱이 손바닥을 찔러왔지만 아프다는 느낌이 없었다. 시간이 지나면서 아저씨는 흥분에 휩싸인 얼굴이었다. 수진은 얼굴을 일그러뜨리며 흐느꼈다. 이윽고 출입문이 열리고 열기와 땀으로 범벅이 된 아저씨가 튀어나왔다. 안으로 뛰어들어가 보고 싶었지만 문이 탁, 하며 닫혔다.

방향을 가리지 않고 불어대는 겨울바람이 아저씨의 머리카락을 헝클고 지나갔다. 잠시 잠잠한가 싶던 바람은 이리로 달리는가 하면 저리로 달리고 위로 치솟았다가 바닥으로 내리꽂혔다. 갈기를 휘날리며 산등성을 달리는 말처럼, 밤의 지배자처럼 바람은 난폭하게 산을 핥으며 지나갔다. 평소와 다른 바람이었다. 겨울이면 북쪽에 있는 가지산에서 골짜기를 타고 삭풍이 불어왔다. 삭풍이 휩쓸고 지나가는 강바닥과 한참 떨어져 있어 바람이 스치고 지나가는 야산 팔 부 능선에 아저씨의 집이 있다. 아저씨는 정체 모를 비닐봉지와 나무를 자를 때 쓰는 낫을 들고 마른바람을 맞으며 주위를 살폈다. 고개를 돌리는 아저씨의 옆얼굴은 차갑게 굳어 있었다. 어딜 가느냐고 물어봐야 하나 머뭇거리는 사이, 시동 거는 소리가 났다. 기름 냄새가 나는 매연을 흔적으로 남기고 차는 땅거미가 진 숲속으로 멀어져갔다. 분재원 입구에서 아저씨가 나가는 장면을 보고서도 말리지 않았다는 사실을 뒤늦게 깨달았다. 수진은 사정을 아는지 모르는지 안에서 꼼짝을 하지 않았다. 출입문은 여전히 잠겨 있었다. 철제로 된 문을 쾅쾅 두드렸다.

"저예요. 문 좀 열어봐요."

수진은 그제야 문을 삐죽이 열었다. 짧은 시간에 수진의 모습을 살폈다. 나를 쳐다보는 수진의 얼굴에는 벌겋게 손자국이 찍혀 있었고 눈가에는 화장이 번져 있었다. 올려 묶은 머리는 제대로 정리가 되지 않고 뭉쳐진 채였다. 아저씨에게 가봐야 한다는 말에 미간을 찌푸리면서 표정이 금세 어두워졌다. 하얀 얼굴에 입술만 유난히 붉게 보였다. 아버지뻘 되는 남편과 살기에는 아까운, 누나라고 불러도 어색함이 없을 것 같은 앳된 외모였다. 아저씨는 뭐가 그리 잘났는지 수진에게 함부로 대한다. 뭔가 말을 하려다 말고 수진은 천천히 고개를 끄덕였다.

어둑한 산길을 달려 내려갔다. 평소에는 한걸음에 다니던 거리지만 오늘은 다리가 후들거렸다. 정신없이 불어대는 바람이 내가 가는 길을 더디게 했다. 아저씨를 붙잡지 않은 게 후회가 됐다. 산모퉁이를 돌아 내리막의 끝자락에는 몇 채의 집들이 모여 있는데 그곳을 지나면 아랫마을을 들어서는 초입이다. 거기에는 윗마을로 올라가는 길과 큰 도로로 연결되는 갈림길이 있다. 나는 윗마을로 뻗은 길로 방향을 틀었다.

전신주가 서 있는 골목길 끝에 규석 형의 집이 있다. 골목 중간쯤 들어설 때부터 개 짖는 소리가 들려왔다. 대문 한 짝이 열려 있었다. 입구 왼편에는 앙상한 나뭇가지에 보랏빛 하늘이 걸려 있었다. 마당으로 들어서면서 형을 불렀다. 규석 형이 운동복 차림으로 나왔다. 아저씨가 오지 않았는지 물어보니 인상을 구기며 고개를 가로저었다. 규석 형은 눈을 가늘게 뜨고 황토 먼지로 뒤덮인 내 운동화에 시선을 고정했다. 아무래도 아저씨는 규석 형의 밭에 간 것 같았다. 외출하고 온 아저씨에게서 규석 형의 밭을 절단 내고야 말겠다는 소리를 들은 터였다. 윗마을 끝에서 소로로 이어져 뻗어 나간 산길은 오르막이다. 나는 숨을 헐떡이며 뛰었다. 다리는 점점 무거워지고 호흡은 가빠왔다. 가슴에 통증이 느껴졌다. 찬 바람이 몰아치는데도 머릿밑에 땀이 배서 진득한 느낌이 났고 몸에서는 열기가 차올라왔다. 가로등 밑을 지날 때면 허연 입김이 물안개처럼 뿜어져 나왔다.

어둠 속에서 탁탁, 하는 소리가 어렴풋이 들렸다. 소리가 나는 쪽으로 달려갔다. 희끄무레하게 사람이 움직이는 모습이 보였다. 아저씨는 조선낫을 들고 규석 형네의 어린나무들을 잘라내고 있었다. 무쇠로 만들어져 무겁고 둔탁한, 웬만한 굵기의 나무는 단숨에 잘라낼 수 있는 낫이었다. 시퍼런 날이 허공을 가르는 듯 나무를 잘라냈다. 닿기만 해도 우듬지의 이파리가 떨어져 나가고, 둥치를 베어내는 순간에는 나무에 피가 뿜어져 나오는 듯했다.

"그만하세요. 이런다고 뭐가 달라져요?"

아저씨는 멈칫하고 나를 흘끔 쳐다보더니 말없이 다시 묘목을 잘랐다. 이미 잘려나간 묘목들이 가지를 늘어뜨린 채 널브러져 있었다. 찬 공기를 타고 묘목이 잘린 자리에서 생나무 냄새가 났다. 그 냄새를 지운 건 어디선가 날아온 매캐한 연기였다. 산 건너편에서였다.

"산불이 났나 봐요."

아저씨의 얼굴에 비웃는 듯한, 썩은 미소가 언뜻 스치는가 싶더니 순식간에 굳어졌다. 낫을 불끈 쥐고는 묘목들을 다 잘라버리기라도 하겠다는 듯 다시 낫을 휘둘렀다. 산 너머 연기는 짙은 회색으로 변하면서 뭉게뭉게 피어올랐다.

"아저씨, 남의 밭에서 뭐 하는 짓입니까?"

어둠을 뚫고 고함이 들려왔다. 규석 형의 목소리였다.

"몰라서 물어? 니놈의 묘목을 내가 가만둘 줄 알아?"

"제가 뭘 잘못했다고 이러십니까?"

"남의 자리 뺏어 꿰차놓고는 시침 떼는 기가?"

아저씨는 분이 차올라 목소리가 갈라졌다. 아저씨는 아저씨대로, 규석 형은 규석 형대로 지지 않으려 했다. 아저씨는 규석 형이 자기의 몫을 빼앗아 간다고 화가 나 있었고, 규석 형은 정당하게 노력해서 번 일인데 간섭받는다고 짜증을 냈다.

2년 전, 서울에서 직장 생활을 하던 규석 형이 회사에서 쫓겨난 뒤 귀농을 해서 묘목 사업을 시작했다. 아저씨는 한마을에서 같은 업종을 한다는 데에 분개해서 규석 형을 찾아가 다른 일을 하라고 권유했다. 규석 형은 선산이 있으므로 자기가 할 수 있는 일은 묘목 사업이 적합하다며 그 자리에서 거절을 했다. 아저씨는 젊은 사람이 버릇없고 말귀를 못 알아듣는다고 역정을 냈다. 기어이 규석 형이 묘목을 사들이자 그때부터 아저씨가 앙심을 품게 된 것이다.

서글서글한 인상을 하고 사람을 잘 대하는 규석 형은 발 빠르게 정보를 수집했다. 규석 형이 심는 묘목은 아저씨와 조금 달랐다. 이팝나무, 느티나무, 철쭉 같은 종류 외에도 정원수를 주로 심었다. 규모도 아저씨네 밭보다 컸다. 아저씨는 되지도 않는 나무를 심는다고 빈정대기도 하고 콧방귀를 뀌기도 했지만, 신경은 규석 형의 묘목밭에 가 있는 것 같았다. 규석 형은 말끔하게 정장을 차려입고 일일이 찾아다니며 거래처를 뚫었다. 홈페이지도 개설해서 홍보와 주문 창구로 활용했다. 그에 대한 보답이라도 하듯 일 년쯤 지나자 주문이 늘어가는 모양이었다. 하루에 몇 차례씩 묘목을 실어 날랐다. 규석 형이 홈페이지를 통해 홍보를 하자 아저씨의 요구에 따라 수진도 인터넷과 휴대전화로 홍보를 시작했다. 규석 형처럼 직접 거래처를 돌며 선물을 돌리기도 했다. 수진이 방문을 하고 나면 주문이 들어오곤 했다. 아저씨의 묘목 매출이 많이 떨어지지 않는 것은 수진의 역할이 컸다.

하루는 어떤 사람이 묘목을 구하러 왔는데 묘목 값으로 아저씨가 천만 원을 불렀다. 그 사람이 다음에 한번 들르기로 하고 돌아가는 길이었다. 윗마을을 지나다가 규석 형에게 길을 물어보았는데, 대화가 이어져 찾아온 사연에 대해 말했다. 규석 형이 아저씨보다 백만 원 정도 낮춘 금액을 제시했다. 그 사람은 규석 형과 계약을 했다. 그 일이 알려지자 아저씨는 규석 형이라 하면 이를 갈았다.

두 사람은 바람이 휘몰아치는 밭 가운데에서 서로를 쏘아보며 서 있었다. 나는 아저씨 옆으로 가서 그만 집에 돌아가자고 팔을 잡아당겼다. 아저씨는 나를 세게 밀었다. 그 바람에 휘청거리며 넘어질 뻔했다. 내가 화풀이 대상도 아니고 괜히 찾으러 와서 이 무슨 봉변인가 싶었다.

"니가 꼼수를 부려 낙찰받았지?"

"입찰가를 낮춘 게 무슨 문제라도 된답니까?"

"냄새가 난단 말이지."

오늘 가로수로 사용할 묘목에 대한 입찰이 있었다. 아저씨는 현재 단가보다 조금 낮춘 금액을 제시했고, 규석 형은 단가를 대폭 낮추어 참가해서 규석 형이 낙찰을 받게 되었다. 수진이 아저씨에게 금액을 더 낮추는 게 좋겠다고 했지만 아저씨는 별 이익이 없다고 고집을 피웠다. 일전에 규석 형이 자신의 손님을 가로챘다고 믿는 아저씨는 규석 형 때문에 손해를 봤다고 입버릇처럼 말하곤 했다. 아저씨는 이번 입찰에는 규석 형의 콧대를 납작하게 만들겠노라고 큰소리를 쳤다. 규석 형의 동태를 살피면서 낙찰을 받으려 했지만 실패하고 말았다. 손해를 보는 것을 못 참는 아저씨는 규석 형의 배포를 미처 따라가지 못했다. 규석 형에 대해 안 좋은 감정이 쌓여 있는 데다 새로 생긴 도로에 이팝나무가 가로수로 선정되자 기어이 복수를 하겠다고 이 밤중에 규석 형의 밭에 온 것이다. 내가 보기에는 아저씨의 사업도 기존 단골이 있어 어느 정도 유지는 되는 것 같은데, 아저씨는 배알이 틀리는지 일을 손에 못 잡고 끙끙 앓았다.

산꼭대기에서 검붉은 불기둥이 치솟아 올랐다. 하늘을 향해 거침없이 뿜어져 올라가는 불꽃은 어둠 속에서 또렷하게 존재를 드러냈다. 높게 하늘을 향해 수직으로 치솟은 불이 이쪽으로 넘어오는 건 시간문제였다. 불꽃이 춤을 추며 바람이 부는 방향을 따라 사방으로 번져 나갔다. 묘목밭은 꼭대기에서 그리 멀지 않은 곳에 있었다. 그동안 규석 형이 쏟은 땀이 하루아침에 재로 변할 수도 있었다.

산꼭대기 주변으로 불길이 번져 나갔다. 불은 기어이 규석 형의 밭 윗부분을 태우고 들어왔다. 바람이 짧은 시간에 방향을 바꾸며 불어댔다. 윗마을 야산의 절반은 규석 형의 묘목밭이다. 규석 형이 허둥대며 어쩔 줄 몰라 했다. 울상이 되어 바닥에 떨어진 삽을 들더니 불이 난 쪽으로 달려갔다. 불이 밭으로 넘어오는 광경과 불을 끄러 달려가는 규석 형을 번갈아 쳐다보던 아저씨는 몸을 움찔했다. 규석 형의 밭이 불길에 휩싸이자 아저씨는 반분이 풀리는지 더 이상 묘목을 자르지 않았다. 얼굴엔 오히려 옅은 미소가 번지는 듯했다. 불은 삽시간에 규석 형의 묘목들을 태웠다. 신들린 겨울바람이 불티를 잘도 날렸다. 불티는 날아가 하나의 불꽃으로 타오르고, 시간이 지나면서 더 많은 붉은 점들이 여러 개의 불꽃으로 피어올랐다. 절반 이상을 태우고 들어오던 불이 주춤하는 사이, 불길이 아랫마을로 뻗은 능선 쪽으로 바뀌었다. 불은 어느새 아저씨의 묘목밭 쪽으로 타들어 갔다. 집에 수진이 혼자 있다는 생각이 머리를 스쳤다. 내가 나올 때까지 산불의 기미가 없었기에 아무런 생각 없이 집 안에 틀어박혀 있을지도 모른다. 수진이 걱정되었다.

내가 처음 아저씨 집에 갔을 때 아저씨가 딸과 함께 사는 줄 알았다. 수진은 아저씨의 처로 나이 차이가 스무 살도 더 난다. 듣기로 스물여덟 살인 수진은 아이를 낳은 적 있는 미혼모로 거래처의 경리로 일하다 아저씨를 만났다고 했다. 내가 이 사실을 알게 된 건 수진을 통해서였다. 어두운 과거는 숨기고 싶은 게 보통 사람의 마음일 텐데 수진이 이 얘기를 직접 내게 털어놓으며 눈물을 흘렸다. 평소에 우울한 표정으로 별로 말이 없던 수진이었다. 간혹 지나치게 화장이 짙은 날이나 옷차림이 요란해 보이는 날이 있었다. 그런 날은 내게 말을 많이 하고, 잘 웃고, 애교가 넘쳤다. 수진은 주로 분재원의 일을 도왔는데 분재를 손볼 때는 누가 뭐라고 해도 모르고 집중을 해서 일했다. 그 일 외에는 별로 관심도 없는 사람 같았다. 그런 순간은 쉽게 다가서기가 두려웠다.

나는 아직 나이로 치면 고등학생이다. 잘나가는 집안 '자식'의 말을 듣고 내 여자 친구와 함께 노래방에서 논 적이 있었다. 함께 여자 친구를 데려다주고 헤어졌는데 그 자식이 집으로 들어간 내 여자 친구를 다시 불러내 성폭행을 했다. 그녀는 아파트에서 몸을 던졌다. 여자 친구가 보낸 문자에서 내 이름이 나왔다. '재철아, 나 죽을 거 같아⋯⋯.' 이 일로 나는 범인으로 몰려 퇴학을 당했다. 사실은 그날 밤에 문자를 받고 여자 친구에게 전화를 걸어봤기에 사건 전말을 알 수 있었다. 내가 흥분해서 짜증을 냈던 기억이 났다. 사실을 말했지만 내 말은 무시되었다. 자식은 나를 범인으로 지목했다. 집에 데려다주기 전 아파트 놀이터에서 그녀와 노닥거리다 내가 여자 친구를 잡으러 가는 모습이 CCTV에 찍힌 것이다. 그 영상과 문자 내용이 자식의 말을 입증하는 자료가 됐다. 놀이터에 있을 때 자식은 담벼락에서 소변을 누고 있어서 화면에 잡히지 않았다. 그 일로 집에서도 크게 싸우고 인간 취급을 받지 못한 나는 집을 나왔다. 뭐 하나 똑 부러지게 잘하는 게 없어 할 일 없이 길거리를 떠도는 나를 아저씨가 거둬줘서 이곳에서 허드렛일을 하게 되었다. 가출한 뒤로 끼니를 잇기 힘들었기에 아저씨를 선뜻 따라나섰는지도 모른다.

아직은 수진의 그런 무거운 이야기가 이해도 잘 안 되고, 내가 그녀에게 도움도 되지 않을 텐데도 수진은 자신의 이야기를 책을 읽어가듯 조용히 털어놓았다. 가만히 듣는 내게 수진이 다가왔다. 파운데이션 냄새가 짙게 나는 얼굴을 내 턱 가까이 들이밀었다. 여자 친구의 일 이후로 나는 여자라면 마음을 닫았다. 어떤 두려움이 나를 지배했다. 커다란 철문이 내 앞에 가로놓인 듯한 느낌이었다. 여자를 단절해야 내가 사는 길이라고 여겼다. 수진을 피하려는데 몸이 말을 듣지 않았다. 수진의 입술이 가만히 내 입술을 덮쳤다. 입술의 부드러운 감촉과 함께 쌉싸래한 뒷맛이 느껴졌다. 나는 그 자리에서 일어나서 앞에 있는 화분을 입구 바깥으로 옮겼다. 언뜻 쳐다본 밭에는 제법 넓어진 묘목 잎들이 햇빛에 반짝이고 있었다. 그날 그곳에는 우리 둘밖에 없었다.

"아저씨, 불길이 우리 밭으로 가요."

아저씨는 용달차에 올라타 시동을 걸었다. 나도 서둘러 조수석에 앉았다. 규석 형의 밭에서 내려오는 길에 보니 소방차와 면사무소 관용차가 산길 입구에 대어져 있었다. 공무원으로 보이는 사람들과 의용소방대, 자원봉사자들이 등짐펌프를 지고 불을 끄러 산을 올랐다.

용달차는 오르막 산길을 힘겹게 달렸다. 아저씨는 속도를 내고 있었지만 더디 움직이는 것 같았다. 머리가 지끈거리며 아팠다. 가로등이 없는 곳에는 소나무 사이로 미지의 짐승이 어둠 속에서 걸어 나와 차를 막아설 것 같았다. 짙은 어둠은 공포심을 불러일으켰다. 연못이 있는 곳을 지나 집에 도착하니 집은 바람 소리에 에워싸여 있었다. 아저씨는 내게 집과 분재원에 물을 뿌려야 한다고 소리쳤다. 철제 출입문은 무겁게 닫혀 있었다. 나는 수진이 궁금해서 출입문에 시선을 고정하고 있었다. 머뭇거리는 내게 아저씨는 오만상을 찌푸리며 욕을 했다. 내가 수도 쪽으로 눈길을 주는 사이 출입문이 열리는 소리가 났다. 수진이 내 마음을 아는 듯 절묘한 시간에 밖으로 나온 것이었다. 옷을 갈아입은 수진은 좀 전의 초췌한 모습은 온데간데없이 화사해 보였다. 수진의 머리는 단정하게 묶여 있었다. 아저씨와 눈이 마주치자 시선을 외면하고 나한테로 걸어왔다. 아저씨는 수진을 흘낏 쳐다보곤 호스를 늘어뜨려 묘목에다 물을 뿌리기 시작했다. 나도 집과 분재원에 물을 뿌렸다. 수진은 내 옆에서 불안한 얼굴로 상황을 지켜보았다. 물이 튀어서 내 얼굴에, 옷에, 신발에 뒤범벅되었다.

묘목으로 옮겨붙은 불은 삽시간에 온 밭을 집어삼킬 듯이 크게 일었다. 위험하니까 산 밑으로 내려가자고 했지만, 아저씨는 호스를 잡은 채 굳은 얼굴로 버티고 있었다. 이번엔 수진을 잡아당기면서 내려가자고 했다. 수진은 집 안으로 들어가더니 손가방 하나를 들고 나왔다. 그 손가방에는 화장품도 있지만, 통장과 지갑이 들어 있어 수진이 외출할 때면 항상 들고 다닌다. 밤길인 데다 불이 언제 덮쳐올지 모르는 상황이었다. 집을 벗어난 후 나는 수진의 손가방을 들어주겠다고 손을 내밀었다. 수진은 손가방 대신 손을 내게 들이밀었다. 금지된 선은 내게 어떤 형벌을 내릴지 몰랐다. 선뜻 잡지 못하고 주저하는 내 손을 수진이 먼저 잡았다. 몰캉한 손이 내 안에 쏙 들어왔다. 차가운 감촉이지만 뜨겁게 다가오는 손, 거부할 수 없는 기운을 느끼며 손을 잡았다. 그 손을 잡고 지구 끝까지 달려가고 싶은 마음이 들었다. 끝없이 펼쳐진 평원에 수진과 내가 손을 잡고 달린다. 나풀나풀한 치마 끝이 내 종아리를 스친다. 곁눈으로 쳐다보면 입가에 담뿍 어린 수진의 미소. 풀잎이 납작 엎드려 춤추는 그곳에서 수진이 달리고 내가 달린다. 우리가 달린다. 뒤쪽에서 헤드라이트 불빛이 산길 굽이를 비췄다. 우리는 손을 잡고 달렸다. 아저씨가 도끼눈을 뜨고 지켜볼지도 모르지만 그대로 달렸다. 아저씨는 급브레이크를 밟으며 우리 옆에다 차를 댔다. 그러고는 다짜고짜 수진의 뺨을 때렸다.

"왜 때려요?"

나는 아저씨에게 대들며 손을 드는 아저씨의 팔을 꽉 붙들었다.

"이놈이…… 이거 안 놔?"

아저씨는 우악스럽게 몸을 뒤틀었다. 체중이 실린 아저씨의 몸부림에 그만 손을 놓치고 말았다. 그 순간 거대한 불기둥이 또 한 번 치솟았다. 불길이 묘목밭에서 집과 분재원이 있는 쪽으로 번져 내려왔다. 밭과 건물은 이미 불길에 휩싸였다. 아저씨는 그 자리에 굳어버린 듯 꼼짝을 않고 서 있었다. 아저씨는 구겨진 캔 몸통처럼 표정이 일그러졌다. 경운기를 몰고 가다 아저씨를 발견한 그날도 저런 표정이었던 걸 기억해냈다.

공개입찰에 들어가기 며칠 전, 아저씨와 규석 형 사이에 암투가 벌어지고 있던 때였다. 어둠이 짙어가는 산 아랫길을 털털거리는 경운기를 끌고 집으로 가는 중이었다. 농협에서 비료를 샀는데 친구가 찾아와서 한참 얘기하다 보니 시간이 꽤 지나 있었다. 오는 길에 윗마을 꼭대기 집에 부탁받은 비료를 갖다 주려고 가는 길이었다. 산모퉁이를 돌아 윗마을 끝자락에 접어들 때쯤 누군가 어둠 속에서 움직였다. 모자를 푹 눌러쓴 그는 쓰레기 뭉치에다가 불을 댕겼다. 쓰레기 더미에서 발갛게 불길이 일었다. 누군가 이 밤중에 쓰레기를 태우고 있었다. 그것도 산 밑에서라니. 겨울철에는 연기만 나도 벌금을 무는 일이 많았다. 모자 아래로 낯익은 주먹코, 귀밑머리까지 자란 턱수염, 가무잡잡한 갈색 피부, 담이 들어간 군청색 작업복이 눈에 띄었다. 아저씨였다. 길가에 경운기를 세우고 아저씨에게 다가갔다. 아저씨는 단춧구멍만 한 눈을 크게 치떴다.

"빨리 끄세요."

삭풍이 내 몸을 한 차례 훑고 지나갔다. 급한 마음에 경운기에 실어둔 곡괭이를 가지고 불을 껐다. 아저씨는 그 자리에서 두 주먹을 꼭 쥐었다. 사람이 누군가를 저토록 미워할 수 있다는 데 대해 두려움이 일었다. 나는 경운기에 타다 남은 쓰레기들을 몽땅 실었다. 그날 아저씨를 그냥 두고 지나쳤다면 산불이 크게 났을지도 모른다. 그랬다면 규석 형의 밭에 피해를 주었을 터였다. 타다 만 쓰레기를 실은 게 들킬까 봐 대문 밖에 경운기를 세워 두고, 비료 포대를 들어 그 집에 내려주고 왔던 생각이 났다. 오늘도 아저씨가 속을 가득 채운 비닐봉지를 들고 나갔는데 어디서 태웠는지 아까 규석 형의 묘목밭에서는 보이지 않았다. 오늘 연기는 아저씨가 그때 쓰레기를 태운 지점에서 산 위로 피어오르기 시작했다.

불이 튄다더니 이쪽 봉우리를 넘어 다른 산으로 불길이 넘어갔다. 이 마을 야산에서 저 마을 야산으로 순식간에 옮겨붙었다. 먹잇감을 발견한 맹금류의 몸짓처럼 불이 날아다니는 것 같았다. 불이 바람을 만나니까 그 힘이 배가됐다. 바람과 힘을 합친 불은 날렵하게 움직였다. 불은 인근의 산봉우리를 하나씩 잠식해갔다. 바람을 타고 모두 다섯 개의 산봉우리에서 불이 봉화처럼 하늘로 치솟았다. 검은 연기와 짙은 오렌지색 화염이 군데군데 일었다. 순식간에 주변 산들이 붉게 물들었다. 아저씨는 담배를 꺼내 물고 손을 떨었다.

"재수가 없으려니, 원!"

아저씨는 담배 연기를 공중으로 뿜어내며 구시렁거렸다. 나는 아저씨를 떠보고 싶은 마음이 생겼다.

"혹시 오늘도 쓰레기 태웠어요?"

"무슨 헛소리고?"

아저씨는 사납게 쏘아붙였다. 더 물으면 한 대 칠 기세였다. 아저씨는 올봄에 묘목을 많이 사들였다. 그걸 심느라고 애를 많이 먹었다. 예상에도 없었던 묘목을 사들인다고 수진과 말다툼까지 벌였는데 아저씨는 끝까지 밀어붙였다. 규석 형보다 더 나아지려는 일념에 세세한 계산은 생략했다. 욕인지 혼잣말인지 알아들을 수 없는 말을 중얼거리던 아저씨는 불현듯 뭔가 생각난 듯 수진을 불렀다. 나와 한참 떨어진 곳으로 수진을 데리고 가더니 귓속말을 했다. 나 몰래 무슨 얘기를 나누는 걸까? 궁금해서 몇 걸음 다가가 귀를 기울였지만, 바람 소리에 아저씨의 나지막한 목소리는 묻혀버렸다.

수진이 내게로 걸어오고, 아저씨는 그 자리에서 담뱃불을 깜박이며 그대로 서 있었다. 수진은 추우니까 차에 타고 있자고 했다. 긴장을 해서 잊고 있었는데 그 소리를 들으니 귀가 얼얼한 게 한기가 몰려왔다. 나는 아저씨 쪽을 힐끗 쳐다봤다. 그때까지도 아저씨는 담배를 문 채 불꽃에서 눈을 떼지 못했다. 수진이 먼저 차에 탔다. 수진의 팽팽한 엉덩이가 코앞에서 흔들렸다. 나도 뒤따라 차에 올랐다. 수진의 옆에 나란히 앉았다. 숨이 막혀올 것 같았다. 차 안은 바깥의 소음을 막아주었다. 수진에게서 평소에 맡아보지 못한, 진한 아카시아 향이 났다. 내 옷에는 불 냄새가 났다. 수진에게 불 냄새를 풍길까 봐 걱정이 됐다. 나는 좀 떨어져 앉으려고 몸을 움직였다. 정면을 응시하고 앉아 있는 수진의 봉긋한 가슴이 곡선을 그리고 있었다. 목울대에서 침 넘기는 소리가 났다. 차 안의 고요 속에서 그 소리는 크게 들렸다. 나는 괜히 몸을 사부작거리며 움직였다. 그때 수진이 내 손을 잡았다. 차고 보드라운 살의 감촉이 손바닥에서 가슴으로 전해져 왔다.

"재철아, 많이 놀랐지?"

나는 머리를 긁적였다. 가슴이 쿵쾅쿵쾅 뛰고 아랫도리에 힘이 들어갔다.

"누가 어떤 이야기를 물어도 모른다고 대답해야 해. 괜스레 아저 씨에 대해 말했다가는 큰일 당할지도 몰라. 일이 복잡해지면 내 계획도 차질이 생겨. 나 믿지?"

수진이 그렇게 말하니 가슴 속으로부터 믿음이 용솟음쳐 오르는 것 같았다. 나는 고개를 끄덕였다. 수진은 내 머리를 천천히 쓰다듬었다. 내려오던 손이 내 귓바퀴를 두어 번 만지작거렸다. 그러더니 내 손을 잡아끌어 자신의 치마 속으로 집어넣었다. 수진의 아랫도리는 축축이 젖어 있었다. 수진은 낮은 신음을 냈다. 굳게 닫힌 성문이 열리는 듯 내 맘이 요동치기 시작했다.

"우리 도망갈래?"

수진이 내 등을 끌어당겼다. 나는 고개를 끄덕였다. 수진이 아저 씨에게 당하며 사는 걸 옆에서 지켜보는 것보다 더 힘든 일은 없으 리라 생각됐다. 아저씨로부터 수진을 탈출시킬 수만 있다면 무슨 일이든지 할 것 같았다. 수진과의 은밀한 대화는 아저씨가 문손잡이를 딸깍이는 소리에 깨지고 말았다. 아저씨는 차에 타더니 옹송 그린 수진의 어깨를 두어 번 톡톡 두드렸다. 수진에게 달라붙은 아저씨의 거미 같은 손을 떼어내고 싶은 충동이 치밀었다.

등짐펌프를 진 사람들은 밤을 새우며 불을 껐다. 그들이 내는 발소리, 누군가를 부르는 소리, 교신 소리가 간간이 들려왔다. 인가로 불이 내려오지 않고 야산에서 큰 산으로 옮겨붙지 않은 것은 어둠을 밝힌 사람들이 인간 띠를 이루어 더 번지지 못하도록 물을 뿌려댄 덕분이었다.

밤이 지나고 희붐하게 날이 밝아오고 있었다. 밤새 호드기 소리를 내던 바람도 꼬리를 감추고 잦아들었다. 산에 빼곡한 소나무는 불길이 휩쓸고 지나간 자리마다 검은빛으로 뒤덮였다. 붉은 불꽃은 가라앉고 군데군데 허연 연기가 피어올랐다. 꺼지지 않은 불씨들은 낙엽 더미에서 벌건 몸을 감추고 연기를 피워댔다. 불이 휩쓸고 간 자리마다 짙은 어둠이 깔려 있었다. 불이 남긴 상처는 생각보다 크고 깊었다. 수십 년 수백 년을 자란 나무들이 불에 타버렸다. 산 위에서 헬기가 프로펠러 돌아가는 소리를 내며 낮게 비행을 했다. 뒷불을 잡기 위해 날이 밝자마자 물주머니를 단 헬기 두 대가 작업을 시작한 것이다. 물주머니에서 폭포수처럼 수직으로 물이 낙하했다. 불난 시점이 낮이었다면 이렇게 크게 번지지는 않았을 것이다. 어쩌면 낮이었어도 어젯밤의 바람이라면, 거침없이 불어대던 바람의 강도도 물론이려니와 방향을 가늠할 수 없던 그 바람이라면 헬기가 뜨지 못했을지도 모르겠다.

아저씨는 우리를 태운 채 용달차를 몰고 집으로 올라갔다. 집과 분재원과 묘목밭은 잿더미와 그을음에 뒤덮여 있었다. 어젯밤 뿌린 물은 그새 꽁꽁 얼어붙어 있었다. 물을 뿌렸지만 큰바람이 몰고 온 화마를 피해가진 못했다. 그곳은 이미 폐허로 변해 있었다. 아저씨는 차에서 내리자마자 땅에 퍼질러 앉아 무릎을 꿇었다. 아저씨의 흐느낌이 얼어붙은 땅 위로 울려 퍼졌다. 그토록 지키고 싶어 하던 것들이 한순간에 잿더미로 변한 것이 믿기지 않는 듯했다. 산머리에 퍼진 연한 아침 햇살은 현장을 낱낱이 비춰주었다. 온통 검회색으로 뒤덮인 그곳은 나신처럼 속살을 드러냈다. 나는 눈꺼풀을 가늘게 오므렸다. 그 햇살을 받으며 마당 한가운데 서 있는 수진은 하얀 얼굴을 하고 비현실적인 곳에 있는 사람처럼 주위를 둘러봤다. 별로 애통해하는 기색도 보이지 않았다.

낮에 산불을 감식하는 데서 사람이 왔다. 불이 난 현장을 매의 눈을 하고 훑어보았다. 먼저 아저씨와 한참을 얘기했다. 아저씨는 범인을 꼭 잡아달라며 불쌍한 표정을 지었다. 아저씨 역시 피해를 많이 입어서 그런지 생각보다 쉽게 넘어가는 것 같았다. 그가 나를 불렀다. 머리털이 곤두서는 느낌이었다. 저 사람 앞에서 자칫 실수라도 하면 어쩌나 싶었다. 수진이 내 손을 꼭 잡고 부탁하던 게 생각났다. 이를 꽉 물었다. 산불감식반원은 아저씨에 대한 그날의 행적에 대해 자세히 캐물었다. 나는 분재원에서 일을 하고 있었기에 아무 것도 모른다고 대답했다. 그는 규석 형이 내게 물어보면 뭔가 캘 수 있을 거라고, 방화범을 잡는 데 도움이 될 거라는 말을 했다고 한다. 물벼락을 맞은 듯 온몸에 소름이 끼쳤다. 어제 아저씨가 쓰레기봉투를 들고 나간 일과 그 전에 쓰레기를 태우던 일이 파노라마처럼 머리를 스쳤다. 나는 아는 바가 없다고 딱 잘라 말했다.

불탄 분재원에서 훼손된 분재들을 분주히 정리했다. 나는 불타서 제대로 못쓰게 된 분재 하나를 뽑아서 마당에다 내팽개쳤다. 흙이 흩뿌려지고 분재는 바닥에 곤두박질쳤다. 감식반원은 멀뚱하게 나를 쳐다보더니 더는 묻지 않고 주변을 세세히 살폈다. 타다 만 쓰레기더미를 살펴보면서 뒤적거리기도 하고, 고개를 갸웃거리기도 하더니 이윽고 타고 온 차를 타고 멀어져 갔다.

멀찍이서 지켜보던 수진이 내게 미소를 지어 보였다. 살아가면서 불티가 또 어디로 튈지 모르지만 다른 선택은 생각할 수 없었다. 나를 향해 엄지손가락을 치켜세우던 수진이 다가와 내 손을 잡았다. 수진의 작은 손이 뜨겁게 느껴졌다. 얼음장 같은 내 손이 따뜻해지기 시작했다.

뻥튀기 먹는 남자

경운기 엔진 소리에 춘복은 잠이 깼다. 졸음에 겨운 눈을 비비고 눈을 떠 보니 옆자리가 비어 있었다. 수희가 텃밭에 나가 있거나 부엌에 있으리라 여기며 옷을 주섬주섬 입었다. 불 꺼진 텅 빈 부엌을 지나 앞마당 한쪽에 자리 잡은 텃밭으로 나갔다. 수희가 심어놓은 상추는 손바닥만 한 이파리가 축축한 이슬을 머금고 있었고, 붉게 익은 고추가 여물어가는 가운데 작은 고추가 오종종하게 매달려 있었다. 얼굴에 주름이 자글자글한 신촌댁이 소쿠리를 들고 춘복이 나오는 양을 힐끗 쳐다봤다.

"집사람 못 봤능교?"

"얼어 죽을, 집사람은 무신."

신촌댁은 혀를 끌끌 차며 다듬은 상추를 거칠게 소쿠리에 담았다. 칠 개월을 한집에 살았어도 자식도 있는 늙은 년을 며느리로 들일 수 없다며 고집을 피우고 있다.

"이제 그만 좀 하소."

춘복은 처진 눈꼬리를 추어올리며 소리를 질렀다. 신촌댁은 구시 렁거리며 춘복을 쏘아보았다. 입술은 계속 달싹거리고 있었지만 평소와 다른 춘복의 기세에 더는 큰소리를 내지 않았다. 춘복은 집 밖으로 나가 큰길로 이어진 샛길을 살펴보았다. 고개를 숙인 벼들 사이에 논물을 빼러 나온 상만이 보일 뿐이었다. 다시 방으로 돌아와 장롱문을 열어보았다. 수희의 옷이 보이지 않았다. 가방도, 소지품도, 수희의 체취도 사라진 방 안에서 춘복은 얼빠진 사람처럼 서 있었다. 휴대전화의 숫자 1을 길게 눌렀다. 수희는 전화를 받지 않았다. 춘복은 창밖을 내다봤다. 한쪽이 열린 대문간에 수희가 금방이라도 눈웃음을 지으며 들어올 것 같다.

바람이 세찬 봄날, 춘복은 말려놓은 가래떡을 비닐봉지에 넣고 외출 준비를 서둘렀다. 마흔이 넘도록 총각 신세를 면하지 못한 춘복은 신촌댁과 단둘이 살고 있다. 변변한 논이 있는 것도 아니어서 농사를 짓지 못하는 노인들의 땅을 소작하여 생활한다. 이 마을에는 고령이라 농사를 짓지 못하는 노인이 늘어서 소작할 논과 밭이 많은 편이다. 신촌댁은 춘복을 장가들이려고 백방으로 뛰었지만 마땅한 혼처가 나서지 않았다. 춘복은 재산이라고는 지금 살고 있는 조립식으로 지은 집뿐이고, 가방끈이 긴 것도 아니고, 인물이 훤칠

한 것도 아니다. 게다가 혼기를 놓쳐 총각치고는 나이가 많은 편에 속한다. 깡마른 체형에 사시사철 가무잡잡하게 탄 얼굴. 큰 키에 군더더기 없이 탄탄하게 자리 잡은 근육이 그나마 춘복을 사람답게 보이게 했다. 사람들을 만나면 먼저 인사했고, 어떤 일이든 맡기면 꾀부리지 않고 책임지고 마무리를 했기에 같은 동네를 넘어 인근 마을에서도 가끔 일을 해달라는 부탁을 받곤 했다.

언양 장터에서 뻥튀기 가게를 운영하는 성수는 골반 바지를 입고 슬리퍼를 신은 채 어설프게 움직였다. 가스 불 위에는 뻥튀기 기계가 빙글빙글 돌아가는 중이었다. 한쪽 가판대에는 쌀로 튀긴 하트 모양의 튀밥, 옥수수 뻥튀기, 볶은 콩 등 직접 만든 상품이 진열되어 있었다. 평상에는 춤추는 강아지 로봇이 놓여 있었다. 성수가 손님의 시선을 끌기 위해 작동시키면 강아지 로봇은 음악 소리에 맞춰 앞발을 들고 몸을 들썩이며 춤춘다. 춘복은 늘 봐도 신기한 광경에 넋을 잃고 쳐다봤다. 지나가는 사람들도 발걸음을 멈추고 구경했다. 춘복이 말린 가래떡 봉지를 내밀자 성수는 껌을 씹으며 받아들었다.

성수는 깡통 됫박에 말린 가래떡을 들이부었다. 쌀을 섞지 않으면 눌어붙기 십상이어서 춘복은 따로 챙겨온 쌀을 건넸다. 한 됫박이 꽉 찼다. 사카린을 넣을 건지 묻는 말에 고개를 끄덕였다. 성수는 각진 사카린 몇 알을 됫박에 넣었다. 뜨거운 뻥튀기 기계를 가까이해서 그런지 양 볼이 상기되어 있었다. 성수는 뻥튀기하는 요령을 휴대전화에 저장해놓고 헷갈릴 때면 찾아보곤 했다. 자주 튀는 곡류가 아닐 때는 전주인인 할아버지에게 전화를 해서 해결했다. 춘복은 숙련된 농사꾼인데 비해 성수는 인근 도시에서 온 뻥튀기 초보자다. 가래떡과 쌀을 기계에 집어넣은 지 얼마 지나지 않아 성수가 '뻥이요' 하는 소리를 내지름과 동시에 무쇠솥에서 펑, 소리가 났다. 가래떡 뻥튀기가 철망과 직육면체 모양의 통 안으로 튀었다. 철망을 벗어나는 뻥튀기가 적을수록 숙달된 기술자인데 성수는 아직 그러지 못했다. 빗자루로 통 안을 쓸어 담을 정도로 밖으로 튀는 게 많았다. 큰 소쿠리에 쏟아낸 가래떡 뻥튀기는 처음 모양보다 크게 부풀어 있었고, 시간을 제때 못 맞췄는지 군데군데 거멓게 타 있었다. 뻥튀기 한 알을 집어 입에 넣었다. 사르르 녹으면서 쌉싸래한 맛이 났다.

"얌마, 너무 구웠어."

춘복의 말에 성수는 머리를 긁적거렸다. 대학을 졸업하고 직장을 구한다고 이태 동안이나 용을 써도 제대로 되지 않자 뻥튀기 일에 뛰어들었다. 뻥튀기 가게를 하던 할아버지가 연로해서 더는 일할 수 없게 된 즈음에 기본적인 기술을 전수받아 시작한 것이다. 야심만만하게 시작한 일이었지만 아차 하면 태우거나 덜 튀겨졌다. 곡류의 건조 상태에 따라 달리해야 하는 시간 조절에 성수는 숙련이 덜 돼 있었다. 비닐봉지에 바로 넣으면 오그라들 수 있어서 5분가량을 소쿠리에 넣고 식혀야 했다.

춘복이 기다리고 있는 새 전화기가 울렸다. 시도 때도 없이 불러 대는 상만이다. 지금 당장 착한 암소 숯불고깃집으로 갈 수 있는지 물었다. 숯불 피우는 사람이 화상을 입어서 며칠간 대신 일할 사람 이 필요했다. 농사를 지으며, 소를 쉰여섯 마리를 키우는 상만은 발 이 넓어 근동에서 모르는 사람이 별로 없었다. 일거리가 있으면 자 기 일뿐 아니라 남의 일도 춘복에게 알선을 해줬다. 춘복은 성수가 담아주는 뻥튀기를 들고 불고깃집으로 향했다. 평소에는 장터를 구 경하고 단골 국밥집에서 밥을 한술 뜨는 게 삶의 재미였지만 일거 리가 들어온 이상 어쩔 수 없었다.

고기 굽는 냄새가 고소하게 났다. 춘복이 고깃집 주인으로 보이 는 여자에게 상만의 전화를 받고 왔다고 하니까 그녀는 얼굴에 미 소를 띤 채 숯불을 피우는 곳으로 안내했다. 여자는 숯불을 피워 손 님상으로 가져가는 요령을 말해 주었다. 그녀에게서 분 냄새 같기 도 하고, 향수 냄새 같기도 한 짙은 화장품 냄새가 났다. 목걸이, 반 지, 팔찌로 치장한 여자가 가까이서 내는 숨소리는 설명을 듣는 동 안 숨 막힐 듯 부담이 됐다. 잘 부탁한다는 말을 남기고 여자는 총총 히 멀어져갔다.

여기저기서 벨 누르는 소리와 손님들이 떠드는 소리가 시끌벅적 하게 들려왔다. 춘복은 일이라면 타고 난 사람처럼 뭐든 척척 해냈 다. 멀리서 장을 구경하러 온 사람들이 언양불고기 맛을 보기 위해 음식점을 꽉 채웠다. 낮술을 마신 손님들은 흥에 겨워 목소리를 높였다. 춘복은 얼굴이 벌게져서 숯불을 피워 날랐다. 점심시간이 지나도 손님은 계속 들어왔다. 쉴 틈 없이 점심도 못 먹고 일하다 보니 허기가 졌다. 오후 세 시를 넘어서고 있었다.

나이가 좀 들어 보이는 아줌마 한 명이 국수 한 그릇을 찻상에 받쳐서 들고 왔다. 눈 밑에 잔주름이 잡히고 눈가로 굵은 주름까지 보였지만 웃는 모습은 해사했다. 표가 날 듯 말 듯 화장을 옅게 해서 피부가 투명하게 보였는데 잡티가 없는 얼굴이었다. 선홍색을 칠한 입술은 웃을 때마다 봉선화 꽃잎이 꿈틀대는 것 같았다. 숯불을 피우는 화덕에는 금방 집어넣은 숯이 벌건 밑불의 화력에 주황색으로 몸을 바꾸고 있었다. 얼굴에 땀이 범벅된 춘복은 대여섯 번의 젓가락질에 건더기를 다 먹고 국물까지 마저 들이켰다. 단숨에 한 그릇을 싹싹 비웠다. 아줌마는 어색하게 웃고는 빈 그릇을 챙겨 들고 주방으로 갔다.

밤 열 시가 넘어 집으로 가려 할 때 주방에서 일하던 아줌마도 앞치마를 벗으며 입구 쪽으로 나왔다.

"국수 잘 먹었심더."

춘복은 최대한 예의를 갖춰 말했다. 아줌마는 히죽 웃을 뿐 별말을 하지 않았다.

"춘복이라 캐요."

"전 수희예요. 차수희."

서로 통성명을 하는 머리 위에는 뭇별이 쏟아지고 있었다. 춘복은 집으로 가는 내내 별을 쳐다보며 싱숭생숭한 가슴을 쓸어내렸다.

어디부터 찾아봐야 하나. 수희가 없는 집은 텅 빈 소라 껍데기 같았다. 수희가 왜 아무 말도 없이 집을 나갔는지 알 수 없었다. 그제까지만 해도 밭에 심고 싶은 채소에 관해 얘기하며 들뜬 모습을 보이지 않았던가. 춘복은 옷을 챙겨 입고 집을 나섰다. 장터 주변을 이 잡듯 뒤질 심산이었다. 먼저 불고깃집에 들렀는데 주인 여자가 반갑게 맞아 주었다. 마침 커피를 타던 참인데 한 잔 줄까 하며 물었다. 춘복은 고개를 저으며 수희를 못 봤는지 되물었다. 여자는 자기가 안부를 물어볼 참이었는데 무슨 말이냐며 미심쩍은 얼굴로 쳐다봤다. 단골 국밥집, 고추 방앗간, 종묘상, 뻥튀기 가게, 미용실 등 평소에 자주 가는 곳을 죄다 돌아다니며 수희에 대해 물어 보았지만 다들 고개를 가로저을 뿐 봤다는 사람은 없었다.

해가 뉘엿하도록 돌아다닌 춘복은 부아가 치밀었다. 그동안 수희와 함께 살면서 끊었던 술 생각이 다시 났다. 단골로 다니는 장터 국밥집에서 소주를 시켜 마시기 시작했다. 세 병째 마시고 있을 때 주인이 마칠 시간이라며 그만 마시라고 했다. 춘복은 술도 마음대로 못 마시는 세상이냐고 고함을 지르면서 자리에서 일어났다. 눈가에 잔주름을 잡으며 밝게 웃는 수희가 눈앞에 아른거렸다.

"내 진즉에 그년이 맘에 안 들었지럴."

술에 취해 비틀거리며 들어오는 춘복을 향해 신촌댁은 감정이 격해져 소리를 질렀다.

"다 엄마 탓임더. 우리 수희, 엄마가 찾아오소."

춘복은 혀 꼬부라진 소리로 심통을 부렸다. 눈에는 핏대가 서 있었다.

"천하에 복 없이 생긴 년이 뭐에 좋다고? 차라리 잘됐구마는. 아를 낳을 수가 있나, 지 새끼 따로 둔 년한테 정 붙여봐야 남는 건 빈 껍데기지, 암 그렇고말고. 차라리 외국 며느리 사들이면 핏줄이라도 하나 건지지. 늙어빠진 년이 뭐에 좋다고 저 난린지."

"실데없는 소리 그만하소, 듣기 싫으니까."

훌쩍거리던 춘복은 외출복을 입은 상태로 고꾸라져서 잠이 들었다. 옷에는 얼룩이 묻어 지저분했고, 술 냄새가 방 안에 진동했다.

이른 아침에 상만이 외양간 치우는 걸 도와줄 수 있느냐며 전화가 왔다. 춘복은 몸이 아파서 못한다고 술이 덜 깬 목소리로 대답했다. 평소에 상만의 말이라면 팥으로 메주를 쑨다고 해도 믿고 따르는 편이었지만 수희가 없는 마당에 춘복은 세상일이 귀찮은 듯 만사를 제치고 장터로 갔다. 똑같은 코스를 돌며 수희를 찾아 하루를 보냈다. 술에 취해 돌아오니 신촌댁의 잔소리도 어제와 흡사했다. 당장 내일이라도 외국 며느리 맞선 보는 데를 알아보겠다고 으름장을 놓았다. 춘복은 죽어도 그런 일은 없을 거라며 성질을 부렸다.

춘복은 며칠째 소화도 되지 않고, 위에 심한 통증을 느꼈다. 얼굴은 노르께하고 눈은 쑥 들어가 있었다. 죽도 못 넘기고 끙끙 앓았다. 구토를 하면 휴지에 피가 묻어나왔고, 까만 똥을 눴다. 보다 못한 신촌댁이 상만을 데리고 왔다. 수희가 떠난 지 스무하루째다. 양복을 차려입은 상만이 머리맡에 버티고 서 있었다. 상만은 귀밑머리가 길기 전에 말갛게 깎는다. 나이에 비해 젊어 보여서 열한 살이나 적은 춘복과 친구라고 해도 믿을 정도다. 상만은 춘복에게 병원에 가자고 했다. 춘복은 이렇게 살다 죽겠노라며 뻗댔다. 그 모습을 지켜보던 신촌댁은 팔자타령을 하며 울어댔다. 남편 앞세운 년이 이제 자식까지 앞세우게 생겼다며 가슴을 탁탁 쳤다. 춘복은 그제야 오만상을 찌푸리며 나갈 채비를 차렸다. 상만은 몇 주째 춘복이 농사일을 해주지 않아 일이 밀려 가뜩이나 바쁜데 느릿느릿 채비하는 양이 마음에 안 드는지 연신 헛기침을 해댔다. 신촌댁은 상만의 눈치를 보느라 춘복에게 잔소리를 심하게 해댔다.

"위 천공입니다. 당장 수술하지 않으면 위험해요."

의사는 냉정한 얼굴로 말했다. 춘복은 듣도 보도 못한 병명이다. 입원해야 한다는 의사의 말에 어안이 벙벙했다. 이날 입때까지 입원이라고는 모르고 산 세월이다. 이게 다 그년 때문이야. 신촌댁은 그 순간에도 수희의 흠을 잡느라 혈안이 돼 있었다. 그동안 일을 못해서 여윳돈도 없는데 병원비까지 들게 생겼다. 수술을 위해 피검사를 비롯해 몇 가지 검사를 더 했다. 뜬금없이 병원 침대에 누워 있는 자신이 낯설었다. 신촌댁이 동생이라며 전화를 바꿔주었다. 동생은 병문안을 오겠다고 했다. 춘복은 직장 일이나 잘하라며 전화를 끊어버렸다.

"왜 오겠다는 애를 못 오게 하노?"

신촌댁은 아들을 못 보는 게 서운한지 잔소리를 했다.

"아픈 사람 보면 뭐하능교, 속만 상하지."

춘복은 시큰둥하게 쏘아붙였다. 동생은 내로라하는 공기업에 다니고 있다. 열아홉 살 되던 해에 아버지를 여의고 그때부터 춘복은 가장이 해야 할 역할을 했다. 고등학교를 졸업하자마자 물고기, 메뚜기를 잡아 동생들 학비며 용돈을 만들었다. 그도 부족하면 닥치는 대로 궂은일을 했고, 돈이 급하면 인력시장에 나가 막노동을 했다. 그 시절 친하게 지내던 여자 친구가 한 명 있었다. 향산에 사는 애였는데 학교 다닐 때부터 아는 사이였다. 데이트할 시간과 여윳돈이 없어 자주 만날 수 없었고, 가끔 만날 때도 겨우 커피값을 낼 정도였다. 시골 생활 답답하지 않으냐며 툭 던지듯 한마디 한 이후 그녀는 말없이 도시로 떠났다, 이별이라는 최후통첩도 없이.

그녀가 떠났지만 생계를 책임지느라 다른 생각을 할 겨를이 없었다. 어쩌면 빗나가버린 사랑을 의도적으로 잊으려 한 건지도 모른다. 친구들은 진학이나 취업을 위해 도시로 떠나고 춘복은 고향에 남았다. 동생 셋을 공부시켜 출가시키고 나니 춘복은 어느새 마흔이 되어가는 시점이었고, 올해 마흔두 살이다. 한창 젊을 때는 쳐다보는 아가씨도 더러 있었지만 지금은 그런 일이 거의 없다.

동생들은 결혼 후 제 살기에 바빠 신촌댁에게 용돈을 주는 것도 1년에 설, 추석 때 주는 게 다였다. 동생들이 오면 신촌댁은 아껴서 구석구석 갈무리해 둔 온갖 농산물을 챙겨주느라 바빴다. 동생들은 번듯하게 사회에 자리 잡을 수 있도록 했지만 춘복은 정작 자신에 대해서는 아무런 준비도 해놓지 못했다. 지금도 춘복의 명의로 된 땅뙈기 하나 없이 소작농으로 근근이 살림을 이어나가고 있다. 그에 비해 상만은 근동에서 소문난 부농이다. 일거리가 많은 상만은 춘복에게 일을 자주 시켰다. 조금 적은 품삯을 줘도 춘복은 군말 않고 상만네 일을 했다. 어디 장기간 일을 보러 갈 때도, 해외여행을 갈 때도 상만이 부탁하면 논물 대는 일이나 소에게 여물 주는 일을 대신했다. 이보다 사소한 부탁을 할 때는 별도의 수고비를 주지 않았지만 싫은 내색을 하지 않았다. 그만큼 상만에게는 춘복이 꼭 필요한 사람이다.

춘복은 외국인과 결혼하는 건 취향이 아니라고 말했지만 신촌댁은 나름대로 외국 며느리를 얻으려고 여러 방면으로 노력을 해본 모양이었다. 적지 않은 돈이 들어서 제일 살림이 괜찮은 바로 밑의 남동생에게 부탁했는데 단번에 거절당했다는 말을 여동생에게 하는 걸 우연히 들었다. 춘복이 외국인 처를 얻고 싶었으면 동생에게 매우 섭섭했겠지만, 그런 마음이 없었던 터라 돈을 해주지 않은 걸 오히려 다행스럽게 여겼다. 나이도 있는데 젊은 색시를 맞는다는 게 부담스러운 데다가 돈을 주고 데려와야 한다는 것도 내키지 않았다.

"인자 산소는 그만 댕겨. 자꾸 그런 데 댕기까네 몸도 아프다 아이가."

신촌댁은 술을 연달아 먹은 사실을 잊기라도 한 것처럼 춘복이 아픈 이유를 다른 데서 찾았다. 죽은 이를 그리워하면 산 자에게 해를 입힌다는 속설이 있다. 그래서인지 춘복이 산소에 가면 신촌댁은 기겁을 한다.

동생들을 공부시키면서 아버지 산소를 친구 집 드나들듯 찾아갔다. 그럴 때마다 힘을 얻어 오곤 했다. 덤불숲이 이어진 소로를 따라 한참을 올라가면 산소가 있었다. 아버지, 하고 몇 번 부르면 서러움이 저만큼 멀어져가는 듯했다. 어떤 날은 새벽녘에, 어떤 날은 땡볕이 내리쬐는 한낮에, 또 어떤 날엔 별이 초롱초롱 박힌 밤에, 혹은 바람이 몹시 시리게 불던 저녁에, 대답은 없지만 위안을 주는 그곳으로 달려가곤 했다. 한 걸음도 나아갈 수 없을 것 같은 막막한 상태에서도 다시 용기를 얻었다. 돌아가신 아버지를 생각하면 못할 일이 없을 것 같았다. 삶과 죽음의 경계에 서면 두려움이 서서히 가라앉았다. 소주 한 병 들고 가서 아버지 한 잔, 저 한 잔 마시다 보면 그곳에서 잠이 들기도 했다. 어릴 때 그렇게 무섭던 산소가 어느 순간 아무렇지도 않았다.

공동묘지가 있는 아버지 산소 옆쪽에는 봄부터 음산한 기운이 감돌았다. 올봄에 트럭이 여러 대 드나들었다. 사람들은 감기에 걸리면 병원에서 치료를 하지만 닭들은 그런 기회가 없었다. 마을의 닭이 천 마리 넘게 땅속으로 사라진 이후로 이 마을에는 닭이 우는 소리가 들리지 않았다. 대신 산속에서 그 소리가 들린다, 땅속 깊은 곳에서 들려오는 울음소리. 그곳을 지나칠 때면 죽음의 냄새가 나는 듯했다. 살 썩는 냄새, 비릿한 닭똥 냄새가 났다. 검붉은 핏물이 땅에 스며들어 물줄기와 합해지는 꿈을 꾸기도 했다. 그날 춘복은 일당을 받고 닭 잡는 일을 했다. 백 포대 넘는 자루를 차로 실어 날랐다. 그날 밤 손끝에서 닭이 파닥거리는 느낌에 잠을 설쳤다. 그 증세는 며칠간 이어졌다. 방역차를 타고 온 직원은 산 전체를 뒤덮고 남을 정도로 뿌연 소독약을 뿌려댔다. 한 치 앞도 보이지 않는 산속, 기계음만 들리는 그 속에서 고립된 죄인처럼 눈물을 흘렸다. 꿈에 닭들이 자꾸만 나타나서 춘복은 황태포를 사고 술을 사서 거기다 절을 하고 1.8ℓ 소주를 병째 뿌렸다.

"다시 태어날 땐 좋은 데 태어나거래이."

춘복은 주문을 외듯 웅얼거렸다. 그날 밤 춘복은 닭이 하늘나라로 훨훨 날아올라 가는 모습을 봤다.

병원에 누웠으니 온갖 잡념이 머리를 떠돌았다. 그중에서도 가장 궁금한 건 수희의 소식이었다. 간간이 병문안을 오는 사람들에게 수희에 관해 물어봤지만, 최근에는 본 적이 없다는 암담한 말만 들을 수 있었다.

퇴원 수속을 도와주러 온 상만이 모임을 갔다가 춘복이 일했던 불고깃집에서 수희를 봤다고 했다. 이름을 들으면 알 만한 감투를 여러 개 쓰고 있는 상만은 모임이 많았고, 저명한 인사들과도 막역하게 지냈다. 아버지로부터 물려받은 재산이 많은 데다 마누라와 자식까지 있어 뭐 하나 부족함이 없어 보였다. 병원비가 없어 고민하던 차에 신촌댁의 요청으로 상만이 먼저 계산하고 뒤에 춘복이 갚기로 했다. 한 달 동안 남의 집 일을 해야 벌 수 있는 돈이 병원비로 나갔다. 춘복은 상만에게 들를 데가 있으니 먼저 가라 하고는 그 길로 불고깃집으로 향했다. 구릿빛 얼굴은 조금 하애졌지만 몸의 힘은 예전 같지 않았다. 수희로 인해 몸을 혹사한 바람에 저승 문턱까지 갔다 온 듯했다. 말 한마디 없이 곁을 떠난 수희가 야속했다. 춘복은 가게 입구에서 몇 번이고 들어갈까 말까 망설였다. 이렇게 가까운 곳에 왔는데도 춘복을 찾지 않아 서운했고, 수희의 마음을 알 수 없었기에 더욱 조바심이 났다. 일전에 일하러 왔던 날 코를 자극하던 고기 굽는 냄새가 바람을 타고 날아들었다.

춘복은 냄새에 이끌려 불고깃집 안으로 들어갔다. 과부인 가게 여주인은 춘복을 보더니 반가운 티를 냈다. 자판기 커피를 빼서 춘복 앞에다 놓으며 작은 옥니를 드러내며 웃었다. 그동안 더 핸섬해졌다며 춘복의 어깨에 손을 얹었다. 짙붉은 매니큐어가 눈앞을 스쳤다. 춘복은 짙은 라벤더 향수 냄새에 그만 정신이 아뜩해졌다. 일하고 싶으면 언제든지 찾아오세요. 여자는 눈웃음을 지으며 말했다. 춘복은 당분간 자극적인 음료를 마시지 말라는 의사의 말을 잊고 커피를 홀짝이며 주방 안을 살폈다. 수희가 주방에서 바쁘게 움직이는 모양이 포착됐다. 당장 끌고 나가고 싶었지만 여자의 눈치를 살피느라 그러지 못했다. 주방으로 얼굴을 들이밀고 마치는 시간에 맞춰 데리러 오겠다는 말을 했다. 수희는 들었는지 말았는지 새치름한 얼굴로 춘복을 흘끔 쳐다볼 뿐이었다.

춘복은 그 길로 집으로 가서 현미 두 되를 들고 다시 장터를 찾았다. 뻥튀기하는 장면은 늘 봐도 재밌고, 부풀려진 뻥튀기는 맛이 좋았다. 춘복은 어릴 때 명절 전에 마을을 돌며 뻥튀기를 하는 장수가 무슨 마법이라도 부리는 줄 알았다. 길게 늘어선 줄, 귀를 찢는 듯한 뻥 소리, 망 안에 들어간 튀밥에 이어 오목한 고무 받침대에 우르르 쏟아지던 뻥튀기의 하얀 알갱이……. 아저씨는 받침대에 쏟아진 튀밥은 한 줌씩 맛보는 걸 허락해줬다. 달착지근하고 사르르 녹는 맛이 일품이었다. 작고 단단한 쌀이 굵고 보드라운 튀밥으로 변할 때면 세상을 다 얻은 듯 가슴이 콩닥거렸다. 밤늦도록 집에 가지 않고 구경하느라 신촌댁에게 종아리를 맞기도 했다. 춘복은 마법처럼 수희와의 일이 잘 풀리고, 병원비도 빨리 갚고 잘 살기를 바라는 마음으로 뻥튀기를 하러 갔다.

성수의 가게 가까이 갔을 때 뭔가 시끌벅적한 소리가 났다. 선글라스를 끼고 몸집이 뚱뚱한 중년 여자가 성수에게 큰소리로 퍼붓고 있었다. 바닥에는 튀밥이 수북하게 흩어져 있었고 소쿠리는 뒤집혀 있었다. 거뭇하게 탄 튀밥이 가게 바닥에 어지러이 흩날렸다. 튀밥을 사이에 두고 성수와 중년 여자가 대치했다.

"애들 간식하려고 한 튀밥을 이렇게 태워놓으면 어떡해요?"

"죄송합니다. 현미를 사서 다시 튀겨드리겠습니다."

"됐어요. 현미값이나 물려줘요."

"현미가 몇 되고?"

춘복이 끼어들며 물었다. 마침 두 되라는 말에 성수에게 현미를 건네며 이거라도 대신 드리라고 했다. 성수는 눈이 휘둥그레지면서 춘복을 바라봤다. 춘복은 성수의 손에 현미를 쥐여 주었다.

"다시 튀겨드릴까요?"

"뭐 이딴 데가 있어, 재수 없게."

중년 여자는 현미를 빼앗듯 잡아채고는 뒤돌아섰다. "죄송합니다."를 연발하며 고개를 숙이던 성수는 현미를 손에 들고 저만큼 멀어져가는 여자의 뒷모습을 멍하니 쳐다보았다. 다른 뻥튀기 가게까지 멀어졌을 때, 잇새에 바람 새는 소리와 함께 입을 달싹대며 가운뎃손가락을 치켜세웠다.

성수는 오랜만에 들른 춘복을 두 팔로 안았다. 춘복은 바닥에 흩어진 튀밥을 치우기 시작했다. 알갱이가 작은 현미라 깔끔하게 정리하는 데 시간이 오래 걸렸다. 쓰레기봉투에 담고 난 뒤 성수의 얼굴을 조심스레 살폈다. 이런 날은 기분 전환을 해야 한다며 성수는 춤추는 로봇 강아지의 전원을 켰다. 그러곤 강아지를 따라 두 팔을 위로 올렸다 내렸다 했다. 호리한 몸매를 하고 음악에 맞춘, 경쾌한

동작이 텔레비전에서 아이돌 가수가 추는 춤과 흡사했다. 춘복은 옆에서 박수를 치며 흥을 돋웠다.

"형, 아깐 고마웠어요."

춘복은 살짝 들어간 주걱턱을 내밀며 웃었다. 성수는 그간 춘복의 사정을 몰랐다면서 병문안이라도 가봐야 하는데 미안하다며 머리를 긁적였다. 하트 모양으로 튀겨진 뻥튀기 한 봉지를 춘복에게 건넸다. 성수에게서 탄내가 났다. 춘복은 뻥튀기 하나를 꺼내 와삭 씹었다. 고소한 맛이 혀끝을 감돌았다. 하트 모양의 뻥튀기는 쌀알을 넣으면 자동으로 튀겨지는 방식이라 타지 않고 맛이 한결같다. 평상에 앉아서 한참 동안 성수가 일하는 양을 지켜보았다. 아직은 서툴지만 조금씩 나아지고 있었다.

"아줌마는 찾았어요?"

"응, 오늘 저녁에 데리러 가려고……."

돌아서는 춘복을 향해 성수는 손가락으로 브이 자를 그리며 파이팅을 외쳤다.

춘복은 단골 가게를 죄다 들러 사람들을 만나면서 수희의 퇴근 시간을 얼추 맞추려고 애썼다. 수희가 다시 집으로 와줄지 의문이었다. 낮에 자신을 별로 반기지 않던 모습이 떠올랐다. 불안감을 없애려고 사람들과 너스레를 떨었다. 장사하느라 오랫동안 이야기를 들어주진 못했지만 춘복을 진심으로 반겨주었고, 입원한 데 대해 안타까워했다.

수희가 마치는 시간이 돼서 불고깃집 앞에서 서성거렸다. 손에는 뻥튀기 한 봉지를 들고 있었다. 수희가 밖으로 나왔다. 춘복이 기다리는 걸 알아챈 수희는 비스듬히 고개를 돌렸다.

"그만 가세요."

수희는 단호한 목소리로 쏘아붙였다.

"우리 집으로 갑시더."

춘복이 정중하게 사정을 했다.

"박복한 년 만나봐야 춘복 씨 앞만 막지 뭐하겠어요? 앞길이 구만리 같은 청춘 붙잡고 내가 미쳤지."

"내 청춘도 이미 물 건너갔심더!"

춘복은 거칠게 항변을 했다. 수희에게 커피숍에 가자고 했으나 싫다고 했다.

"잠깐 걸으며 얘기라도 좀 합시더."

"얘기해도 답이 없어요. 난 매인 몸인데 춘복 씨께 가당키나 하겠어요? 서로에게 상처만 남길 뿐이에요."

수희는 그 말이 끝나자마자 부리나케 앞으로 나아가며 걸었다.

"그때 우리 집에서 살 땐 무슨 맘이었능교?"

수희는 대답을 못하고 발걸음을 천천히 하며 한숨을 내쉬었다. 춘복은 수희의 손목을 잡고 잡아끌듯 앞서 걸었다.

두 사람은 남천을 따라 난 산책길을 걸었다. 조금 덜 찬 보름달이 흐르는 내에 걸려 일렁거렸다. 산책길 가장자리에 만들어놓은 벤치에 앉았다. 태풍이 한차례 휩쓸고 지나간 내는 세찬 물소리를 내며 흐르고 있었다. 달은 처연히 두 사람을 비추었다. 수희는 한참 앉았다가 이윽고 입을 열었다. 막내의 전화를 받고 집으로 달려갔다고 했다. 이번에는 어떤 일이 있어도 살아보려고 한 모양이었다. 살가운 아이들에 비해 남편의 습벽은 전혀 변하지 않았다. 망각은 남편에 대해 용서하라고 종용했지만 현실의 상황은 녹록지 않았다. 그동안 수희가 객지 생활을 한 탓인지 의처증이 심해져 갔다. 더러운 년, 뭐하러 들어왔느냐며 정신을 고문했다. 자식들 생각에 살아볼 생각을 했으나 잠도 못 자게 따지고 드는 통에 도저히 버틸 수가 없었다. 그동안 번 돈을 자식들 뒷바라지에 생활비로 쓰다 보니 돈은 금방 바닥이 났고, 남편은 오히려 자신에게 의지하며 돈 벌 궁리도 않았다. 살아갈 희망마저 없어 집을 떠나올 수밖에 없었다고 했다.

춘복은 수희의 어깨에 손을 얹었다. 어깨가 미세하게 떨리고 있었다. 그간 수희의 고생이 고스란히 전해져 왔다. 춘복은 가만히 수희를 안았다. 작은 수희의 몸이 춘복 안에 쏘옥 들어왔다. 춘복의 심장이 쿵쾅거리기 시작했다. 심장 소리와 물소리가 장단을 맞춘다. 산골짜기에서 흘러나와 한 덩이로 합수되어 흐르는 물소리는 점점 더 크게 들렸다.

다음 날, 신촌댁은 수희가 집에 왔음을 뒤늦게 발견하고 아침부터 욕지거리를 쏟아부었다.

"나쁜 년, 어데 사람이 없어 총각한테서 떨어질 줄 모르노. 미친놈, 평생 저년 자식들 뒷바라지하느라 니놈 등골 빠지고 다 늙어빠질 줄 알아라. 내가 속 터져서 못 살아. 염라대왕요, 더런 꼴 안 보도록 내부터 델꼬 가소."

신촌댁은 수희가 돌아온 게 못마땅해 눈에 쌍심지를 켜고 욕을 했다. 수희는 말없이 아침밥을 준비하고 있었다. 춘복은 신촌댁의 말이 일면 이해가 됐으나 마음도 모르고 떠들어대는 게 못내 불안했다. 저러다가 수희가 언제 또 집을 나가게 될까 노심초사했다.

수희가 온 날부터 춘복은 미꾸라지 통발을 놓기 시작했다. 입이 늘었으니 한 발 더 부지런히 움직여야 했다. 저녁에 통발 안에 깻묵을 집어넣고 지퍼를 채운 뒤 벼 고랑 사이를 파서 서른 군데에 설치했다. 이튿날 새벽에 가면 통발 안에 적게는 열 마리에서 많게는 예순 마리 넘게 들어서 파닥거렸다. 통통한 가을 미꾸라지는 가격이 좋았다. 동생들을 공부시킨 전적이 있는 만큼 물고기 잡는 데는 이골이 나 있다. 양식 미꾸라지의 텁텁한 맛에 비해 보드랍고 담백한 자연산 미꾸라지는 불티나게 팔려 나갔다. 수희도 메뚜기를 잡거나 춘복을 따라 일을 하러 다녔다. 남자와 여자의 품삯은 달랐지만 부지런하고 재발라서 섭섭지 않게 쳐주었다.

상만네 벼를 베어달라는 부탁을 받고 수희와 일을 하러 갔다. 탈곡기가 들어가서 작업을 하기 위해서는 입구 쪽과 모서리의 벼를 수작업으로 베야 했다. 수희는 낫을 들고 얼굴에 흙을 묻혀가며 열심히 벴다. 벼 포기가 잘릴 때마다 타닥타닥 경쾌한 소리가 났다. 춘복은 목에 두른 수건을 풀어 수희의 얼굴을 닦아주었다. 누르스름한 벼들 사이에 파묻힌 수희는 햇살 속에서 환한 미소를 지었다. 해가 뉘엿하게 넘어가고 난 뒤에도 계속 작업을 했다. 어느새 벼가 이슬을 머금고 있었다. 기다란 잎 위에 얹힌 투명한 물방울을 쳐다보며 두 사람은 일손을 놓았다. 상만이 쳐준 품삯은 두 사람이 일한 시간에 비해 적은 편이었지만 춘복은 웃으며 돈을 호주머니에 집어넣었다.

수희는 병에 걸린 사람처럼 그동안 모은 돈을 들고 주기적으로 자식들을 찾아가 돌보고 돌아오곤 했다. 예전처럼 몰래 가는 게 아니라 춘복에게 말을 하고 갔다. 일주일쯤 자식들을 뒷바라지하고 다시 돌아오곤 했는데 그에 대해 춘복은 아무 말도 하지 않았다. 집에 살림이 빠져나가는 걸 모르는 바가 아니었지만, 그에 대해서도 모른 척했다. 한 번씩 집에 다녀올 때마다 신촌댁의 지청구는 심해졌지만 두 사람의 연을 끊어놓지는 못했다. 춘복은 동네 어르신이 방문하면 어김없이 뻥튀기를 대접했다. 가끔 고향을 방문한 손자를 데리고 오기도 했는데 그때는 뻥튀기를 한 줌 더 얹어 내어놓았다. 어른이나 아이 할 것 없이 뻥튀기는 인기가 있었다. 꼬맹이를 바라보는 춘복의 눈빛에는 그윽한 애정이 담겨 있었다. 간절하지만 가질 수 없는 것, 춘복에게도 그런 게 있었다.

올가을에 수확한 찹쌀로 만든 찐쌀을 들고 뻥튀기를 하러 가는 길이다. 신촌댁은 양식을 축낸다면서 춘복의 그런 습관을 아직도 이해하지 못했다. 재산도 없고, 마누라도 없고, 자식도 없는 놈이 되지도 않은 일에 매달린다고 핀잔을 주었다. 남의 마누라 건사해봐야 밑 빠진 독에 물 붓기지 아무 소용없다며 틈만 나면 악다구니를 쳤다.

아무리 살아도 가족관계등록부에 올릴 수 없는 여자, 춘복의 아이를 낳아 줄 수도 없는 여자, 수희는 그런 여자다. 그런데도 춘복은 살아갈 의미가 그녀에게서 비롯되고 있음을 어렴풋이 느꼈다.

"뻥이요!"

성수의 고함과 함께 펑, 하는 소리가 귀청을 찢는 듯하다. 허연 연기가 피어오르고 나면 흐릿하던 시야가 선명해지면서 속살을 드러낸 뻥튀기가 보인다. 수희가 신촌댁과 함께 다정하게 밥을 먹고 있는, 춘복이 자신의 논에 씨를 뿌리는, 성수가 뻥튀기 가게 사장이 된 모습이 부푼 튀밥 위에 오버랩 된다. 현미를 태운 이후로 성수는 튀기는 곡류에 따라 다르게 하는 시간을 세심하게 기록하며 연습을 거듭했다. 그 덕분에 오늘 튀밥은 알맞게 부풀어 올라 탐스러웠다. 처음보다 몇 배로 몸을 불린 찐쌀 튀밥을 한 줌 집어 먹으며 춘복은 활짝 웃는다.

쿠마토

현관에 들어섰을 때 새엄마는 달력 앞에 서 있었다. 내가 들어서
는 소리에 흠칫 놀라며 장식장 위에 슬그머니 무언가를 놓았다. 비
밀을 들킨 사람처럼 눈빛이 흔들렸다. 외출하고 방금 들어왔는지
분칠이 밀려 군데군데 가무잡잡한 민낯이 드러났다. 아침에 아빠에
게 읍사무소에 간다고 얘기하는 걸 들었다. 미소를 짓던, 상기된 얼
굴이 떠올랐다. 장을 봐온 먹을거리를 그대로 두고 달력 앞에서 무
얼 하려던 걸까? 새엄마는 애써 나를 외면한 채 찬거리를 챙겨 들고
부엌으로 들어갔다.

화장실에서 나오던 아빠가 새엄마를 불렀다. 착 가라앉은 목소
리로 영수증과 잔돈을 가져오라고 했다. 새엄마는 지갑에서 그것들
을 꺼내놓았다. 아빠는 영수증을 한 장 한 장 살피면서 잔액을 맞춰
보았다. 새엄마는 안절부절못하는 얼굴로 앉아 있었다. 아빠는 생

활비 한 달 치를 한꺼번에 주지 않았다. 장 보러 갈 때마다 새엄마는 그 품목을 적어야 했다. 새엄마는 귀찮아하지도 않고 아빠가 시키는 대로 했다. 립스틱이나 속옷 하나를 살 때도 아빠의 허락이 필요했다. 아빠는 거스름돈에서 동전만 남겨두고 종이돈은 챙겨갔다.

내가 씻으려고 머리를 묶을 때였다. 문틈 사이로 새엄마가 보였다. 새엄마는 큰방 쪽을 힐끗 보고는 달력 앞에 서서 날짜에다가 동그라미를 쳤다. 큰 달력이라 글씨가 또렷하게 보였다. 17일이었다. 중요한 날인 듯 두 번 세 번 그렸다. 순간 가슴이 덜컥 내려앉았다. 그날은 내 생일이다. 새엄마에게 생일을 알려준 적이 없는데, 이상했다. 혹시 아빠에게 물어봤을 수도 있기에 내심 기대가 됐다.

저녁에 새엄마는 내가 좋아하는 삼겹살을 불판에 얹었다. 노릇노릇 익은 고기를 접시에 옮기기 전에 내 밥 위에다 얹어주었다. 젓가락질이 아직 어설펐다. 두 번을 챙겨줘도 나는 고맙다고 하지 않았다. 혀끝을 감도는 맛이 일품이었지만 말없이 고기를 씹었다. 이제 됐어요. 새엄마가 세 번째 고기를 얹었을 때 퉁명스럽게 쏘아붙였다. 새엄마는 물끄러미 쳐다보더니 입술을 조금 벌린 채 들릴 듯 말 듯 한숨을 삭였다. 쪼그리고 앉은 새엄마의 허벅지에 검퍼런 멍이 보였다.

주문 받은 쿠마토를 딴다며 아빠와 새엄마는 밤일을 하러 하우스로 갔다. 갈증이 나서 나는 물을 꺼내 마셨다. 그릇장 한쪽 구석에 못 보던 책이 꽂혀 있었다. 새엄마가 짬짬이 들여다보는 한국어 교재는 거실 탁자에 가끔 보였는데, 이 책은 처음이었다. 겉장을 보니 한식에 관한 요리책이다. 우리 요리에 서툴러서 참고하나 보다, 하고 제자리에 끼워 놓았다.

학교에 가려는데 식탁에 아무것도 없었다. 평소와 달리 새엄마가 아침밥을 차려놓지 않았다. 일어나지 않았는지 기척도 없었다. 삐죽이 열린 큰방 문을 밀어보았다. 새엄마는 끙끙 앓는 소리를 내며 누워 있었다. 들어가 보려다 못 본 척 물러났다. 아빠를 찾아볼까 싶었지만, 학교에 갈 시간이 돼서 빈속으로 집을 나섰다. 아빠가 하우스 쪽에서 걸어오고 있었다. 새엄마가 아픈 것 같아요. 나는 맥 빠진 목소리로 말했다. 아빠는 놀라지도 않고 내 눈을 피해 먼 곳을 바라봤다. 내가 밥을 먹었는지 말았는지 신경도 쓰지 않았다.

주말에 약속도 없고 공부도 하기 싫어서 집에서 빈둥거렸다. 쿠마토를 따서 실어내는 시기라 아빠와 새엄마는 비닐하우스에 작업하러 가고 없었다. 하우스에는 통통하게 살이 오른 쿠마토가 암녹색과 붉은색이 섞인 표면에 반질반질 윤이 나고 있었다. 포장 작업을 마친 상자는 월요일이면 차가 와서 실어간다. 나는 아무리 집안일이 바빠도 도와줄 생각을 하지 않았다. 아빠도 그걸 당연하게 받아들이기 때문에 양심의 가책 같은 건 느끼지 않았다. 휴대전화를 갖고 게임을 하거나 친구들과 카톡을 하다가 싫증이 나면, 텔레비전을 틀어 오락 프로그램을 보면서 오롯이 나만의 시간을 누렸다.

한 채널에서는 아동을 때려 숨지게 한 계모에 대해 보도했다. 많은 사람이 거리로 뛰쳐나와 '살인'이라고 적힌 피켓을 들고, 그에 맞는 죗값을 치러야 한다며 한목소리로 외치는 장면을 상세하게 내보냈다. 아나운서의 말이 채 끝나기 전에 채널을 다른 데로 돌렸다.

보통 때 같으면 저녁밥을 할 때쯤이면 일을 마치고 들어오거나 많이 바쁠 때는 저녁을 먹고 다시 작업하러 나간다. 오늘은 날이 어둑해지고 있는데도 소식이 감감했다. 배도 고프고 궁금하기도 해서 집 옆에 있는 하우스로 발걸음을 옮겼다. 집은 길 쪽에 가깝게 있고, 하우스는 집 안쪽으로 쑥 들어간 곳에 자리하고 있다. 어둠이 깔린 허공 아래로 하우스 안에서 희미하게 불빛이 새어 나왔다. 침침한 어둠에 에워싸여 금방이라도 흰빛 하우스가 검게 물들 것 같이 보였다. 아빠는 문단속을 철저히 한다. 엄마가 집을 떠난 후에 아빠는 철물점에서 자물통을 사다 걸었다. 오늘은 하우스 문고리에 무쇠 자물통이 한쪽이 벌어진 채로 매달려 있었다.

문을 여는데 괴성이 들렸다. 나는 그 자리에 멈춰 섰다. 새엄마는 제대로 알아듣기 힘든, 바다 건너 고향 땅에서 쓰던 말을 내뱉었다. 다급하거나 화가 날 때면 주문을 걸듯 낯선 말이 튀어나왔다. 새엄마가 지르는 소리는 짐승이 앓는 소리 같았다. 아빠의 얼굴이 비행기를 만들다가 구겨버린 종잇장처럼 일그러졌다. 나는 심장이 떨려 차마 들어가지 못하고 그 자리에 굳어 있었다. 검고 깡마른 몸을 주먹질하던 아빠는 장화를 신은 채 새엄마의 배를 짓밟았다. 얇은 피부에 상처가 날 것 같아 아슬아슬했다. 새엄마를 때리는 사람은 평소에 내가 알던 아빠가 아니라 무시무시한 괴물 같았다. 날카로운 비명이 비닐하우스 속으로 퍼져나갔다. 하우스 안은 터널처럼 길고 답답해 보였다. 쿠마토도 일제히 숨을 죽이고 겁에 질려 웅크리고 있는 듯했다.

나도 모르게 두 손을 올려 귀를 막았다. 새엄마가 잘못될지도 모른다는 불안감이 몰려왔다. 당장 달려가서 아빠를 떼어놓고 싶은 마음이 있었지만, 몸은 쉽사리 나아가지 않았다. 아이들이 내 피부가 검은 편이라고 하다가도 새엄마와 함께 있을 땐 야릇한 미소를 띠던 모습이 떠올라서다. 새엄마만 없다면 나는 거리낄 게 없다. 엄마의 빈자리는 그전에도 있었기에 참을 만하다. 고통 속에 있지 말고 새엄마가 집을 떠나기를 마음속으로 빌었다. 새엄마의 비명은 얇은 비닐 차단막을 뚫지 못하고 하우스 안을 휘돌았다. 그 소리는 점점 커졌지만 이내 어둑한 터널 속으로 사그라졌다.

"니가 그놈이랑 눈 맞았다는 거 내가 알아, 이 화냥년!"

"그만! 이제 그만해!"

새엄마의 울음 섞인 원망이 이어졌다. 나를 낳아준 엄마는 하우스를 찾아온 낯선 사내를 따라갔다. 게다가 그동안 수입금을 모아둔 통장까지 챙겨서 가버린 것이다. 그 뒤 아빠는 확실하게 드러난 사실도 몇 번씩 캐묻고 다짐을 받았다. 사내가 걸터앉았던 평상을 쳐다보면 아빠의 광기가 도지곤 했다. 새엄마는 동네 사람 모두에게 싹싹하고 친절하게 대했는데도 이웃 아저씨와 대화라도 나눈 날이면 아빠는 새엄마에게 눈을 부라렸다. 다른 사람을 보고 웃는 것이 큰 죄가 되는지는 그때 처음 알았다. 아빠는 새엄마가 눈을 맞추고 얘기하는 사소한 일에도 오만상을 찌푸렸다. 새엄마의 몸짓 하나하나에 감시 카메라를 작동시키고, 질투를 하고, 의심의 눈초리를 보냈다.

새엄마를 때리는 장소가 집이었으면 나는 더 힘들었을 것이다. 내 눈치를 보는 건지 몰라도 안 좋은 일이 있으면 새엄마를 하우스로 불러냈다. 하루는 새엄마가 안 가려고 미적거렸는데, 그때는 손목을 잡아채어 강제로 데리고 갔다.

한동안 아빠가 새엄마를 때린다는 사실을 알지 못했다. 두 사람이 내게는 비밀로 했다. 새엄마가 나와 단둘이 있을 때 아빠 얘기를 해줬다. 아빠가 하우스에서 때린다면서, 무섭다는 말을 했다. 새엄마가 열세 살 난 내게 도움을 청하는 거였다. 공포에 질려 커다래진 새엄마의 눈동자를 보면서 나는 아빠의 폭행이 옳지 않다는 생각을 했고, 창피해서 숨고 싶었다. 그렇다고 새엄마의 존재가 달가운 것도 아니었기에 그런 마음을 내색하지는 않았다. 새엄마에게 도망가라며 은근슬쩍 속마음을 드러냈다. 새엄마는 나를 빤히 쳐다보더니 후유, 하며 긴 한숨을 뿜어냈다. 어디로 가? 간절함이 묻어나는 목소리로 되레 내게 물었다. 처음 올 때보다 피부가 푸석푸석하고, 눈 주위는 푹 꺼져 눈알이 튀어나온 모습이었다. 나는 입을 다물었다.

마음이 약해지고 싶지 않았고, 뾰족한 대안도 없었다.

　문을 열고 밭 사이에 난 고랑에 바짝 엎드렸다. 무성하게 자란 쿠마토가 나를 가려주었다. 아빠가 새엄마를 때리는 건 정말 이해할 수 없었다. 충분히 말로 할 수 있는 일이었다. 새엄마는 우리말을 잘하는 편이었다. 아빠도 그렇지만 일방적으로 맞고 있는 새엄마도 한심해 보였다. 힘으로 안 되면 어떻게든 도망칠 생각을 하면 될 텐데 그러지 않았다. 그놈 만났지? 아빠의 우격다짐에 새엄마는 아니라고 악을 썼다. 솔직히 말하면 용서해 준다니까. 아빠는 얼굴을 한결 부드럽게 해서 말했다. 새엄마는 입을 꼭 다물었다. 딱딱하게 굳은 얼굴이었다. 처음 우리 집에 왔을 때 꿈에 젖은 표정에다 매끈하던 얼굴이 떠올랐다.

　엄마가 집을 나간 지 1년이 지난 어느 날, 아빠가 얼굴이 구릿빛인 여자를 데리고 왔다. 아빠의 큰 입은 길게 찢어져 귀에 걸려 있다. 여자는 까만 눈동자에, 입은 오리 주둥이처럼 튀어나와 조화롭지 않은 외모였지만 엄마보다 훨씬 젊어 보였다. 저 여자만 없다면 엄마가 돌아올 수도 있을 텐데, 하는 생각이 들었다. 나는 아빠의 외모를 닮고, 피부색이 엄마를 닮아 가무스레한 편이다. 새엄마가 들어오면 쓸데없는 오해를 불러일으켜 귀찮은 일에 휘말릴 것이다. 엄마와 함께 마트에서 만났던 친구들은 그래서 네가 검구나 하는, 비웃음과 신기함이 섞인 시선을 보냈었다. 아빠가 엄마라고 소개하는 여자에 대해 증오심이 게거품처럼 부풀어 올랐다.

　새엄마가 들어온 후 얼마간 아빠는 내게는 관심이 없고, 온 신경이 새엄마에게 가 있었다. 그렇지 않아도 뜬금없이 새엄마가 나타나 집안 분위기가 어수선한데 아빠의 그런 행동이 거슬렸다. 아직 새엄마와 얼굴을 마주치기가 어색할 때였다. 휴일에 늦잠을 자고 점심때가 지나서 겨우 눈을 떴을 때 아빠와 새엄마는 외출하고 없었다. 구수한 냄새가 집안에 가득 차 있었다. 부엌으로 갔는데 찜솥은 식기 건조대 위에 얌전히 엎어져 있었다. 꽃게 냄새가 나는데 흔적이 없었다. 냉장고를 열어 보고, 식탁과 찬장을 뒤졌다. 쓰레기통에서 바닷가재의 빨간 등껍질이 삐져나와 있었다. 두 사람이 다 먹어치운 것 같았다. 아빠가 이럴 순 없다는 생각이 들었다. 큰 입을 헤벌리고 새엄마에게 속살을 발라주는 볼썽사나운 모습이 떠올랐다. 못생기고 키도 나보다 작은 새엄마, 게다가 인정머리도 없는 새엄마가 뭐가 좋다고.

　볼일을 보고 들어온 아빠에게 다짜고짜 따졌다. 새엄마가 고향에서 나는 바닷가재가 먹고 싶다고 해서 특별히 선물로 준비한 거라고 했다. 귀하고 비싸서 한 마리만 구할 수 있어서 아빠도 안 먹고 새엄마만 먹게 했다고, 집게손가락을 세워 입 가운데 붙이고는 낮은 목소리로 말했다. 아빠의 몸짓이 기가 차고 우스꽝스러웠다. 귀한 건 맞는 말인지 몰라도 비싸다는 말은 아빠의 기준이 아닌지 의심스러웠다. 엄마의 빈자리를 떡하니 차지한 새엄마는 처음부터 내

속을 긁어놓았다. 하루는 내가 들어오는지도 모른 채 두 사람이 부엌에서 밥을 먹던 중에 껴안고 있었다. 모른 척하고 방으로 들어갔지만 소외감은 심해 갔다. 엄마는 몸을 뒤트는데도 내 머리를 곱게 빗겨주곤 했었다. 지금은 내가 산발을 하고 있어도 아무도 뭐라고 하지 않을 판이다.

그즈음 나는 새엄마가 집을 떠나게 할 수 없을까 하는 생각에 몰두해 있었다. 새엄마가 외출하는 날이면 아빠가 돈을 꼼꼼하게 계산하는 모습을 보고 나름대로 새엄마를 궁지로 몰 방법을 생각해냈다. 구두쇠 아빠에게 밉보일 만한 일을 찾아낸 것이다. 두 사람이 하우스에 일하러 나간 사이에 새엄마 지갑에다가 한 달 치 용돈을 몰래 넣어 놓았다. 평소에 그 지갑에는 동전 외에는 돈이 들어있지 않았다. 잔액 중에서 종이돈은 아빠가 모두 가져가서다. 창문이 덜컹거리는 소리에 가슴이 쿵쿵거렸다. 바람이 부딪히는 소리였는지 집으로 들어오는 사람은 없었다. 지갑에서 돈을 빼내 올까 고민이 되기도 했지만 그대로 실행하는 게 낫겠다고 마음을 굳혔다.

현관문이 열리는 소리가 났다. 내겐 하나의 가면이 필요했다. 막 들어서는 두 사람을 향해 돈이 없어졌다고 울먹거리며 말했다. 새엄마가 허둥대며 장식장과 책상 서랍을 뒤적였다. 아빠는 그때까진 여유 있는 표정으로 잘 생각해보라고 했다. 한참 동안 집안을 뒤져도 돈이 나오지 않자 간수를 제대로 안 한 나를 나무랐다. 나는 눈물을 뚝뚝 흘리며 저 여자가 훔쳐간 것 아니냐고 소리쳤다. 아빠는

'저 여자'라고 말하는 내 말투를 먼저 걸고넘어졌다. 최대한 불쌍한 얼굴을 한 나를 쳐다보더니 긴가민가한 얼굴로 새엄마를 살폈다. 그 눈빛은 보석의 진위를 가리는 감정사처럼 세밀해서 되레 섬뜩하게 느껴졌다. 새엄마는 눈동자가 다 드러나도록 눈을 크게 뜨고는 그런 적이 없다며 도리질했다. 아빠는 안방으로 달려가 새엄마의 지갑을 살펴보았고, 거기에서 내 용돈이 고스란히 나왔다. 지폐를 꺼내 흔들어 보이더니 새엄마 앞에다가 지갑을 패대기쳤다.

"애 용돈까지 빼앗아가고……."

아빠가 새엄마의 뺨을 후려쳤다. 새엄마의 눈가가 부어올랐다. 새엄마는 눈물로 결백을 호소했지만 아빠는 들으려 하지 않았다. 아빠는 틈만 나면 이 일을 곱씹었고, 일을 하다가도 한 번씩 새엄마를 때리는 모양이었다. 옷을 갈아입는 새엄마의 맨몸에는 상처가 군데군데 있었고, 아물라치면 다른 곳에 멍이 든 자국이 보였다. 아빠는 이 일로 엄마가 남기고 간 좋지 않은 기억을 새엄마에게 고스란히 전이시킨 것 같았다. 새엄마를 쫓아내려던 내 작전은 실패했고, 떨떠름한 뒷맛을 남겼다. 두들겨 맞도록 할 생각은 없었는데 예상을 빗나갔다. 그 일 이후 새엄마는 모임이나 외출하는 장소를 일일이 밝혀야만 나갈 수 있었다.

한 번은 새엄마가 수업을 받으려고 나갔다가 한국어 강사라는 남자의 차를 타고 들어온 적이 있었다. 입가에 웃음을 띠고 인사하는 장면을 아빠가 목격했다. 왜 그 차를 타고 왔느냐는 아빠의 말에 새엄마는 다른 친구들도 태워주는 길에 같이 타고 왔다고 했다. 아빠는 심각한 얼굴로 새엄마를 하우스로 끌고 갔다. 그 뒤로 아빠의 폭력은 잦아졌고, 의심의 눈초리는 매서워져 갔다. 아빠의 그런 행동에 찬성하는 것은 아니었지만 나는 입을 닫음으로써 동조를 한 셈이다.

"전화비 많이 나오니까 고향에 전화하지 마."

"너무해요."

"쓸데없이 강좌는 뭐하러 이것저것 듣는다고 싸돌아다녀. 정리하고 집안일이나 해."

"그것만은……."

"입 닫아."

아빠는 엄마에게 무얼 하고 살라는 건지 이것도 하지 마라, 저것도 하지 말라고 요구했다. 새엄마는 울고 있었다. 저러면서 함께 사는 게 이상했다. 두 사람이 늘 불행해 보이는 건 아니었다. 아빠와 새엄마가 부엌에서 껴안고 있던 때처럼 깨소금이 쏟아지는 시간이 있기는 했다.

두어 달 전에 있었던 일이다. 아침에 일어나니 식탁에 밥은 차려져 있는데 두 사람은 보이지 않았다. 친구들과 영화를 보고, 쇼핑을 하러 가기로 약속된 날이었다. 용돈이 떨어져 아빠에게 애교를 부려서 타갈 생각이었는데 집 안에 아빠가 없었다. 바쁜 마음에 세수도 안 하고 잠옷 바람으로 하우스로 달려갔다. 하우스의 문은 활짝 열린 채 버팀목으로 받쳐져 있었다. 아침 햇살이 퍼져 열기가 차올라 있었다. 두엄 냄새가 훅 끼쳤다. 햇살이 하우스 안을 환하게 비추었다. 비닐 천장에는 물방울이 맺혀 있었다. 빛이 비닐을 뚫고 들어오면서 투명한 수정을 주렁주렁 매달고 있는 것처럼 영롱했다. 쿠마토는 잎을 한껏 펼친 채 빛을 머금고 있었고, 사이사이 노란 꽃잎을 활짝 벌리고 있었다.

아빠와 새엄마는 일렬로 늘어선 쿠마토 줄기를 사이에 두고 양쪽 고랑에 서서 마주 보는 자세로 작업을 했다. 쿠마토꽃 속에다가 붓질을 하고 있었다. 샛노란 꽃술에 붙은 꽃가루를 문질러주는 일로, 열매를 맺는 데 도움을 주는 수분 작업이다. 화가가 그림을 그리는 모습처럼 새엄마의 동작은 섬세하고도 우아했다. 일하다가 눈이 마주치면 마주 보고 웃고, 숨바꼭질하듯 새엄마는 다음 쿠마토 쪽으로 자리를 옮겼다. 새엄마가 일할 때 입곤 하던 복사뼈까지 내려오는 긴 치마와 가느다란 목이 보기 좋게 드러나는, 꽃무늬가 그려진 붉은색 라운드 티셔츠는 잘 어울렸다. 까무잡잡한 피부는 빛이 났고, 잇몸이 드러나게 활짝 웃는 모습은 매혹적이기까지 했다. 아빠를 바라보는 새엄마의 얼굴에는 존경심을 담고 있는 듯 느껴졌다. 아빠 역시 여유가 넘치는 얼굴로 붓질을 했다. 잠시 일손을 멈추더니 쿠마토 잔가지를 흔들면서 새엄마에게 장난을 걸었다. 몸은 최대로 낮추고 손만 가지를 잡은 채 없는 척하는 것이었다. 하는 짓이 유치해서 못 봐줄 지경이었다. 더욱이 엄마의 자리를 차지한 사람에 대해 내가 예쁘다고 느끼는 것은 잘못이라는 생각이 들었다.

그날 아빠의 모습과 지금 새엄마를 대하는 모습은 너무나 대조적이어서, 나는 종잡을 수 없는 혼란 속으로 빠져들었다. 아빠는 평소에 온순한 얼굴을 하고 있었지만 사나운 괴물 한 마리를 가슴에 품고 있는 듯했다.

한 가지 특이하다고 할 만한 일은 아빠가 엄마를 때리는 데에는 어떤 규칙 같은 게 있다는 점이었다. 처음에 뺨을 때린 이후로 얼굴에는 손을 대지 않았다. 옷에 감춰진 부분은 멍이 들어 흉측해 보였지만 얼굴만은 깨끗했다. 아빠의 폭력은 은밀하고도 용의주도하게 이루어지는 것 같았다. 사람들에게 드러내지 않으려는 의도가 깔린 거라 짐작했다. 새엄마는 생기 넘치던 얼굴이 날이 갈수록 가뭄에 시르죽은 쿠마토 줄기처럼 시들해져 갔다. 그런 고통을 당하면서도 왜 도망을 가지 않는지 모르겠다. 빨리 이 지루한 전쟁을 끝내고 싶은데 새엄마는 꿈쩍도 하지 않는다. 그뿐만 아니라 끼니때마다 아빠와 내게 밥을 해주고, 하우스에서 쿠마토를 가꾸는 데 정성을 다한다. 새엄마는 하늘에서 내려온 천사인지도 모른다.

새엄마의 울음은 밖으로 빠져나가지 못하고 하우스 안을 맴돌았다. 길과 한참 떨어진 곳, 안과 밖이 단절된 곳에서 그 소리는 공허했다. 쿠마토를 담은 상자 수십 개가 입구 쪽에 쌓여 있었다. 아빠는 쿠마토 꽃잎을 뜯어 질근질근 씹으며 뿌리째 뽑아 들고 새엄마에게 매질을 했다. 시커먼 흙덩이가 새엄마의 몸으로 주르륵 소리를 내며 떨어졌다. 새엄마는 몸을 움츠리더니 눈을 감았다. 아빠가 소인 왕국의 거인처럼 커 보였다. 난쟁이 새엄마는 뱃가죽이 들어갔다 나왔다 하면서 거무스레한 배를 드러낸 채로 모로 누워 있었다. 두 손을 얼굴 쪽으로 모으고 새우처럼 등을 웅크린 자세였다. 긴 머리는 제멋대로 헝클어져 오래 쓴 먼지떨이처럼 부풀어 있었다. 신음 섞인 울음이 이어지고, 아빠는 기계적으로 같은 동작을 반복했다. 무엇이 아빠를 저토록 화나게 한 건지 모르지만 힘을 무기 삼아 휘두르는 폭력에 대해 반항심이 생겼다.

아빠가 물을 틀더니 호스를 새엄마에게 들이대 얼굴에다가 뿌렸다. 새엄마는 기침을 하다가 구역질을 했다. 아빠는 호스를 놓고 새엄마의 머리채를 잡고 흔들었다. 엄마의 코에서 선혈이 쏟아졌다. 피와 물이 섞여 턱밑으로 흘렀다. 더는 참을 수가 없어 나는 두 사람을 향해 무조건 달려갔다. 쿠마토 상자를 엎질렀다. 잘 익은 쿠마토가 고랑을 타고 쏟아져 나뒹굴었다.

"이런 건 해서 뭐해." 내 고함에 아빠가 동작을 멈추고 사나운 얼굴로 나를 쳐다봤다. 나는 더 큰소리를 질렀다. "이게 사람 사는 집이야?"

쿠마토를 손에 닿는 대로 집어 아빠를 향해 던졌다. 아빠의 옷에 쿠마토가 터져서 검붉은 피처럼 뚝뚝 흘러내렸다. 씩씩거리며 던지던 나는 미끄러져 엎어졌다. 쿠마토 더미에 얼굴이 처박혔다. 쿠마토가 터져 찝찝한 액이 얼굴을 타고 내렸다. 쿠마토에서 비릿한 피 냄새가 났다. 고개를 들었을 때 아빠는 아무 일도 없었다는 듯 수도를 잠그고, 성한 쿠마토를 주섬주섬 상자에 담았다. 새엄마는 흐르는 코피를 앞치마로 막고 있었다.

밖으로 뛰쳐나와 집으로 내달렸다. 축축하게 젖은 남방을 벗어 방바닥에 내동댕이쳤다. 불을 끄고 이불을 뒤집어썼다. 어떻게 해야 할지 방법을 알 수 없었다. 경찰에 신고할까 하는 생각이 들었다. 새엄마가 위험할 수도 있다는, 저러다 죽을 수도 있다는 불길한 예감이 스치고 지나갔다. 남이 누군가를 그만큼 때리는 걸 봤다면 당장 신고를 했을지도 모른다. 아빠를 어떻게 해야 할까? 머리가 빠개지듯이 아팠다.

조금 뒤에 현관문 열리는 소리가 났다. 아빠가 거친 숨을 몰아쉬며 먼저 들어왔다. 화장실에 물 흐르는 소리가 한참 나더니 큰방으로 갔다. 조금 뒤에 새엄마가 들어오는 기척이 느껴졌다. 다리를 절룩거리는지 발걸음 소리가 일정하지 않았다. 한쪽 발을 짚는 소리가 크게 나고 다른 쪽 발소리는 거의 나지 않았다. 나는 이불을 제치고 귀에 온 신경을 집중시켰다. 한동안 조용하더니 새엄마의 흐느낌이 들려왔다. 큰방 문이 열리는 소리가 났다. 아빠가 다시 새엄마와 싸울까 봐 지진이 난 것처럼 심장이 요동치기 시작했다. 미워서 당신을 때린 건 아니야. 아빠는 낮은 목소리로 말했다. 말도 안 되는 소리였지만 얼마 지나지 않아 새엄마는 거짓말처럼 울음을 그쳤다.

보통 때는 아빠와 함께 방에 들어가서 자는데, 소파에 남아 있었다. 우리 가족은 한 지붕 밑에 있었지만 각자 벽을 사이에 두고 외로운 밤을 맞았다.

창가에 부딪히는 빗소리에 잠을 깼다. 바람이 귀신 소리를 내며 불어 닥쳤다. 새엄마의 우는 소리가 다시 들려왔다. 빗소리를 잘못 들었는지 몰라서 귀를 기울였다. 들릴 듯 말듯 안으로 삼키는 울음이 빗소리와 뒤섞여 문 틈새로 새어 들어왔다. 비는 점점 거세지고 울음은 빗소리보다 커졌다가 작아졌다가를 거듭했다. 이렇게 비가 많이 왔다, 새엄마가 딱 한 번 나를 마중 나왔던 그 날도.

내가 탄 버스가 정류장에 도착했을 때 새엄마는 부스 안에 서 있었다. 내 노란 우산을 한 손에 쥐고 분홍색 우산은 접어 들고선 나를 기다리는 듯했다. 부스 안의 새엄마는 나를 못 보고 버스 안의 나는 새엄마를 보고 있었다. 기다리는 사람의 얼굴은 저럴 거라는 생각도 잠시, 옆에 선 친구들을 곁눈질했다. 친구 둘과 함께 집으로 오는 길이었다. 친구들 뒤에 서 있던 나는 뒷문 쪽으로 나아갔다. 친구들 앞에 서 있다가 버스 문이 열리자마자 뛰어내렸다. 새엄마는 활짝 웃으며 우산을 내미는 자세로 내 쪽으로 움직였다. 나는 새엄마를 못 본 척하고 달렸다. 애리야! 친구들은 영문을 모르고 내 이름을 불러댔다. 굵은 빗줄기가 온몸을 타고 흘렀지만 아랑곳하지 않았다. 얼마나 용을 써서 뛰었던지 숨이 차올라 가슴이 아팠다. 대문 앞에 서니 머리에서 빗물이 떨어졌다. 새엄마가 숨을 헐떡거리며 뒤

따라왔다. 나는 입술을 꽉 깨물며 정색을 했다. 창피하게 왜 나왔어요? 새엄마는 머리카락이 흠뻑 젖어 있었고, 옷이 빗물에 젖어 속옷이 그대로 비쳤다. 속눈썹에까지 빗방울이 묻어 있었다. 비 맞을까봐. 새엄마의 까맣게 빛나는 눈에서 물방울이 똑 떨어졌다. 눈에서 별이 하나 떨어지는 것 같았다. 나는 반짝이는 눈을 보고는 하고 싶은 말을 삼켰다. '다시는 마중 나오지 마세요.'

그날 새엄마의 눈빛처럼, 꾹꾹 눌러 터져 나오는 울음이 왜 그렇게 구슬프게 느껴지는지, 뛰어나가서 달래주고 싶은 충동이 일었다. 엄마라고 불러주면 새엄마가 웃을까 하는 엉뚱한 생각이 들었다. 하지만 내 몸은 침대 위에서 꼼짝도 하지 않았다. 끊어질 듯 끊어지지 않는 새엄마의 울음소리는 밤새 이어졌다. 창을 두드리는 빗소리도 커졌다가 작아졌다 하며 줄곧 내렸다. 평소보다 캄캄한 어둠이 꿈쩍 않는 내 몸을 무겁게 내리눌렀다.

새엄마는 부엌에서 음식을 만들고 있었다. 무슨 요리를 하는지 칼을 들고 통통거리는 소리를 냈다. 평소에도 틈이 날 때면 채소를 꺼내놓고 썰고 볶곤 했다. 어떤 날은 찌개를 끓이고, 어떤 날은 마른 반찬을 했다. 요리를 하는 순간만큼은 거기에 몰입해서 근심이 없는 얼굴이 됐다. 칼이 한순간 새엄마의 손가락을 내리칠 것처럼 보였다. 금방이라도 피가 흘러 국물에 떨어뜨릴 것 같은 아슬아슬함이 나를 덮쳤다.

케이크와 선물은 아니더라도 미역국에 내가 좋아하는 삼겹살 정도는 식탁에 차려질 줄 알았다. 하지만 평소와 별로 달라지지 않은 반찬을 보고 적잖이 실망했다. 그러면 그렇지. 새엄마가 내 생일을 그렇게 살뜰히 챙길 리가 없지. 이런 생각을 하면서도 섭섭한 마음은 어쩔 수 없었다. 젓가락으로 밥을 깨작거리다가 식탁에 소리 나게 놓았다. 새엄마는 그렇다 쳐도 아빠까지 기억을 못 하는 데엔 어이가 없었다. 평소에는 내 행동 하나하나에 신경을 쓰던 새엄마는 천연덕스럽게 밥을 먹고 있었다. 삼겹살을 얹어주던 새엄마의 모습이 떠올라 약이 오를 지경이었다. 내 마음을 모르는 새엄마에 대해 속으로 욕을 했다. 기대하지 않았다면 이렇게 섭섭하지도 않을 것이었다. 하필 내 생일에 동그라미를 진하게 쳐놓을 게 뭐람. 기분이 상해 생일이라는 말을, 아니 아무 말도 하고 싶지 않았다. 인사도 없이 가방을 메고 집을 나섰다. 아빠한테 맞아 뒈져라. 새엄마를 원망하며 마음속으로 저주를 퍼부어댔다.

수업을 받는 둥 마는 둥 나는 온종일 축 처져 있었다. 내게 무심한 아빠와 새엄마 때문에 속이 상했다. 말없이 교실에 앉아 있었지만 겉으로 드러난 내 모습에서 짐작하기 힘들 정도로 마음속에 어두운 그늘이 드리웠다. 가출이라는 낱말을 떠올렸다. 생일이라고 친구들이 과자를 내밀었지만 나는 시큰둥했다.

학교에서 돌아오는 버스 안에서 멍하니 창밖을 내다보았다. 사람들은 무표정한 얼굴로 어딘가를 향해 걸어가고 있었다. 생일 파티는 물 건너갔다. 속상한 일이 이것만은 아니다. 새엄마를 습관적으로 때리고 폭언을 일삼는 아빠 때문에 요즘 마음이 불안하다. 점점 미로 속으로 빠져드는 두 사람을 어찌해야 할지 고민이다. 따지고 보면 새엄마는 별 잘못이 없었다. 단지 그 아픔을 고스란히 참아내고 있었다. 지금에 와서 내 잘못을 밝힐 수는 없다. 아빠는 내게도 손을 댈지 모를 일이다. 그건 죽는 일보다 더 끔찍하게 느껴졌다.

해거름의 힘 빠진 햇살이 버스 창을 뚫고 들어왔다. 산머리에는 태양이 막 떨어지려는 찰나였다. 어떤 남자가 맨발로 차도를 달리고 있었다. 유달리 하얀 남자의 맨발이 흑색 아스팔트 위에서 부자연스럽게 움직였다. 발만 따로 움직이는 것 같은 착각에 빠졌다. 남자는 온 힘을 다해 달리는 듯했지만, 속도가 별로 나지 않았다. 그 뒤를 경찰차가 경고등을 켠 채 사이렌을 울리며 바짝 쫓았다. 차와 남자는 2미터 정도 떨어져 있었다. 언제 잡힐지 조마조마했다. 간격이 점점 좁아지더니 경찰차는 남자를 가로질러 그 앞에 멈춰 섰다. 주춤거리던 남자는 방향을 틀어 골목길로 내달리기 시작했다. 차에서 내린 경찰이 고함을 지르며 남자를 쫓아갔다. 언젠가 길을 잘못 들어 남의 집 대문 앞에 섰던 기억이 났다. 저쪽으로 곧장 가면 큰길이 나올 거라 여겼는데 잘못 들어선 길이었다. 막다른 골목길에 들어섰을 때 맞닥뜨린 꽉 닫힌 높은 대문을 봤을 때의 당황스러움이 머릿속을 스쳤다. 대문 끝부분에 하늘을 찌르고 있던 쇠창살 모양이 내 가슴에 꽂히는 것 같았던 그때의 통증이 되살아나 나는 앙가슴을 움켜잡았다.

집에 도착했는데 새엄마가 보이지 않았다. 아빠는 눈에 핏발이 선 채로 서성댔다. 거실 창문은 박살이 나서 유리 파편이 바닥에 흩어져 있었다. 집이 아수라장이 되어 있었다. 달력에는 17일을 감싸고 있는 동그라미가 도드라져 보였다.

"이년이 주민등록증 찾으러 간다고 아침에 나갔는데 집에를 안 온다, 집엘."

쿵쾅거리는 심장 소리를 느끼며 나는 전화기를 꺼냈다. 아빠의 폭력으로 일시적으로 몸을 피했나 싶었는데 그게 아닌 모양이었다.

"전화도 불통이고."

아빠의 말은 판도라의 상자를 연 것처럼, 듣지 않아야 할 말이 공기 중으로 터져 나온 것처럼 공포감을 불러일으켰다. 그럴 리가 없다. 아직 엄마라고 불러보지도 못했다. 터져버릴 듯한 가슴에 손을 얹고 밖으로 뛰쳐나갔다. 산기슭에는 어둠이 내려 있었다. 마당 어디에도 새엄마의 기척은 없었다. 그동안 집을 떠나기를 얼마나 기다렸던가. 혹시나 싶은 마음에 하우스 쪽으로 갔다. 하우스 문에 걸려 있던 무쇠 자물통은 땅에 떨어져 있었고 문은 활짝 열린 채였다. 쿠마토 줄기는 천장을 향해 쭉쭉 뻗어 가고 있었다. 입구 쪽에서 바람이 들어와 쿠마토 여린 잎사귀가 일렁거렸다. 무성하게 자란 줄기에는 아직 설익은, 푸르뎅뎅한 쿠마토가 오종종하게 매달려 있었다. 잘 익은 쿠마토는 모두 실려 나가고 없었다. 새엄마는 상자에 담긴 쿠마토처럼 어딘가로 사라져버리고 없었다. 귀퉁이에 놓인 의자에 새엄마의 빨간 앞치마가 놓여 있었다. 앞치마를 얼굴에다 댔다. 땀 냄새가 났다. 먼지가 거무스레하게 묻은 앞치마에는 새엄마의 고생이 고스란히 담겨 있었다. 울퉁불퉁한 잇몸을 드러내고 웃던 새엄마가 떠올랐다. 쿠마토를 하나 따서 베어 물었다. 설익은 알갱이가 알싸하게 입안을 겉돌았다. 새엄마는 안전한 곳으로 갔는데 내 눈에는 눈물이 흘러내렸다.

새엄마를 다시 만난 건 집을 나간 지 1년쯤 지나서였다. 수업을 마치고 나오는데 새엄마가 교문 앞에서 기다리고 있었다. 많이 변한 모습에 처음엔 알아보지 못했다. 흰 바탕에 파란 꽃무늬가 새겨진, 하늘거리는 블라우스에 짧은 치마를 입었는데 전보다 훨씬 세련되어 보였다. 피부도 다시 탱탱해지고 표정도 밝았다. 반가웠지만 내색하지 않았다. 새엄마는 나를 양식집으로 데리고 갔다. 쿠마토 속살 같은 잇몸을 드러내며 환하게 웃었다.

"그동안 어떻게 지냈어? 그때 나는 많이 힘들었는데……."

"죄송해요. 잃어버렸다던 돈은 사실 제가 꾸민 일이었어요."

"알고 있었어. 다 지나간……."

새엄마는 말을 끝까지 잇지 못한 채 울먹거렸다. 나도 울컥 눈물이 솟구쳤다. 새엄마는 아무런 말을 못하고 탁자를 응시하는 나를 끌어당겨 안았다. 나는 새엄마의 허리를 꼭 안았다. 새엄마에게서 잘 익은 쿠마토 냄새가 나는 것 같았다.

"나는 조리기능사 자격증을 따서 식당 주방에서 일하고 있어. 고향에 돈도 조금 부쳐줄 수 있어 좋아. 가끔 집이 생각났지만 맞고 사는 게 무서웠어. 얼마 전부터 폭력 예방 모임에 들어가서 봉사활동도 시작했단다. 교육을 받고 나서 피해자를 도와주는 일을 하고 있는데, 무슨 일 있으면 연락해야 해."

그릇장 안에 놓여 있던 한식 요리책이 떠올랐다. 새엄마는 이제야 자신의 길을 찾은 것 같았다. 총총히 돌아서 걷는 뒷모습을 나는 하염없이 바라보았다.

엄마…….

그 사이를 지날 때

밤 근무를 하고 들어오는 창기의 얼굴이 노르스름하다. 생체 리듬이 뒤바뀐 사람 특유의 피곤함이 서려 있었다. 원룸에서 신혼살림을 시작한 지 일 년여, 조금도 나아지지 않은 살림살이에 창기와 나는 서로 말하지 않았지만 지쳐 갔다. 매달 나가는 월세와 공과금을 내고 난 잔액으로 생활비를 쓰다 보니 기저귀 값도 아껴야 할 처지가 됐다. 묵직하게 느껴지는 유주의 기저귀를 벗겨낼 때마다 그만큼의 무게로 마음이 짓눌리는 듯했다. 소시지볶음이 담긴 접시를 상 위에 올려놓고 계란탕을 폈다. 욕실에서 창기가 씻는 소리가 들려왔다. 옆에 있는 것만으로도 달뜨는 시간이 있었는데 점점 무덤덤해졌다. 씻고 나오는 그의 뺨이 반질거린다. 물기가 오른 잎사귀처럼 싱그럽다.

"나 기숙 회사에 취업했어. 당분간 자기가 유주 좀 돌봐줘."

매끈한 창기의 얼굴에 살짝 희색이 돌았다.

"일 년만 고생하고 어린이집에 보내자."

"내일 사장님께 말씀드리지 뭐."

창기는 평소에 즐겨 먹는 소시지볶음 한 접시를 먹어치우고는 말없이 일어섰다. 식탁 위에 놓인 핸드폰을 들고 침대로 갔다. 또 게임을 하겠지.

별 반찬을 하지 않아도 설거지를 할 때는 개수대가 가득하다. 어제와 같은 태양이 떠오르고, 밥을 하고, 설거지를 하고, 유주와 놀고, 빨래를 하는 지루하게 반복되는 생활. 창기가 벌어오는 돈으로 생활하려면 쪼개고 또 쪼개야 겨우 한 달을 버틴다. 변화를 하고 싶다. 좀 더 안정된 직업을 찾아보라고 몇 번을 말했지만 그럴 때마다 싸웠다. 네가 나가서 벌어와. 창기의 매몰찬 소리를 듣고 나면 억장이 무너져 더 이상 할 말을 잃었다. 기숙 회사. 두렵다, 또다시 나를 옭아맬 다른 환경이. 하지만 유주를 위해서라면, 우리 가족의 미래를 위해서라면 조금은 위로가 된다. 핸드폰을 배 위에 떨어뜨리고 잠든 창기를 본다.

24시 마트에서 처음 만났던 날, 창기는 우윳빛 조명 아래에서 밝은 모습이었다. 핸드폰에 시선을 고정하고 세상의 근심이라고는 없어 보였다. 늦은 밤 생리대를 사기 위해 들른 여자에게 아무 일 아닌 듯 물었다.

"옆에 모텔에서 왔어요?"

얼굴이 화끈 달아오른 나는 입술을 삐죽 내밀었다. 모텔에 있는 여자가 생리대는 왜요? 그에게 묻고 싶었지만 나는 침만 꿀꺽 삼켰다. 그는 핸드폰에 빠져서는 봉투가 필요한지 묻지도 않고 손가락을 바쁘게 움직였다. 생리대를 계산대 위에 두고 난감해서 서 있었다.

"봉투 하나 주세요."

급기야 나는 짜증스럽게 말했다. 한 손으로 비닐봉지를 꺼내 주면서 다른 손으로는 끊임없이 엄지손가락을 놀리고 있었다. 장사좀 똑바로 하지. 그 말이 목까지 차올랐으나 내뱉지는 않았다. 이제 됐어. 창기는 화면에 코를 들이박고 중얼거렸다. 손님이 가는지 마는지 관심도 없었다.

그날 이후 그곳에 다시는 가고 싶지 않아서 피하고 있었는데, 내가 일하던 커피 전문점에서 창기를 다시 만났다. 누군가를 기다리는 것처럼 앉아 있었지만 한참을 핸드폰만 만지작거릴 뿐, 창기의 앞자리에는 아무도 오지 않았다. 자그마한 얼굴에 꼭 다문 입술이 인상적인 그는 자기 세계에 빠진 사람처럼 보였다.

"이건 리필이에요."

오래 앉아 있는 그에게 커피를 갖다 주면서 내가 멋쩍게 웃었다. 사실 그곳은 리필을 해주지 않는 곳이었다. 그렇게라도 말을 붙여보고 싶었다. 그가 작은 눈을 반짝이며 웃었다. 그렇게 시답잖게 우리의 만남은 시작됐고, 두 달 만에 아이를 가졌다. 우리는 이 원룸을 언어 살림을 차렸다. 아이를 가졌다고 했을 때 그의 눈빛이 흔들리는 걸 보았지만 아이를 지우라는 말을 하지 않는 그가 고마웠다. 이십 대 초반인 나와 중반인 그가 감당하기엔 버거운 현실 앞에 우리는 침묵으로 일관했다. 말을 하면 싸우게 되니까 서로 피했다.

유주가 울고 있다. 벌떡 일어나 보니 기숙사 침대 위였다. 두 개의 이 층 침대가 놓여 있고, 내 머리는 천장에 닿을 듯했다. 나는 높은 곳을 싫어하는데 신참이라 어쩔 수 없었다. 유주 생각에 잠을 깊이 들 수가 없다. 네 작은 손가락의 부드러운 감촉을 느끼고 싶다, 유주야! 자다 깨면 다시 잠을 들이기가 힘들다. 유주를 외딴섬에 홀로 두고 온 듯 불안하다. 창기가 있잖아, 그곳엔 창기가. 애써 유주를 잊으려 스스로를 위로했다.

회사 생활은 집안일보다 단조로웠다. 같은 공정을 반복해서 일했다. 끼니때가 되면 밥을 먹고 남는 시간은 일을 하거나 잠을 잤다. 간혹 텔레비전을 보거나 함께 방을 쓰는 사람들과 수다를 떨기도 했지만 별로 즐겁지가 않았다. 종일 햇빛을 못 본 사람들의 얼굴은 희멀겋고 활기가 없었다. 김 양은 과장님이 멋지다며 깜박 넘어갔지만 과장은 유부남이었다. 과장은 김 양의 허리를 쓰다듬기도 했다. 그 안에서는 어떨지 모르지만 밖으로 나오면 그렇게 멋지지도 않은 사람이었다. 어떤 언니는 그런 김 양을 질투하기도 했다.

토요일 오후, 뿌연 연기가 피어오르는 공장 굴뚝을 등진 채 나는 집을 향해 걸었다. 석양이 뉘엿뉘엿 넘어가고 있었다. 가로수에는 벚꽃이 몽우리를 틔우고 있었는데 덜 튀겨진 옥수수 튀밥처럼 조그맣게 입을 벌리고 있었다. 터져 나오지 못한 설렘이나 열정을 꽃봉오리에 숨기고 있는 듯했다. 버스를 타고 집 근처 마트에 들렀다. 오랜만에 닭백숙을 해서 창기와 먹을 작정이었다.

양손에 짐이 있어서 벨을 눌렀다. 창기가 나오는 기척이 없었다. 대신 유주의 자지러지는 울음소리가 두꺼운 철문 틈으로 새어 나왔다. 짐을 놓고 비밀번호를 눌렀다. 삐이. 헛손질을 해서 번호가 잘못 눌러졌다. 숨을 가다듬고 천천히 번호를 눌렀다. 안으로 들어가니 유주가 이불 위가 아닌 땅바닥에 퍼질러 앉아 들어오는 나를 보며 눈물과 콧물이 뒤범벅되어 목소리를 더욱 높였다. 유주를 안아 올렸다. 얼마나 오랫동안 울고 있었던지 쉽게 울음을 그치지 못했다. 울음을 추스르는데 시간이 한참 걸렸다. 그토록 그리워하던 집에 유주 혼자 울고 있다니 믿기지 않았다. 이 남잔 도대체 어디 간 거야. 창기에 대한 불편한 마음을 감출 수가 없었다. 창기에게 전화를 걸었다. 전화기가 꺼져 있다는 답변이었다. 다급한 마음에 친정 엄마에게 전화를 걸었다.

"언제까지 그렇게 살 거냐? 철없는 것 같으니라고."

엄마는 한심하다는 듯 앙칼진 목소리로 대답했다. 디스크를 앓는 엄마는 밭농사를 지으며 그 수익으로 살아간다. 유주를 엄마에게 맡기고 맞벌이를 할까도 생각했다. 디스크라는 병으로 아기를 보는 게 무리이기도 하지만 그렇지 않아도 엄마는 유주를 돌봐줄 사람은 아니었다. 아침부터 저녁까지 밭을 가꿀 정도로 일에 열심이었다. 그렇게 하지 않으면 늙어서 고생한다는 게 엄마의 지론이었다. 틀린 말은 아니었으나 몸을 돌보지 않고 무리를 한 탓에 지병을 얻어서 약을 달고 살았다. 그러고서도 일을 그만두지 않았다. 몇 년 전에 새로 생긴 KTX역 주변이라 땅을 판다면 평생을 먹고살 돈이 나오는데도 엄마는 완강했다. 창기와 결혼하겠다고 했을 때 미친년, 어디 남자가 없어서 그런 놈팡이 같은 놈을 골랐냐며 욕을 했다. 직장도 변변찮고, 의욕도 없는 창기는 엄마에겐 도무지 이해가 안 되는 부류에 속했다. 사윗감이 마음에 들 리가 없었던 것이다. 덜컥 애까지 가졌다고 하니까 책임감 없는 남자라며 마음의 문을 꽁꽁 닫았다.

유주에게 우유를 넣은 젖병을 물렸다. 배가 고팠던지 꿀깍꿀깍 넘어가는 소리가 다급했다. 한 통 다 먹자 잠이 들었다. 기진해서 잠에 빠져들던 유주를 보니 지금 내가 뭐하는 건가 싶었다. 두 살이라지만 생일이 늦어서 아직 돌이 되지 않은 유주는 이제 앉아서 노는 정도다. 어린 유주를 두고 창기는 어디로 간 걸까. 면 수건을 따뜻하게 적셔 얼룩진 유주의 얼굴을 닦아냈다. 꼬질꼬질하던 볼에 생기가 돈다. 나는 유주의 뺨에 입을 맞추었다. 보드라운 피부의 감촉이 입술에 느껴진다. 유주의 살 냄새가, 젖 냄새가 그리워 흠흠 냄새를 맡았다. 씻기지 않았는지 구린 냄새가 났다. 옆에 가만히 누워 유주를 안았다, 태아였을 때처럼 쿵쿵 뛰는 엄마의 심장 소리를 듣고 안온한 느낌에 젖어 들기를 바라면서.

시장에서 사 온 닭을 씻었다. 핏물이 물에 불그레하게 퍼졌다. 살이 올라 통통한 닭이었다. 기름기를 떼서 제거하고 솥에다 담았다. 물을 채우고 포장된 약재를 넣었다. 조금 기다리면 들어오겠지. 가스레인지에 불을 올렸다. 전화도 없이 유주를 혼자 둔 창기가 이해되지 않았다. 창기와 유주를 만날 생각에 들떴던 기분이 가라앉았다. 서로의 생각이 같을 순 없겠지만 이건 아니라는 생각이 머리를 무겁게 짓눌러 왔다. 솥에서 김이 오르고 닭이 삶기는 냄새가 났다. 허기가 졌다. 창기는 어디 갔을까. 진한 닭 냄새만큼 그가 기다려졌다. 뭉근해지도록 불을 낮추었다. 낮은 불에도 보글보글 소리를 내며 끓었다.

만약 내가 오늘 집에 오지 않는 날이었다면……. 생각만 해도 아찔했다. 유주가 자고 있다. 내 곁에서 잘도 잔다.

닭이 다 삶겼을 즈음에 창기가 들어왔다. 얼굴이 희다 못해 새파랗게 질린 얼굴이었다.

"도대체 어디 갔다 오는 거야, 유주를 혼자 두고."

"급한 일로 친구 좀 만나고 왔어. 돈 있으면 이십만 원만 줘."

"이 상황에 지금 돈 얘기가 나와? 애는 거지꼴을 만들어놓고."

"……."

"이런 꼴 보려고 내가 돈 벌러 다니는 줄 알아?"

"사정이 있었어. 담부턴 안 그럴게."

사과를 한 창기는 입을 다물었다. 들어오기만 해 봐라며 벼르던 마음은 창기의 풀이 죽은 모습에 슬금슬금 꼬리를 감추었다. 나는 측은한 표정을 짓는 창기에게는 약한 편이다. 뭐라고 변명하고 따지면 오히려 내가 더 꼼꼼하게 따지고 든다. 유주를 두고 갔다 올 정도면 꼭 필요한 돈인 것 같아서 지갑을 털다시피 해서 줬다. 창기는 돈을 호주머니에 집어넣고는 옷을 벗자마자 곯아떨어졌다. 함께 닭백숙을 먹고, 오랜만에 창기를 안을 수 있을 거라 여겼는데 유주 때문에 놀라고 나니 기운이 쫙 빠져나갔다.

겨우 잠에 빠져드는 순간에 유주가 칭얼거렸다. 몸이 천근만근 무거웠지만 반사적으로 몸을 일으켰다. 젖병에 우유를 넣어 물렸다. 유주는 강한 흡인력으로 우유를 빨기 시작했다. 삶의 본능이 꿈틀거리는 유주가 기특했다. 한 통 다 먹이고 나서 트림을 시켰다. 창기는 옆에서 코를 골며 자고 있었다. 유주가 깨서 칭얼거리는데도 세상모르고 잠에 취해 있었다. 유주를 얼렀다. 손을 가리고 있다가 까꿍, 하고 얼굴을 들이밀면 유주는 까르르 웃었다. 두 개의 아랫니가 조그맣게 드러났다. 유주에게서 잠들기 전에 나던 구린 냄새가 났다. 나는 욕실에 들어가서 목욕통에 따뜻한 물을 받았다. 유주의 옷을 벗기고 수건으로 말았다. 유주의 작은 몸이 품안으로 쏙 들어왔다. 머리를 감기고 얼굴을 씻겼다. 목이 접힌 부분에 땀과 먼지가 뭉쳐져 까맣게 때가 끼어 있었다. 마치 가로로 선을 그어놓은 듯했다. 길게 이어진 먼지 때를 손으로 씻어내면서 창기의 무심함에 울분이 차올랐다. 아기들은 머리를 감길 때 곧잘 울곤 한다는데 유주는 내 품에 얌전하게 있다. 까만 눈동자를 굴리며 지그시 물의 감촉을 느끼는 모습이 앙증맞다. 목욕통에 앉힌 후 스펀지에 베이비 바스 거품을 내서 몸에다 칠했다. 목욕통을 잡고 앉았다가 내가 치는 물장난에 유주도 손바닥으로 물을 쳤다. 유주의 발그레한 볼이 잘 익은 복숭아처럼 보였다.

아무렇게나 널브러져 코를 고는 창기, 숨소리조차 들릴 듯 말 듯 고요한 유주와 한방에 누우니 방 안이 가득 차는 느낌이다. 행복은 사소한 곳에서 시작되는 것 같았다. 따로 떨어져 낯선 회사에서 생활하면서 긴장된 마음이 스르르 풀렸다.

잠깐 눈을 붙인 것 같은데 창밖이 훤해지고 있었다. 환한 햇살은 봄기운을 느끼게 했지만 꽃샘바람이 나무를 흔들고 있었다. 창기는 일어날 기미가 없었다. 기름띠가 굳어 있는, 차갑게 식어버린 닭백숙을 쳐다보았다, 허기마저 잊은 채.

느지막이 일어난 창기는 세상에 관심이 없는 사람처럼 보였다. 닭백숙을 데웠다. 다리를 떼어 담고 국물을 떠서 식탁에 놓았다. 내 기대와 달리 창기는 깨작거리며 먹었다. 닭다리에 살이 많이 붙어 있는데 대충 먹고는 빈 접시에다 놓았다. 멍한 얼굴로 나를 힐끗 쳐다보더니 욕실로 가서 씻기 시작했다. 어제 생긴 급한 일 해결하러 가야 한다며 주섬주섬 옷을 입었다.

"저녁에 일찍 들어가야 하니까 빨리 와야 돼."

창기는 듣는 둥 마는 둥 도망치듯 출입문을 빠져나갔다.

엄마를 못 본 지 꽤 됐다. 엄마가 창기를 싫어하다 보니 잘 가지 않았다. 창기가 없을 때 유주를 데리고 엄마에게 가봐야겠다는 생각이 들었다. 우유, 젖병, 기저귀, 물티슈를 가방에 챙겨 넣었다. 엄마 집은 버스를 타고 20분쯤 나가면 되는 곳에 있다. 버스에 싣고 내리기 번거롭지만 유모차를 챙겼다. 엄마가 사는 곳에는 유모차가 있는 게 이동하기에 좋을 것 같았다. 버스에서 내려 기역자로 꺾어진 길을 걸었다.

친정집에는 엄마가 없었다. 밭에 간 모양이다. 유주를 태운 유모차를 밀며 밭으로 향했다. 날이 새면 작물을 가꾸는 엄마는 분명 그곳에 있을 게다.

멀리 짙은 밤색 바지에다 황색 티를 입은 엄마의 실루엣이 언뜻 보였다. 흙에서 나는 작물은 거짓말을 않는다며 부지런히 밭에 나다니는 엄마. 자신이 배를 곯았으면 곯았지 자식을 위해 최선을 다한 엄마. 씨앗을 뿌린 곳에서 싹이 나면 탄성을 지르고 밤낮으로 가꾸어 열매를 맺으면 감사할 줄 아는 엄마. 나는 엄마의 억척스러우면서도 우직한 삶에 대해 경의를 품고 있다. 발걸음을 빨리했다.

내가 부르는 소리에 엄마가 고개를 쳐들었다. 구릿빛으로 탄 얼굴에 주름을 자글자글 잡으며 웃었다. 유주 데리고 여긴 뭐하러 와.

부추밭에서 잡초를 뽑던 손을 멈추고 유주에게 다가섰다. 우리 유주 왔어? 엄마가 유주를 보고 반색을 했다. 유주는 외할머니를 보더니 삐죽거리다가 울음을 터뜨렸다. 낯가림이 심한 유주가 외할머니를 못 알아보는 것이었다. 엄마 옷에는 흙먼지가 군데군데 묻어 있었다. 유주를 유모차에 잠깐 앉혀두고 잡초 뽑는 일을 도왔다. 부쩍 낮 기온이 오른 탓에 잡초가 부추의 키를 따라 크게 자라 있었다. 뿌리째 뽑힌 잡초에서 흙냄새가 났다. 거무스레한 흙을 잔뜩 묻은 뿌리는 어떤 환경에서도 살아남을 듯 잔뿌리를 많이 달고 있었다. 엄마는 수염처럼 흩어진 모양을 한 뿌리를 뽑아 들고 하루하루 크는 게 다르다며 오늘 뽑지 않으면 땅속 깊이 파고들어 내일은 그만큼 힘이 든다고 했다. 전이라도 구울까 싶어 부추를 베고 있는데 유주가 칭얼거리기 시작했다. 밭두렁에 핀 유채꽃을 꺾어서 유주에게 주었다. 유주가 손에 꼭 쥐고는 함박웃음을 지었다.

"엄마, 집에 가자. 유주 땜에 안 되겠어."

"먼저 가거라. 하던 거는 마저 해야지."

"허리도 아픈데 좀 쉬었다 해."

"농사일은 미루면 작물이 안 돼."

눈꺼풀이 처져 눈이 더 작아 보이는 엄마가 고집스럽게 느껴졌다. 허리를 잘 구부리지 못해서 퍼질러 앉은 자세로 풀을 뽑아내고 있었다. 이런 날 유주와 한 번쯤 놀아줘도 되지 않나 싶었다.

"그놈은 아직도 놈팡이제? 남편을 잘 만나야 팔자를 고치는 긴

데."

엄마는 인상을 찡그리고 혀를 찼다. 허리가 아파서인지 심기가
불편해선지 알 수 없었다. 햇살이 유주의 얼굴에 내리쬐었다. 유주
의 볼이 발갛게 달아올라 있었다. 나는 유모차의 차단막으로 그늘
을 만들어 주었다.

유모차에 유주를 태우고 밭 옆으로 조성된 벚꽃길을 걸었다. 하
루 사이에 벚나무는 꽃잎을 활짝 펼치고 있었다. 유주가 팔을 뻗치
며 꽃을 향해 까르르 웃었다. 유주가 태어나고 처음으로 보는 벚꽃
이다. 엄마와 행복했던 첫 기억이 꽃길이라면 좋겠다는 생각을 했
다. 유주와 함께 나는 소리 내어 웃고 싶었다. 벚꽃에는 벌들이 앉아
꿀을 빨아들이고 있었다. 꽃잎이 꿈틀거리는 것 같았다. 짧고 보드
라운 유주의 머리를 바람이 살랑 스치고 지나간다. 유주와 보내는
시간을 고무줄처럼 늘이고 싶다. 나는 유모차 손잡이를 잡고 가볍
게 달렸다. 유주가 웃는 소리가 벚꽃이 핀 허공 사이로 퍼져 나갔다.
태양이 중천을 향해 치닫고 이마에 땀이 맺히기 시작했다. 거친 숨
을 몰아쉬며 나는 천천히 걸었다.

친정에 도착해 유주를 안아 올렸다. 유주의 손에 쥐여준 노란 유
채꽃이 시들어 고개를 꺾고 있었다. 나는 유채꽃을 버리려고 꽃대
를 쥐었다.

"이거 이제 버리자."

유주는 손을 꼭 쥐고 놓지 않으려 했다. 손에는 풀물이 묻어 있었

다. 내가 뺏으려 하자 손아귀에 힘을 주며 울기 시작했다. 유주는 한 가지 사물에 집착하면 흥미가 떨어질 때까지 손에서 놓지 않곤 한다.

집 안은 어질러져 있었다. 정리되지 않은 옷, 함께 뒤섞인 고지서와 우편물이 어지럽게 널린 채였다. 검불이 몇 가닥 떨어져 있고, 모래 먼지가 서걱거리며 밟혀서 사람이 살고 있는 거실이라기엔 민망할 정도였다. 발에 걸리는 물건들을 정리하고 청소기로 먼지를 빨아들였다. 오래된 먼지들이 청소기 입구로 빨려 들어갔다. 엄마는 평생 농사일에 매달리느라 살림은 뒷전이었다. 젊은 내가 감당하기에도 힘든 일을 아픈 몸으로 꾸역꾸역 해내는 대신 자신과 주변을 가꾸는 데는 소홀했다. 우유를 젖병에 넣어주자 유주는 유채꽃을 손에서 놓았다. 유주의 손바닥이 푸르게 물들어 있었다. 나는 물휴지를 꺼내서 유주의 손을 닦았다. 깨끗하게 닦이지 않았다. 푸르스름한 풀물이 유주의 손바닥에 얼룩처럼 남아 있었다. 유채꽃은 시들대로 시들어 축 늘어졌다. 유주가 보지 않을 때 꽃을 잽싸게 휴지통에 집어넣었다.

부엌에는 몇 개의 그릇이 개수대에 담겨 있었다. 요즘 사람들은 잘 쓰지 않는 스테인리스 그릇이었다. 엄마 집에는 수십 년이 돼도 변하지 않는 것들이 있는데 스테인리스 그릇은 그중 한 가지였다. 시집올 때 가지고 온 농과 반닫이, 장독, 아빠와 함께 농사지을 때 쓰던 호미, 낫, 곡괭이 등 엄마는 쓰던 물건을 버리는 일이 거의 없었다. 익숙함과 단조로움이 섞인 집이었다. 내가 결혼하기 전이나 결혼한 후나 유주를 낳은 뒤도 별로 변하지 않았다. 물건들은 오래된 놋그릇처럼 거무스레할 뿐 반짝이는 것이 없었다. 부추전을 굽고, 김치찌개를 끓였는데도 엄마는 오지 않았다. 함께 점심을 먹고 가려 했는데 문득 이 집에서 벗어나고 싶은 생각이 들었다. 나는 유주를 안고 밖으로 나왔다. 해묵어 거무스레한 색깔이 내 몸에 달라붙는 듯했다. 빠른 걸음으로 버스정류장으로 향했다.

기숙사에 들어갈 시간인데 창기가 오지 않았다. 전화를 걸었다. 신호음이 가는데도 받지 않았다. 아침 일찍 기계를 작동시키고 일을 시작하려면 저녁에 가 있어야 했다. 차편이 좋지 않아 시간 안에 들어가는 게 쉽지 않았다. 대여섯 번 전화를 했을 때 창기는 짜증 섞인 목소리로 대답했다. 집을 떠나는 것만 해도 힘든데 눈앞이 캄캄했다. 나를 보는 창기의 얼굴에 생기가 사라진 지 몇 개월이 지났다. 그의 눈이 빛날 때는 나와 유주를 볼 때가 아니라 핸드폰 게임이나 컴퓨터 게임을 할 때였다. 그는 게임 속 자신의 캐릭터를 멋지게 만드는 데에 많은 시간과 노력을 들였다. 상승과 하강의 반복, 반복…… 멈추지 않는 창기의 게임 속 세상을 깨뜨리고 싶다.

창기가 집에 들어오고 한참이 지나도록 유주가 자지 않았다. 핸드폰을 들고 있던 그는 유주를 데리고 안 보이는 쪽으로 가 있으라는 내 말에 짜증을 냈다. 내가 시야에서 사라지는 것을 보면 유주는 울기 시작하기 때문에 그런 모습을 보고 싶지 않았다. 그는 손에 핸드폰을 든 채 유주를 안고 베란다 쪽으로 나갔다. 나는 짐을 챙겨 얼른 바깥으로 나왔다. 울지 마라, 금방 갔다 올 테니까. 눈물을 훔치며 계단을 내려오는데 발을 헛디뎌 넘어질 뻔했다. 산다는 게, 살아내야 한다는 게 신산스러웠다.

"유주야!"

아이 이름을 부르며 집에 들어서는데 조용하다. 창기의 뒤통수 너머로 컴퓨터 불빛은 깜박거리는데 유주의 기척이 없다.

"유주는 어디 있어?"

내 물음에 창기는 컴퓨터에 눈을 고정하고 말했다.

"잠깐 누나 집에 맡겼어."

"내가 오는 줄 뻔히 알면서 그게 말이 돼?"

어이가 없어서 소리를 질렀다. 창기는 들은 척도 않고 게임에 몰입해 있었다. 총구에서는 붉은 광선이 뿜어져 나왔고, 총을 맞은 사람이 고꾸라지고 자빠져 나뒹굴었다. 창기의 입꼬리가 살짝 올라갔다.

"게임이 눈에 들어와? 정신 좀 차려."

창기는 눈에 불을 켠 듯 화면을 응시하고 있었다. 살기가 가득한 얼굴로 마우스를 부지런히 움직였다. 나는 코드를 잡아 뺐다.

"유주 찾아와. 당장 내 앞에 데려오란 말이야!"

목이 터져라 나는 고함을 질렀다. 창기는 욕을 하며 컴퓨터 앞에 놓인 스피커를 방바닥으로 내동댕이쳤다. 스피커가 깨져서 사방으로 튀었다. 살기등등한 눈빛을 하고 나를 때리려고 주먹을 불끈 쥐었다. 어이없어 쳐다보는 나를 보며 씩씩거리더니 출입문을 쾅, 닫고 나갔다.

창기가 나간 컴퓨터 옆에는 다 먹은 컵라면 빈 용기 몇 개가 어지러이 널려 있었다. 둘, 넷, 여섯. 컵라면으로 주로 끼니를 때운 것 같았다. 벌건 국물이 묻어 말라붙은 일회용 용기는 며칠간 창기의 생활이 어땠는지 보여주는 듯했다. 게임에 빠져서 할 땐 도파민이 생성된다고 한다. 사랑을 할 때도 그렇다고 했던가.

사춘기 때, 국어 선생님을 짝사랑했다. 선생님께 밤새 편지 쓰고 그리워하느라 잠을 깊이 못 잤다. 선생님이 내게 쏟는 관심의 무게만큼 기분이 좋아졌다가 나빠졌다 했다. 선생님이 뭐라고 말이라도 붙여 주면 그날은 방방 뛰었고, 무심하게 지나치기라도 하면 그날은 착 가라앉았다. 그해에 성적이 바닥을 쳤다. 자연스레 선생님의 관심도 내게서 멀어져 갔다. 중학교를 졸업하는 해에 일어난 일이었다.

여상을 갓 졸업하고 남자 친구를 사귀었다. 늘 핸드폰을 달고 카톡하느라 중요한 서류 정리에 실수를 하곤 했다. 사장은 처음에는 말로 나무라고 말했지만 그게 이어지니까 크게 야단을 쳤다. 그를 만나러 가는 길에 엄마가 길 건너편에 보였지만 모른 척하고 골목길로 빠져 들어갔다. 그때 엄마는 병원에 갔다 나오는 길인지 허리에 손을 얹고 어기적거리며 걷고 있었다. 평소에는 엄마라면 살갑게 챙기던 마음이 그 순간 어디론가 사라지고 없었다. 나는 남자 친구를 만나 맛있는 것도 사 먹고 차를 마셨다. 사장은 시쳇말로 멍때리는 나를 보다 보다 그만 그곳을 나가라고 통보했다. 남자 친구와 헤어지고 정신을 차리고 보니 난 이미 실직자가 되어 있었다.

가슴을 뛰게 하는 대상이 어느 날 마음을 지배하고 집착에 이르면 일상의 리듬이 여지없이 깨지기 시작했다. 사랑은 우울과 동의어가 되고, 상실과 동의어가 됐다. 마음을 차지한 것들은 깊은 상처를 남겼다. 사랑에 빠진 순간은 아무 생각이 나지 않는다. 판단이 유보된 채 자신만의 우상 하나를 마음에 키울 뿐이다. 창기를 만났을 때도 다른 생각은 들지 않았다. 오직 이 남자만 옆에 있으면 될 것 같았다.

밤이 됐는데도 두 사람은 돌아오지 않았다. 창기에게 전화를 걸었다. 신호음이 열 번을 넘어서는데도 받지 않았다. 유주 생각에 아무것도 손에 잡히지 않았다. 내가 오는 날인 줄 뻔히 알면서 아이를 시누한테 맡기다니 창기의 행동이 이해되지 않았다.

집 안에 앉아 있을 수 없어 근처 골목길에 나가서 기다렸다. 건물들은 뿌연 황사에 뒤덮여 있었다. 숨쉬기조차 힘든 답답한 공기가 폐부로 스미는 듯했다. 나는 컥컥 마른기침을 해대며 집 주위를 돌아다녔다. 같은 동선을 몇 번 돌고 나니 온몸의 기운이 쫙 빠져나갔다. 공동 놀이터에 놓인 벤치에 주저앉았다. 희뿌연 달이 검은 구름 사이에 가려져 시야가 흐렸다. 바람이 구름을 걷어 가면 달이 보일 텐데 구름층의 두께만큼 가슴이 답답해졌다. 젖니를 드러내고 웃던 유주의 모습이 떠오른다. 포동포동 올라오던 볼, 자그마한 발, 바람에 나부끼던 가녀린 머리카락이 생생하게 그려지는데 유주는 지금 내 곁에 없다.

중학교 교복을 입은 학생이 놀이터 벤치에서 핸드폰을 쳐다보고 앉아 있었다. 바람이 선뜩선뜩 불기 시작하고 산머리 위 하늘 끝자락에는 먹구름이 잔뜩 끼어 있었다. 빨리 집에 가는 게 좋을 텐데……. 나는 하고픈 말을 안으로 삼켰다. 후드득, 소나기가 쏟아지기 시작했다. 엄지손톱으로 떨어지는 빗방울은 자신의 존재를 알리려는 듯 세차게 와 부딪쳤다. 굵은 빗방울이 옷을 적시고 들어오기 시작했다. 신발 위로도 빗물이 새어들었다. 비는 사나운 기세로 돌풍까지 몰고 내 몸을 때렸다. 찹찹한 기운이 파고들었다. 한기가 몰려왔다. 조금 기다려 그칠 비가 아닌 것 같았다. 어떤 여자가 지나가면서 뭐라고 중얼거렸다. 통화를 하나 확인해 보았지만 이어폰이나 핸드폰은 보이지 않았다. '남편이……'로 이어지는 여자의 말에는 왠지 이혼한 여자 같은 느낌을 줬다. 어떻게 충격을 받으면 저렇게 큰 소리를 내뱉으며 길거리를 활보하게 되는지 측은한 마음이 들었다. 집에 오는 내내 모다기비가 내렸다.

시누이가 어디 사는지도, 전화번호도 모른다. 우리 둘의 만남에 대해 부정적인 사람이라 자연히 왕래가 없었다. 창기를 만나 유주를 낳았을 뿐 우리는 시댁이나 친정, 어느 쪽에도 환대받지 못했다. 직장도 변변치 않은 철없는 젊은이들의 불장난 정도로 여겼다. 창기는 왜 아직도 오지 않는 걸까? 불길한 예감에 머리가 쭈뼛 서는 기분이었다. 밤새 한잠도 못 자고 출입문을 들락거렸다. 두 사람을 기다리다 지친 나는 엄마에게 전화를 걸었다.

"엄마, 혹시 백 서방 안 왔어?"

"그 인간이 우리 집에 오는 거 봤냐?" 엄마는 퉁명스럽게 대답했다. "무슨 일 있냐?"

"아냐, 별일 없어."

울컥 목이 메어 빨리 전화를 끊었다. 집 근처에서 두 사람의 흔적을 찾아 헤매어도 소식이 없었다. 평소에 시누이의 연락처라도 알아두지 않은 게 후회가 됐다.

기숙사에 들어갈 시간이 돼서 집을 나섰다. 유주를 데리러 갔다가 무슨 일이 생겼는지 걱정이 됐다. 전화기는 꺼져 있고 두 사람은 소식조차 없으니 속이 새카맣게 타들어 갔다. 마음을 진정시키려고 애를 썼다. 기숙사에 들어갔지만 불안해서 잠이 오지 않았다. 침대 위에서 허리를 꼿꼿이 편 채 부동자세로 밤을 꼬박 새웠다. 머리는 점점 복잡해지고 편두통이 시작됐다. 밤새 전화통을 들고 창기의 번호와 집 전화번호를 번갈아 가며 눌렀다. 전화기가 꺼져 있다는 안내 멘트와 음악 소리가 들릴 뿐 연결이 되지 않았다. 손을 떨며 경찰에다 실종 신고를 했다. 목이 잠겨 소리가 밖으로 잘 나오지 않았다. 유주가 내 곁에 있다면…… 유주가 블록을 가지고 놀고 나는 그 곁에서 유주를 보고 있다. 유주가 만드는 블록은 하나의 사물이지만 그 속에 유주의 세계가 있다. 단조롭지만 블록을 끼우는 동작만으로도 진지하다. 창기가 일을 마치고 들어온다. 손에는 유주에게 줄 장난감 자동차 박스가 들려 있다. 창기가 유주를 안고 비행기를 태우고 유주의 웃음소리는 커진다. 평범한 가족의 단란한 풍경이 사무친다. 봄바람이 창문을 흔들고 어디선가 유주가 우는 소리가 들린다.

경찰서에서 전화가 왔다. 유주를 찾았다고 말하는 경찰의 목소리는 착 가라앉아 있었다.

"아드님이 죽은 채 발견되었습니다."

경찰의 말이 거짓말처럼 들렸다. 유주가 죽다니 그럴 리가 없다. 정신없이 경찰서로 달려갔다. 범인인 듯한 사람이 경찰 앞에 앉아 수갑을 차고 앉아 있다. 낯설지 않은 모습, 창기다. 아빠가 아들을 죽이다니 말이 안 된다. 뭔가 잘못됐을 거다. 창기가 그럴 리가 없다.

"아니죠? 잘못 안 거죠? 이럴 순 없잖아요? 아빠가 어떻게 자식을 죽인단 말이에요?"

내 절규에 창기는 고개를 떨구고 시선을 피했다.

"아주머니, 제 말씀 좀 들어보세요."

창기가 게임에 열중하고 있을 때 유주가 보챈다. 게임에 빠져 있던 창기는 아기가 우는 소리에도 불구하고 무시한다. 배가 고프거나 똥을 눴을 때 아기는 울음으로 표현한다. 창기는 유주가 울어도 게임에 질까 봐 유주를 돌보지 않고 컴퓨터에 붙어 앉아 있다. 유주가 엉금엉금 기어 아빠 다리에 매달리자 방해된다며 밀어버린다. 유주는 자지러지게 운다. 그 때문에 창기는 게임에서 불리한 위치에 놓인다. 유주는 다시 창기의 다리로 기어오르고 창기는 유주를 강하게 밀친다. 유주가 바닥에 넘어지면서 머리가 심하게 부딪힌다. 그 순간 울음소리도 그친다. 창기의 게임 속 총소리만 요란하게 울려 퍼진다. 죽어라 죽어, 나쁜 놈들아. 마우스를 움직이는 창기의 손이 분주하다. 조용해진 유주를 두고 창기는 오랫동안 게임에 빠져 있다. 게임이 끝나고 돌아보니 유주는 파리한 얼굴로 누워 있다. 코에 손을 대보니 숨을 쉬지 않는다. 창기는 당황하며 유주를 흔들어보지만 반응이 없다. 순간 두려움이 밀려온다. 창기는 유주를 검은 비닐에 싸서 쓰레기봉투에 넣어 세 블록 떨어진 곳에 갖다 버린다.

쓰레기를 수거하러 온 아저씨가 쓰레기봉투에 든 물건이 묵직하고 물컹한 느낌이 들어 혹시 동물 사체를 버린 게 아닌가 해서 봉투를 풀었다. 동물 사체는 쓰레기 소각장에서 바로 처리할 수 없고, 수의사 검안서를 첨부해야 하므로 확인을 하기 위해서였다. 그런데 그 속에서 아이가 나왔다. 창기는 집 근처의 피시방에서 체포되었다.

8개월 열흘밖에 살지 못한 유주가 죽다니, 믿기지 않는다. 많은 것을 잃어 봤지만 유주는 잃으면 안 되는 내 아들이다. 유주를 죽이고도 아무렇지 않게 게임을 할 수 있었던 창기는 냉혈한인가. 창기는 오로지 게임 안의 세계에 심취해서 탄식하고 낄낄거리고 흥분했다. 현실과 가상 사이에 보이지 않는 벽을 사이에 두고 통로를 찾지 못한 우리는 길을 잃고 말았다. 창기와 나의 분신 유주를 두고도 우리는 물과 기름처럼 섞이지 못했다.

창기는 유주를 죽이고도 아무런 반성도 하지 않았고 감정의 변화도 없었다. 어쩌면 반성을 했더라도 용서하지 않을 거였지만. 창기는 경찰관에게 이끌려 철창 너머로 멀어져 갔다. 나는 구치소를 등지고 나와 유주가 안치된 병원으로 향했다.

바람이 뺨을 스치며 지나간다. 눈앞에 뭔가 아른거리며 떨어진다. 꽃잎이다. 키 작은 벚나무 우듬지에서 하얀 꽃이파리가 쏟아져 내린다. 꽃잎, 꽃잎, 멍든 꽃잎들······.

흐르는 강물 위로 꽃은 지고

샤워를 하고 침대에 걸터앉았던 여자가 보이지 않았다.

김 노인은 실눈을 뜨고 텔레비전과 소형 냉장고가 놓인 여관방 안을 훑었다. 출입문 현관에는 여자의 신발이 없었다. 여자가 사라진 것이다. 알몸인 김 노인의 등에는 미처 닦아내지 못한 물방울이 맺혀 있었다. 김 노인은 속옷을 입고, 회색 바지를 추슬러 입었다. 점퍼를 걸치고는 설마, 하는 얼굴로 안주머니에다 손을 넣었다. 주머니에 든 지갑이 없었다. 김 노인은 굳은 표정으로 구두를 구겨 신고 뛰기 시작했다. 뛴다기보다는 허위허위 나아가는 모양새였다. 제대로 닦지 못한 머리에는 물방울이 뚝뚝 떨어졌다. 여관 주인은 심드렁하게 쳐다보며, 여자가 나간 지 조금 됐다고 했다. 지갑에는 현금 사십만 원과 교통카드가 들어 있었다. 은행에서 돈을 찾아서 공원에 들른 것이 화근이었다. 공원에서 만난 여자를 따라갔다

가 아내의 기일에 쓰려고 모은 돈을 도둑맞고 말았다. 뛸 힘이 없는
지 김 노인은 어깨를 거북등처럼 웅크리고는 희락공원 쪽으로 걸었
다. 가쁜 숨을 몰아쉬고 고개를 갸웃거리며 조금 전 상황을 떠올리
려 애썼다.

김 노인은 여자를 향해 장난스럽게 물을 끼얹었다. 여자의 머리
카락에 묻은 물이 뺨을 타고 흘러내렸다. 김 노인은 여자의 젖은 머
리카락을 귀 뒤로 넘겨주었다. 여자는 김 노인과 눈을 맞추며 까르
륵거렸다. 웃음소리가 벽을 타고 울려 퍼졌다. 서로에게 물을 튀기
며 장난을 치던 중에 먼저 나가서 기다리겠다며 여자가 욕조 밖으
로 나갔다. 여자는 축축한 머리를 뒤로 젖히며 거울 앞에 섰다. 우윳
빛 피부에 군살이 거의 잡히지 않는, 50대 초반이라고 하기엔 믿기
지 않을 만큼 탄력 있는 몸매였다. 스포츠댄스로 몸을 가꾼다는 여
자를 김 노인은 넋을 놓고 바라보았다. 여자는 물기를 능숙하게 닦
아내며 욕실을 빠져나왔다. 김 노인은 세면대에서 얼굴을 씻었다.
오래된 욕실의 천장과 벽에는 물때가 끼어 있었고, 조금 전에 뜨끈
뜨끈한 욕조 속에서 물장난을 친 때문인지 뽀얀 김이 떠다녔다. 앙
상하게 뼈만 드러난 몸에는 약간의 근육이 불거져 있고, 손과 발에
는 푸르스름한 핏줄이 도드라졌다. 거울에 물을 뿌려 얼굴을 비춰
본 후, 몸에 물을 끼얹었다. 샴푸를 끝낸 뒷머리에 덜 헹군 거품의
흔적이 더러 보였다. 거품 수건에다가 물비누를 꾹꾹 짜서 온몸에
칠하고 샤워기로 몸을 헹궈냈다. 주르륵 물에 씻긴 허연 거품들이

하수구를 따라 내려갔다. 김 노인은 콧노래를 흥얼거리며 거품 수건을 걸었다. 거품 수건이 이내 욕실 바닥에 떨어졌다. 다시 집어 들어 균형을 맞추어 걸면서도 콧노래는 멈추지 않았다. 머리의 물기를 대충 털고, 슬리퍼를 멋대로 벗어던지고는 침대 이불 속에 들어 있을 여자의 이름을 다정하게 불렀는데 아무런 대답이 없었다.

공원은 노인들로 북적거렸다. 한쪽에선 장기를 두고, 다른 쪽에선 담소를 나누고, 더러는 공원을 배회했다. 자리가 부족해 바닥에다 신문지를 펴놓고 바둑판을 벌인 이들도 눈에 띄었다. 김 노인은 공원 주변을 세세하게 살폈다. 평상에는 멋쟁이가 바둑을 두느라 정신이 팔려 있었다. 주름이 별로 없는 데다 정장을 차려입어서 그런지 김 노인보다 몇 살은 더 젊어 보였다. 김 노인은 평소에 멋쟁이에게 뚜렷한 이유 없이 성질을 냈다. 그럴 때마다 멋쟁이는 질세라 대거리를 했다. 자주 옥신각신했지만 그래도 두 사람은 친하게 지낼 때가 많았다. 멋쟁이가 짝을 맞추어 놀러 갈 때 한 번씩 김 노인을 끼워주곤 했기 때문이다. 김 노인은 바둑판이 끝날 때까지 멍하니 앉아 기다렸다. 멋쟁이는 대마를 공격하며 날일 자로 차단했고, 노인은 흑돌 옆에 한 칸 뛰어 붙였지만 두 집을 내기에는 힘들어 보였다. 백을 쥔 노인이 대마가 잡혀 슬그머니 돌을 놓자 김 노인은 기다렸다는 듯 말했다.

"지갑을 잃어버렸네."

"이런 칠칠치 못한 사람 같으니라고."

잔정은 있지만 직설적으로 쏘아붙이는 멋쟁이한테 체면이 깎여서인지 김 노인은 두 볼을 씰룩거렸다. 벚나무는 꽃망울이 막 터져 꽃잎을 펼치고 있었다. 얇은 꽃잎들이 스치는 꽃샘바람에 파르르 몸을 떨었다. 건강음료를 들고 혼자 앉아 있는 사람에게 접근하여 농을 건네는 낯이 길쭉한 중년 여자의 엉덩이가 크고 펑퍼짐하다. 저런 여자들은 주로 가방 안에다가 꿀과 독약을 함께 탄 음료를 넣고 다닌다는 말이 공공연히 나돌곤 했다. 김 노인이 그랬듯이 그중 한 할아버지가 그 여인과 짝을 맞추어 빠져나갔다. 할아버지가 금세 지갑을 털릴지도 모를 일이다. 김 노인은 그 모습을 지켜보다가 언짢은 얼굴로 고개를 가로저었다. 지갑을 훔쳐간 여자는 어제만 해도 여자들과 함께 건강음료를 팔았다. 김 노인은 눈꼬리가 축 처진 두 눈을 애써 부릅뜨고 살폈지만, 여자는 보이지 않았다.

외박을 하던 날 밤중에 휴대전화에 아내의 전화번호가 떴다. 망설이다 전화를 받지 않았다. 아침을 먹고 집으로 돌아왔을 때 방에는 이불이 어지럽게 널려 있었다. 적막한 방에서 모골이 송연해지도록 서늘한 기운이 뿜어져 나와 몸을 덮쳤다. 아내에게 전화를 걸었다. 방 안에서 울려대는, 귀에 익은 전화벨 소리는 아내와의 단절을 예고하듯 요란스러웠다. 순간 뒷머리가 쭈뼛거리는 것을 어쩌지 못하고 서 있었다. 손을 떨면서 아들의 번호를 눌렀다. 아들은 아내의 죽음을 알렸다. 아버지 때문이야. 김 노인은 아들이 내뱉은 말을 몇 번이고 되뇌었다. 아내는 차가운 시신이 되어 김 노인을 맞았다. 완전히 차단된 세계에 놓인 아내를 끌어안고, 통곡이 아니고는 아무것도 할 수 없다는 듯이 울었다. 지병을 앓던 아내는 의외로 편안한 얼굴이었다. 적당히 도톰한 뺨과 가만히 감은 눈의 속눈썹이 햇살을 받으며 낮잠을 자고 있는 사람처럼 보였다.

저만치서 멋쟁이가 걸어오고 있었다. 중절모를 쓰고, 백구두를 신고 걸어오는 폼이 별명에 걸맞았다.

"지갑 찾았는가?"

궁금하지도 않은데 물어보는 사람처럼 굳이 대답을 바라지 않는 형식적인 어투였다. 빤히 쳐다보는 김 노인에게 멋쟁이는 헛웃음을 웃고는 김 노인의 등을 가볍게 두어 번 두드렸다.

"내 막걸리 좀 사 옴세."

김 노인은 멋쟁이의 반짝거리는 신발 뒤축을 힐끗거리고는 자신의 구두를 내려다보았다. 몇 겹으로 굵은 주름이 잡힌, 구두코 쪽이 닳아서 엄지손톱 크기로 해진 검정 구두. 김 노인은 괜스레 신발 바닥으로 흙을 쓸던 구두에서 눈길을 거두었다. 멋쟁이가 올 때까지 평상 위에 엉덩이를 걸치고 허공에다 이리저리 눈동자를 굴렸다. 지갑을 잃어버리고 난 뒤로는 기가 한풀 꺾여 눈동자가 흐리멍덩했다.

멋쟁이가 검정 비닐봉지를 손에 들고 나타났다. 김 노인의 눈앞으로 들어 올리고는 비닐봉지를 스적거리며 막걸리 두 병과 안주를 평상 위에 펼쳐 놓았다. 안주는 멸치와 고추장이 전부였다. 일회용 컵에다가 막걸리를 따랐다. 여자의 가슴 살빛같이 보얀 막걸리에서 발효된 누룩 냄새가 훅 끼쳤다. 김 노인의 입안에서 침 넘기는 소리가 났다.

"속상하겠지만 잊어버리고 살게. 운이 좋으면 다시 찾을 수 있겠지."

김 노인은 고개를 한 번 끄덕이고는 막걸리를 들이켰다. 노르스름한 멸치를 집어서 쩝쩝거리며 씹어대는 김 노인의 관자놀이가 불끈거리며 움직였다.

"지갑은 어쩌다가 잃어버렸나?"

김 노인은 머리를 긁적거리며 건강음료를 파는 여자들을 턱짓으로 가리켰다.

"일이 이렇게 될라꼬 그랬는가, 마 그리됐네."

"허허, 요령껏 하잖고."

"내가 다시 그 짓하면 손가락에 장 지진다."

김 노인의 얼굴이 불쾌하게 달아올랐다.

"저승 간 마누라 기일에 쓸 돈인데, 인자 우짜지?"

"쥐구멍에도 볕 들 날이 있다지 않는가? 오늘은 술이나 드세. 노령연금 대상이 안 되니 생활비 대겠다고 아양 떠는 자식들에게 집 이전해 주고, 있는 돈 갈라주고 나니 이리 궁색한 거 아닌가? 연금 몇 푼 받자고 평생 모은 재산을 자식들한테 넘겨줬으니 끈 떨어진 뒤웅박 신세가 따로 없으이."

평소 농담하기를 좋아하는 멋쟁이가 그날따라 진지한 말로 김 노인을 위로했다. 김 노인은 벌게진 얼굴로 몸을 일으켰다.

"내일은 태화다리 밑에 한번 가봐."

멋쟁이는 김 노인의 어깨에 손을 얹더니 토닥거려 주었다. 길고 양이 한 마리가 그 모양을 보고 눈을 동그랗게 뜨곤, 두 발을 버티는 자세로 등줄기를 둥글게 웅크렸다가 빠른 걸음으로 줄행랑을 쳤다. 김 노인은 여자들이 있는 쪽으로 갔다. 그리고 행색을 살피기 시작했다.

"초저녁부터 한잔하셨네요. 음료수로 속이나 풀고 가세요."

"뭐라꼬? 니년들이 무슨 수작하는지 다 안다. 어데서 사람을 호릴라꼬?"

김 노인은 팔을 뿌리치며 목에 핏대를 세웠다. 입 위에 큰 점이 있는 여자는 주변을 살피더니 입을 삐죽 내밀고는 김 노인에게서 멀찍이 떨어져 벤치에 앉아 있는 다른 노인에게 가버렸다. 혼자 있는 노인에게 접근해 마음을 사로잡는 것이 그녀들 나름의 수법이다. 김 노인은 그 여자를 째려보더니 돌아섰다. 나쁜 년, 소리가 김 노인의 어깨를 타고 넘어왔다.

아침부터 김 노인은 부산스레 움직였다. 검정 바탕에 붉은색 세로줄이 포인트로 들어간 운동복을 입고, 운동화 끈을 바짝 조여 맸다. 좁은 출입문을 밀고 밖으로 나갔다. 한 걸음 한 걸음 내디딜 때마다 발자국 소리가 따라붙었다.

강변을 따라 조성된 공원에는 젊은 연인 몇 쌍이 걸어가고, 군데군데 노인들이 진을 치고 있었다. 노인들이 내는 쿨럭이는 기침 소리와 바람을 타고 나는 새들의 날갯짓이 묘한 조화를 이루었다. 삼삼오오 모여 떠드는 노파들, 화투를 치는 영감들, 딱딱 소리 내며 내기 바둑을 두는 사람들 모두 나른해 보였다. 태화다리 끝 시멘트벽에는 담쟁이덩굴이 기어 올라가고 있었다. 강가에는 습한 기운이 깔려 눅눅했다. 사람들 뒤로 짙푸른 강물이 느리게 흘렀다. 물비린내가 바람을 타고 날아들었다. 은빛 물살을 뚫고 간간이 송어가 뛰어올랐다. 회색 왜가리 두 마리가 강물을 응시하며 낮게 날았다. 긴 주둥이가 언제 물밑을 파고들지 알 수 없었다. 고요 속에 그대로 비치던 건물의 물그림자가 바람이 일으키는 잔물결에 조금씩 뭉그러졌다. 봄바람이 제법 거칠게 불었다. 조금씩 커지는 물결을 한 무더기 바람이 밀고 갔다. 둥그런 물결무늬가 용암이 흐르는 것처럼 이어졌다. 보행 보조기를 옆에 두고 혼자 멍하니 강물을 바라보는 할아버지의 눈이 커졌다가 작아졌다. 주름진 얼굴에는 검버섯이 피어 얼룩덜룩했다. 할아버지의 은회색 머리카락만이 바람에 휘날리며 유일하게 제멋을 냈다.

다리 밑 강변에는 작은 규모로 운동기구가 설치되어 있다. 벤치

주변에 건강음료를 파는 여자 두 명이 얼쩡거렸다. 김 노인은 기구를 이용해 운동하면서 여자들을 눈여겨 살폈다. 한 바퀴 돌아 다시 원점으로 오는 동안에도 여자는 보이지 않았다. 단발 파마를 한 여자가 뒷모습을 보이며 걸어가고 있었다. 김 노인은 다가가서 얼굴을 살폈다. 단발머리 여자는 별일이라는 듯 인상을 쓴 채 김 노인을 힐끔거리며 총총걸음으로 지나갔다. 여자의 머리에서 나는 샴푸 향이 심사를 건드린다. 김 노인의 코끝은 힘이 들어가 있어도 눈에는 실망한 빛이 역력했다. 턱에는 미처 깎지 못한 수염이 짧게 돋아나 있었다.

돈을 못 찾으면 아내의 기일에 반지를 마련할 수가 없다. 아내의 죽음, 회한으로 남은 그 일이 아직도 단단한 옹이가 되어 김 노인의 가슴에 박혀 있다. 잃어버린, 노령연금 두 달 치. 김 노인은 휴대전화의 폴더를 열었다. 연락처를 열어 아들의 번호를 찾았다. 손가락으로 전화기 표시를 누르려다가 멈칫거렸다. 저장된 번호는 많았지만 계속해서 아래쪽으로 내려가며 읽었다. 절반쯤 내려가다 슬그머니 휴대전화를 닫았다.

여자를 찾다가 허탕을 치고 돌아가는 길이었다. 금은방을 지날 때였다. 김 노인은 투명 유리 안에 보랏빛 자수정 모형이 장식된 것을 보고 걸음을 멈추었다. 수정에 스민 보라색 물이 비밀을 간직한 듯 신비한 빛을 자아냈다. 안쪽 진열대에는 목걸이와 반지가 전시되어 있었다. 선물로 준비한 반지를 자신에게 주는 줄 알고 들떠 있는 아내에게 손도 대지 마라며 냉정하게 말했던 날, 아내는 미치광이처럼 물건을 집어 던졌다. 리모컨이 김 노인의 얼굴에 부딪힌 순간, 득달같이 다가가 아내에게 손찌검을 했다. 아내는 휘두르는 주먹을 피하려다 장롱 모서리에 머리를 부딪쳤다. 그 충격으로 뇌출혈로 쓰러졌고, 반신불수로 누워 지내게 되었다. 남편은 밖으로 돌고, 자식들에게 짐이 되기 싫었던 아내는 약을 먹고 다시는 돌아올 수 없는 길을 떠나고 말았다. 그날 밤, 김 노인은 아내의 말을 들어주지 못했다. 방 모서리에 놓인 오래된 가구처럼 붙박인 자리에 있는 아내를 무시하며 지냈다. 휴대전화가 울리는, 짧은 순간의 작은 선택이 아내를 잃게 했다. 죄책감을 안고서도 한편으론 바람기를 버리지 못했다. 가까이에 있을 땐 소중함을 알지 못했다. 스치는 공기처럼 늘 그렇게 곁을 지킬 줄 알았다. 문득문득 솟아나는 새로운 열정에 김 노인은 아내를 잊고 살았다. 생전에 패물 한번 제대로 못 해줘서 기일을 맞아 금으로 된 가락지를 제사상에 놓을 심산이었다.

집을 이전해 주자마자 자식들은 어렵다는 핑계를 대며 집을 팔아버렸다. 단독주택 한편에 놓인 사글셋방은 낮에도 불을 켜야 할 만큼 볕이 들지 않았다. 방 모서리에 있는 검정 장식장에는 아내와 함께 찍은 사진이 놓여 있다. 밝게 웃는 아내의 얼굴에 손을 대보았다. 사진 속 아내는 늙지 않고 젊음을 한껏 과시하고 있다. 김 노인은 한때 바람기로 아내에게 마음고생을 많이도 시켰었다. 김 노인은 사진을 들여다보며 길게 한숨을 내쉬었다.

냉장고 문을 열었다. 반찬이라곤 석 달 전에 딸이 갖다 놓은 김치와 장아찌 종류밖에 없었다. 냉장고 안은 먹을거리보다 비어 있는 공간이 많았다. 서늘한 기운과 함께 악취가 따라 나왔다. 싱크대 수납장을 열어보니 두 종류의 라면이 묶음 봉지가 뜯긴 채 놓여 있었다. 수납장을 탁 소리 나게 닫았다. 멸치 몇 마리와 김치를 넣어 물을 붓고 끓였다. 입맛이 없을 때 가끔 해 먹는 김칫국이다. 신혼 시절에 아내가 자주 끓여주곤 했다. 김치를 숭숭 썰고 있는 아내에게 몰래 다가가 뒤에서 안기도 했다. 불그레한 국물이 보글보글 끓어대는 것을 쳐다보며 김 노인은 입맛을 다셨다.

밥상을 앞에 두고 텔레비전을 틀었다. 9시 뉴스가 흘러나왔다. 어린이 성폭행범을 잡고 보니 평소에 알고 지내는 이웃 할아버지였다는 내용이다. 김 노인의 얼굴이 김칫국 때문인지 보도 내용 때문인지 상기되어 보였다. 김 노인은 리모컨을 들고 '종편'으로 채널을 돌렸다. 그곳에도 그 노인의 사건을 보도한 뒤에, 고령화 사회로 접어들면서 다양한 사회 활동을 하는 노인들을 소개했다. 나이가 들어도 봉사를 하면서 활기차게 살아가는 노인들을 칭찬하는 아나운서의 멘트가 흘러나왔다. 텔레비전 화면에는 자원봉사에 참가한 노인들이 장애인 시설에서 빨래를 하면서 활짝 웃고 있었다. 빌어먹을······. 이것도 저것도 김 노인에겐 마뜩잖은 소식이었다. 김 노인은 숟가락을 소리 나게 내려놓았다.

목을 빼고 금은방 안을 들여다보던 김 노인을 이상스레 여긴 주인이 힐끗거리며 쳐다보았다. 주인과 눈이 마주친 김 노인은 흠칫하며 황망히 발걸음을 옮겼다.

꽃망울이 터지는가 싶더니 어느새 벚꽃잎이 떨어지고 있었다. 공원을 하얗게 덮은 폭설 같은 꽃비였다. 하늘거리는 꽃잎 사이로 햇살이 김 노인의 얼굴에 내려앉았다. 가늘고 일직선인 빛들이 나뭇가지 사이로 비쳐 들었다. 인공 호수에는 물비늘이 은색으로 반짝였다. 바람이 물고기 떼를 몰고 오는 것처럼 넘실거렸다. 공원 바닥에는 잿빛 깃털에 다홍색 발을 가진 비둘기가 사람들이 던져준 과자 부스러기를 바지런히 쪼아 먹었다. 살아있다는 건 이렇게 부단히 콕콕 찍는 거라고 비둘기가 말하는 듯했다. 김 노인은 여자들이 모인 곳 주변을 서성거렸다. 그 속에 여자의 모습은 보이지 않았다. 노인들이 군데군데 모여 있었다. 평상 위에서 이야기를 나누는 사람들, 매캐한 담배 연기를 뿜어대는 사람들, 휴대전화를 들고 검색하는 사람들이 흩어져 있었다. 희락공원은 늙음이라는 것이 자연스러운 곳이다. 김 노인은 자주 공원에 나와서 소일하였다. 여자와 처음 만났을 때 초승달처럼 웃는 눈이 아내와 닮아 있었다. 여자와 한 몸이 된 뒤로, 세상은 온통 밝은 빛 속에 놓인 듯했다. 한동안은 여자들이 놀다 가라는 소리에 점잔을 빼며 못 이긴 척 용돈을 털어서 한 번씩 따라가곤 했다. 여자가 사라져 버린 지금은 모든 게 시들해졌다. 바람을 타고 포마드 냄새가 흘러왔다.

건강음료를 파는 여자들이 모여 있는 쪽에서 시끌벅적하더니 고함을 내지르는 소리가 들렸다.

"이년아, 니 땜에 놓쳤다 아니가?"

카랑카랑한 목소리는 선명하게 공원을 갈랐다. 멋쟁이가 여자들 속으로 가자 서로 건강음료를 팔려고 달려들었다. 과자를 자주 던져주어 비둘기들이 멋쟁이 주변에 모여들 듯 그녀들도 그랬다. 멋쟁이가 아줌마라 불러도 좋을 사람과 가버리자 나이가 든 여자 둘이서 싸움이 붙은 것이다. 짧은 파마머리를 움켜쥐고는 누구도 먼저 놓을 생각을 하지 않았다. 맞부딪친 이마는 영화 장면 속 시꺼먼 증기를 뿜어대는 기관실처럼 벌겋게 달아올랐다. 구경만 하던 사람들이 두 사람을 떼어놓으려고 달려들었다. 김 노인은 싸움을 말리러 두 사람 사이로 들어갔다가 큰 점 여자가 휘젓는 손톱에 턱밑을 긁히고 말았다. 그는 미친년들이 싸우고 지랄이라며 고래고래 고함을 지르며 물러났다. 멋쟁이와 함께 간 여자가 좀 떨어진 곳에 있을 때, 큰 점 여자가 건강 음료를 팔려고 먼저 접근했다. 그 와중에 키 작은, 늙은 여자가 자기 것을 사라면서 내밀었다. 두 사람을 쳐다보다가 멋쟁이는 그쪽으로 오고 있던 중년 여자와 함께 가버린 것이다.

구경꾼 사이에 여자의 모습이 언뜻 보였다. 김 노인은 사람들 틈을 비집고 여자가 있는 쪽으로 빨리 걸었다. 여자가 달리기 시작했다. 둘 사이의 간격은 좁혀지지 못하고 점점 벌어졌다. 김 노인은 숨을 헐떡이며 기진맥진한 모습으로 여자가 사라진 쪽을 바라보며 서 있었다.

여자는 김 노인을 피해 태화다리 밑으로 향했다. 멋쟁이가 잘못된 정보를 주어서 하마터면 붙잡힐 뻔했다. 여자는 원통형 교각에 기대어서 숨을 골랐다. 싸움 구경에 빠져 있다가 김 노인에게 발각된 것이다. 여자는 샤워하러 들어간 노인들의 지갑에 종종 손을 댔다. 지폐가 제법 많이 들어 있을 때는 한두 장 빼내어도 눈치를 못 채는 경우가 많았다. 여자가 처음부터 그런 건 아니었다. 돈이 필요할 때마다 슬쩍슬쩍 손을 댄 것이 지금은 틈만 나면 돈을 훔쳤다. 가난을 두 번 다시 반복하고 싶지 않아선지 여자는 돈에 집착하기 시작했다. 때마침 김 노인의 지갑에 지폐가 두둑하게 들어있는 것을 보고는 엉겁결에 가방에 집어넣었다.

교각 옆에는 누군가 짜장면을 먹고 난 그릇을 쌓아두었다. 옆으로 젖혀진 랩은 아무렇게나 구겨져 있고, 그릇에 묻은 거무데데한 짜장이 얼룩처럼 말라붙어 있었다. 누군가 먹었을 젓가락에도 짜장의 흔적이 남아 꺼뭇했다. 삶은 그렇고 그런 흔적을 남기는 작업인지도 모른다. 여자가 식당에서 일하고 있다면 그릇을 씻고 있을 터였다. 삼 년 전이었던가, 이 일을 시작하기 전엔 하루하루 살아가는 것이 안갯속처럼 종잡을 수 없었다.

여자는 딸을 한 명 키우고 있다. 다른 여자에다 딸린 자식까지 두었던 남편과 이혼한 후에 스스로 생활비를 벌어야 했다. 처음엔 식당에서 설거지를 해서 돈을 벌었다. 식당 주인은 동작이 굼뜨다고 인상을 찌푸렸다. 가는 곳마다 석 달을 못 버티고 일자리를 바꾸어야 했다. 빨리빨리 하소, 손님 목 빠지겠소. 옮겨가는 식당마다 듣는 소리였다. 여자는 최고 속도로 일했으나 식당마다 더 빠른 속도를 요구했다. 여자는 한곳에서 오래 버티기가 힘들었다. 세제를 푼 물에 기름이 둥둥 뜨고, 반찬 찌꺼기가 뒤섞인 구정물을 수십 번 갈아야 하루해가 졌다. 더러운 그 물을 주인에게 끼얹고 싶을 정도로 많은 잔소리를 듣는 날이면 여자는 그곳을 관둘 때가 된 것이었다. 헹군 그릇들은 빛이 났지만 보이지 않는 세제 찌꺼기는 그릇에 들러붙어 있을 터였다. 빨리빨리 하다 보면 제대로 되는 일이 별로 없었다. 열심히 해도 젊은 아줌마들처럼 일하기는 힘들었다. 평소에 일로 단련되지 못한 몸은 쉽게 지쳤다. 식당을 전전하며 돈을 벌었지만 남은 것은 허리 통증과 늘어난 팔목 인대의 시큰거림이었다. 팔을 들지도 못할 정도로 아픈 데다가 힘까지 빠지는 증세가 간간이 반복되었다. 일자리가 끊어지기도 하면서 끼니조차 거르는, 극심한 생활고에 시달리는 날들이 이어졌다.

이웃에 사는 큰 점 여자가, 여자에게 쉽게 돈 버는 법을 알려주겠다면서 자기를 따라가자고 했다. 여자는 큰 점 여자가 권하는 건강음료 한 박스를 사서 따라나섰다. 찾아간 곳은 희락공원이었다. 그녀는 혼자 있는 할아버지에게 접근해서 건강 음료 한 병을 팔았다. 여자 쪽을 쳐다보며 할아버지와 몇 마디 나누었다. 여자에게 따라오라고 하고서는 앞장을 섰다. 여자는 어울리지 않는 행색을 하고, 처음 해보는 일에 어리둥절한 표정을 지은 채 쭈뼛쭈뼛 큰 점 여자를 따라갔다. 큰 점 여자는 2만 원이나 3만 원을 달라 하고, 할아버지가 하라는 대로 하면 된다며 눈짓을 하고는 가버렸다. 여자는 할아버지가 이끄는 대로 따라 들어갔다.

여관방에 도착한 할아버지는 목욕을 시켜 달라고 했다. 여자는 머뭇거리다가 옷을 벗겼다. 그때까지 떠나간 남편 말고는 다른 남자의 옷을 한 번도 벗겨 보지 않았다. 탄력 없이 뼈가 앙상한 할아버지는 늙은 거북처럼 동작이 굼떴다. 얇아진 할아버지의 눈꺼풀 속에는 희끄무레한 눈동자가 졸음에 겨운 모습이었다. 여자는 욕조에 물을 받아 목욕을 시켜주었다. 비늘 때가 욕조 위로 둥둥 떴다. 늘어난 피부가 손을 따라 밀렸다. 듬성듬성한 거웃 아래로 쪼그라진 성기가 숨어 있었다. 할아버지는 눈을 게슴츠레하게 뜨고는 그것을 만져 달라고 했다. 여자의 손이 멈칫거렸다. 성기를 한 번 움켜쥐었다 놓았다. 아쉬운 표정을 짓는 할아버지를 외면하고 여자는 샤워기로 할아버지의 몸을 헹궜다. 말끔해진 할아버지는 이를 드러내며 웃었다. 틀니에는 누런 이물질이 끼어 있었다. 노모가 있는 여자는 틀니를 씻어주겠다고 했다. 할아버지는 머뭇거리더니 틀니를 빼내었다. 틀니에 묻어 따라 나오는 침을 보는 순간 여자는 소리를 죽이며 헛구역질을 했다. 세면기의 물을 틀어놓고 칫솔로 이물질이 낀 곳을 닦았다. 미끈거리며 잘 지지 않는 부분은 여러 번 칫솔질을 했다. 그래도 남은 이물질은 손톱 끝으로 밀면서 벗겨냈다. 불그레하게 제 색을 찾은 틀니를 건넸다. 할아버지는 그것을 받아 끼우더니 가지런한 이를 드러내고 헤벌쭉 웃었다. 여자는 어색한 표정으로 따라 웃었다. 탕에서 나온 할아버지는 자신의 신세 한탄을 한참 동안 늘어놓았다. 자식에 대한 서운함을 이야기할 때는 목소리를 떨기도 했다. 가까이 다가앉더니 여자를 안았다. 여자는 무덤덤한 얼굴로 앉아 있었다. 큰 점 여자가 단골로 다니는 여관이라 여관비를 빼더라도 2만 5천 원이 남았다. 식당에서 온종일 설거지를 해도 한 달 생활비가 부족한 월급과 비교가 되었다. 그날부터 여자는 큰 점 여자를 따라 희락공원을 떠돌았다.

제법 혈기왕성한 할아버지를 맞을 때가 있었다. 그럴 땐 몸을 섞어야 했다. 돈이 없다고, 부르는 금액보다 적게 주는 경우도 종종 있었다. 그래도 식당에서 일할 때보다 수입이 좋아서 일을 그만두기는 힘들었다. 식당에서 일할 때는 나이가 들었다고 무시를 당했다. 홀 서빙은 한 번도 해보지 못했다. 젊은 아줌마들이나 아르바이트 학생들은 상대적으로 대우가 좋았다. 경험이 재산인 시대가 아니다. 손쉽게 정보를 얻는 시대에 나이 든다는 것이 더는 사회에서 빛을 발하기는 어려운 듯하다.

김 노인은 여자에게 살갑게 대했다. 처음으로 함께 여관을 찾았을 때 아내와 닮았다고 말했다. 여자는 그런 김 노인의 말에 설핏 웃음을 지었다. 김 노인은 여자를 볼 때면 아이처럼 호기심 어린 눈빛이 되어 단춧구멍만 한 눈을 크게 치뜨곤 했다. 여자도 그런 김 노인에게 곰살맞게 굴었다.

경찰의 단속이 부쩍 심해졌다. 나이 든 여성의 성매매에 대해 별일이라는 반응을 보이던 매체들도 관심이 높아져 텔레비전과 신문에 크게 보도가 된 탓이었다. 빨리 실적을 올리고 들어가야 할 형편이었다. 그날은 공원에 도착하자마자 김 노인이 눈에 띄었다. 김 노인은 여관에 같이 갈 적마다 여자에게 맹목적으로 잘해 주었다. 여자가 접근하자 김 노인의 얼굴에 화색이 돌았다. 건강음료를 단숨에 마시고, 여자를 은근한 눈빛으로 쳐다봤다. 여자는 김 노인을 향해 눈을 반짝이며 매혹적인 웃음을 흘렸다. 두 사람은 인근에 있는 허름한 여관으로 향했다.

김 노인은 입을 헤벌린 채 연신 웃었다. 여관에 들어서자마자 여자를 안았다. 여자는 김 노인의 팔을 두 손으로 살짝 잡고는 풀어놓았다. 콧소리로 아양을 떨며 먼저 씻자고 했다. 김 노인은 여자의 가슴을 흘끔 쳐다보더니 고개를 끄덕였다. 여자가 먼저 나온 후, 침대에 걸터앉아 옷을 입었다. 물소리가 들리자마자 김 노인의 점퍼를 집어 들고, 김 노인이 보이지 않는 위치로 갔다. 지갑을 열었다. 만원짜리 지폐가 두툼하게 들어 있었다. 여자는 지갑을 자신의 가방에 얼른 집어넣고, 점퍼를 처음 있던 자리에 소리 나지 않게 놓았다.

샤워기에서 물 떨어지는 소리는 여전했다. 여자는 발뒤꿈치를 들고 신발장 쪽으로 향했다. 문 여는 소리가 나지 않도록 조심했다. 몸을 문밖으로 겨우 빼내고서야 숨을 크게 내쉬었다. 여자는 엉덩이를 실룩거리며 빠른 걸음으로 그곳을 빠져나갔다.

화투를 치는 노인들 쪽에서 "고!" 하고 외치는 소리가 들려왔다. 여자는 숙였던 고개를 번쩍 쳐들었다. 황갈색 너구리 한 마리가 그 소리에 놀랐는지 검은 눈을 동그랗게 뜨곤 사람들 쪽을 쳐다보다가 빠르게 풀숲으로 몸을 숨겼다. 흑색으로 반짝이는 꼬리 끝이 시야에서 아른거리다 사라졌다. 강물이 느릿느릿 흘렀다. 바람이 없는 날이라 새의 날갯짓은 수월하게 보였다. 회색 왜가리가 물 위로 튀어 오르는 새끼 송어 한 마리를 순식간에 낚아챘다. 왜가리의 빠른 입놀림으로 송어는 머리부터 꼬리까지 단숨에 빨려 들어갔다. 흔적 없이 사라진 송어를 보면서 여자는 몸을 떨었다. 강변 벤치에는 혼자 앉은 노인이 보였다. 여자는 손으로 머리를 가다듬고 옷매무새를 다시 만졌다. 입가에 활짝 웃음을 띠고 건강음료를 들고 다가섰다.

빨간 재킷을 걸친 여자가 희락공원의 동태를 이리저리 살폈다. 곳곳에 모여서 뭔가를 하고 있는 노인들의 군상을 자세히 관찰했다. 김 노인은 보이지 않았다. 꽃이 떨어진 자리에 잎사귀들이 한꺼번에 터져 나왔다. 봉긋하던 새순이 꿈틀거리며 작은 이파리로 변신하고 있었다. 나무마다 연두색 모자를 덮어쓴 듯했다. 금방이라도 봄소풍을 떠나는 아이들처럼 나뭇잎이 술렁거렸다. 물오른 봄이 노인들을 감싸 안고 흥청거리는 듯 바람이 불었다. 멋쟁이가 여자에게 다가왔다. 여자는 멋쟁이를 보자 입가에 교태 어린 웃음을 물었다. 둘은 나란히 그곳을 벗어났다. 다정한 연인의 모습이었다.

언제 나왔는지 김 노인은 벤치에 앉아서 허공을 주시하고 있었다. 절실함은 아픔을 동반하는 것인지 이틀 만에 부쩍 야윈 얼굴이었다. 같은 동작을 반복하는 비둘기를 바라보는 눈에는 생기가 없었다. 햇살이 퍼지면서 꾸벅꾸벅 졸기 시작했다. 여자와 멋쟁이가 공원 저멀리 구석에 희미하게 보였다. 김 노인 쪽을 쳐다보며 뭐라고 얘기를 주고받더니 여자는 이내 공원 입구 쪽으로 가고, 멋쟁이는 김 노인이 앉아 있는 벤치로 오고 있었다. 김 노인은 여자의 모습을 눈에 힘을 주고 노려보았다. 여자는 종종걸음을 치며 나아갔다. 김 노인은 겨우 일어서서 입구 쪽으로 몇 발자국 걸어 나갔지만 자주 비틀거렸다. 한순간에 여자는 입구를 빠져나가 모습을 감췄다. 젊은 날, 김 노인의 뒷모습을 쫓던 아내의 눈빛이 여러 개로 분열되어 눈앞에 쏟아진다. 김 노인은 멍하게 섰다가 다시 벤치 쪽으로 몸을 돌렸다. 멋쟁이가 눈에 들어왔다.

"아까 그 여자와 같이 있지 않았나?"

"누구?"

"내 지갑 훔쳐간 그 여자 말일세."

"이 사람, 잠이 덜 깼나?"

멋쟁이의 단호한 대답에 김 노인은 의아한 표정을 지었다. 나무 그림자가 김 노인의 검버섯을 더욱 짙게 보이게 했다. 검버섯은 피부에 뿌리를 박고 조금씩 번식하고 있는 듯했다. 김 노인은 어두운 낯빛으로 자리에서 일어났다. 발걸음은 무거운 추를 단 듯 느렸다. 다리에 힘이 풀려 비치적거리며 걸었다. 바람을 타고 라벤더 향이 날아들었다. 여자에게서 자주 나던 향내였다. 김 노인은 어깨를 늘어뜨린 채 공원을 벗어났다.

"정 여사?"

"네, 저예요."

"김 노인은 집에 갔으니 이제 이쪽으로 와도 돼."

은행나무 가로수 아래를 걸으며 김 노인은 공원에서의 장면을 떠올렸다. 멋쟁이의 말에 따르면 잠결에 헛것을 봤다는 건데, 아무래도 여자의 이미지와 비슷했다. 바로 눈앞에서 본 게 아니고, 물증이 없으니 묻고 따지기가 어려웠다. 세상이 온통 먹구름 속에 놓인 듯 찝찝함이 엄습했다. 여자도 멋쟁이도 김 노인이 가까이 지내는 사람들이기에 더욱 혼란스러웠다. 김 노인은 고개를 갸우뚱거리며 천천히 걸었다. 지나가는 차량의 소음이 평소보다 크게 들렸다.

김 노인은 아내의 기일에도 벤치에 앉아 있었다. 강은 숨소리를 죽이며 흘렀다. 물이 흘러간 자리에는 또 다른 강물이 자리를 메웠다. 죽은 아내도, 헤어진 여자도, 도둑이 된 여자도 김 노인에겐 봄날 벚꽃 같은 존재인지 모르겠다. 색깔과 향이 다른 꽃을 찾아 떠돌 때마다 김 노인은 소중한 것들을 하나씩 잃어갔다. 그럴 때마다 후회로 마음을 다잡곤 했지만 새롭게 피는 꽃을 좇아 다시 열정을 불태우곤 했다. 반지를 낀 아내가 행복에 겨운 듯 웃는다. 김 노인은 그런 아내의 손을 잡고 강가를 걷고 있다. 아내의 몸이 다 나았는지 잘도 걷는다. 둘은 공터에서 손을 맞잡고 춤을 추듯 빙글빙글 돌기 시작한다. 우레탄이 깔린 산책로가 가파르게 기운다. 기우뚱, 열기구를 탄 것처럼 몸이 공중으로 떠오른다. 붕 뜬 가슴이 맹렬하게 부푸는 순간, 아내의 모습이 허공으로 사라진다.

물로도 꺼트리지 못하는 불꽃이 맹렬한 화력으로 타오른다. 불꽃이 김 노인을 집어삼키려 한다. 김 노인은 그을음이 몸에 묻는지도 모르고 그 속에서 허둥댄다.

벚꽃이 지고 난 자리, 벚나무는 연녹색 잎사귀를 펼쳐 놓았다. 김 노인은 연한 잎사귀를 조용히 응시한다. 태화강 둔치에는 사람들의 무리가 요트를 타고 물살을 가른다. 전화벨이 울린다. 김 노인은 받지 않는다. 오늘 저녁에 갈게요, 하는 아들의 문자가 도착한다. 김 노인 앞으로 오래된 강물이 흘러간다.

연둣빛 편지

오빠가 낯선 여자를 데리고 왔다. 계란형 얼굴에 까만 눈, 보얀 피부, 말라보일 정도로 호리한 체형까지 어디 하나 빼놓을 것 없는 외모였다. 의아한 눈으로 쳐다보는 아버지에게 오빠는 눈길을 피하며 말했다.

"제자예요. 근처에 일이 있어 왔다가 인사차 들렀다네요. 여기서 자고 내일 같이 내려갈까 해요."

여자는 개운치 않은 얼굴로 오빠를 흘겨봤다. 처음엔 여자의 등장에 어색해하던 가족도 오빠의 말에 표정이 밝아졌다. 나는 여자를 흘깃거리며 쳐다봤다. 토끼 같거나 여우 같거나 그 중간 어디쯤 여자가 있는 듯했다. 아버지에게 애교 섞인 목소리로 말을 거는 모습은 곰살가워 보였다. 여자는 허름한 시골집에 보석이 놓인 듯 어울리지 않고, 막 피어난 꽃처럼 향기를 풍겼다.

저녁을 먹고 부엌에서 후식을 준비했다. 엄마는 메밀차를 끓이고 나는 참외를 깎았다. 달콤한 참외 냄새가 났다.

"제자라 카제?"

"으응."

"아무리 그래도 처자가 선생 집에 잔다 카이 별일이네." 엄마는 내 귀에 대고 속닥거렸다.

밤에 여자는 내 방으로 자러 왔다. 여자와 자는 게 싫지 않았지만 낯가림이 심한 편인 나는 불편한 마음을 숨기긴 힘들었다. 화장을 지우고 씻고 나온 여자는 잡티 없이 해쓱한 낯빛을 하고 있었다. 화장을 했을 때는 생기가 넘쳤는데 민낯은 창백해 보였다. 밥을 먹을 때 엄마가 집어준 고등어 한 점을 먹고 속으로 구역질하던 모습이 떠올랐다. 그냥 보기만 해도 보호 본능을 일으켰지만, 활기는 그다지 느껴지지 않았다. 한 가지 특이한 건 여자가 돼지고기 고추장 볶음을 먹을 때 식탐이 느껴질 정도로 게걸스럽다는 점이었다. 나도 돼지고기를 좋아하지만 눈치가 보여 젓가락을 그쪽으로 내밀지 못했다. 내게 공부는 잘하느냐, 필요한 물건은 없느냐 물었는데 나는 고개를 가로저으며 설핏 웃기만 했다. 여자에게서 풍겨오는 로션 향을 맡으며 이부자리에 들었다. 어스름 달빛에 여자의 얼굴 옆선이 보였다. 불빛 아래서 희고 매끈하던 여자의 얼굴이 푸르스름했다. 여자는 손을 가만히 배에다 올리곤 한 바퀴 쓰다듬더니 두 손을 배 위에다 얹고 잠을 청했다. 여자의 자는 숨소리가 들렸지만 나는 밤새 뒤척이느라 깊은 잠을 잘 수가 없었다. 행여나 몸부림이 심한 나 때문에 여자가 깰까 봐 노심초사했다.

"방학인데 오빠 집에 놀러 가자."

한 번도 놀러 오라는 말을 안 하던 오빠가 부산으로 갈 채비를 하다가 대뜸 말했다. 낯선 곳에 대한 막연한 동경 때문인지, 오빠가 사는 곳에 대한 궁금증 때문인지, 아니면 여자와 동행하는 게 좋아서인지 확실하지 않았지만, 어떤 설렘이 고개를 드는 바람에 오빠를 따라갈 준비를 하기 시작했다.

여자는 또 놀러 오라는 부모님의 인사를 뒤로하고 길을 나섰다. 여자의 긴 머리카락이 등허리에서 찰랑거렸다. 대문을 나설 때 내 발걸음이 멈칫거렸지만 내친걸음이라 두 사람을 따라나섰다.

속도감이 느껴지는 차창 밖으로 녹음이 펼쳐졌다. 지나치게 짙은 초록빛 들판에 현기증을 느꼈다. 작열하는 태양으로 땅은 한껏 열기를 내뿜고 있었다. 에어컨의 냉기가 차 안에 꽉 찼고, 창을 경계로 한여름의 뙤약볕이 창밖의 풍경을 만들어냈다. 차를 타고 가는 내내 오빠의 귀 가까이에 대고 속삭이거나 농담을 주고받거나 하는 여자의 모습이 스스럼없이 보였다. 여자는 오빠의 팔을 건드리며 갤갤거리며 웃곤 했다. 자지러지게 웃을 땐 평소와 다른 목소리가 났다. 노파의 웃음 같아 섬뜩한 느낌이 일었는데 그건 목이 쉰 듯한 소리가 주는 괴기스러움 때문이었다. 내가 낄 틈이 없는 분위기가 달갑지 않았고, 검푸른 빛을 띤 들판을 바라보는 것도 지겨웠다.

톨게이트를 빠져나와 시내를 진입할 때 도시는 미세먼지로 뒤덮여 있었다. 양쪽으로 늘어선 건물, 도로를 메운 차량이 도시 풍경을 권태롭게 만들었다. 차들은 틈만 있으면 끼어들었다. 여자를 집에 먼저 데려다줄 거라 예상했는데 여자는 오빠가 사는 집으로 따라왔다. 제자라면서 너무 가깝게 지내는 것 같아 내심 불편했다. 오빠는 왜 나를 이곳에 데리고 왔을까. 맞지 않은 옷을 입은 듯 어색했지만 돌아갈 수는 없는 노릇이었다.

단독주택의 뒤편에 자리 잡은 오빠 집은 들머리에 싱크대가 있는 작은 부엌방이, 미닫이문을 사이에 두고 안방이 있다. 싱크대가 자리한 문간방에서는 퀴퀴한 냄새가 났다. 반짝반짝 닦인 싱크대는 깔끔했는데 어디서 안 좋은 냄새가 나는지 알 수 없었다. 두 사람이 안방으로 들어가는 모습을 보며 속으로 오빠를 원망했다. 이런 자리에 초대를 받은 것이 서먹했고, 의도치 않게 오빠와 공범이 되는 기분이었다.

밤이 깊어도 여자는 돌아갈 기미를 보이지 않았다. 함께 산다는 뜻인가. 나는 당장에라도 시골집으로 돌아가고 싶었지만 눈치가 보였다. 막연한 설렘은 사라지고 어른들의 복잡한 세계가 눈앞에 펼쳐지는 현실이 믿기지 않았다. 문간방으로 이불과 베개를 건네주며 오빠는 겸연쩍은 표정을 지었다.

3년 전, 오빠는 아버지에게 큰 짐을 지웠다. 친구가 사업한다고 보증을 서달라는 부탁을 했는데 오빠는 거절하지 못했다. 평소에 아버지는 보증은 절대 서지 마라며 입버릇처럼 말하곤 했다. 젊은 날 호의로 서준 보증 때문에 고생한 적이 있어서 자식들에게 주의를 줬다. 그런데도 오빠는 아버지의 말을 어기고 말았다. 이자까지 붙여서 금방 갚을 거라고 호언장담하던 오빠 친구는 사업이 실패해 숨어 지내는 신세가 되었다. 대학에서 시간강사로 근무하는 오빠는 몇 년째 교수로 임용되지 못하고 탈락했다. 보증 선 일로 오빠는 강사료를 압류당했고, 아버지는 오빠에게 생활비를 보내야 했다. 지금쯤은 아버지에게 용돈을 드려야 할 시기인데 오빠는 여전히 부담을 주고 있다. 그때 아버지에게 부탁하던 오빠의 얼굴이 오늘과 흡사했다. 어딘가 모르게 비굴해 보이는 느물거리는 그 웃음.

자리에 누웠지만 잠이 오지 않았다. 옆집의 불빛이 창에 비쳐 사물은 어스름 속에서 형체를 드러냈다. 시골의 밤보다 밝은 도시의 불빛이, 요란스러운 차 소리가 정신을 깨웠다. 밤이 깊을수록 잠은 멀어져가고 시골집이 생각났다. 익숙한 생활이 주는 안락함이 소중하다는 걸 비로소 절감했다.

달그락달그락. 설핏 잠이 들었는데 이상한 소리에 잠이 깼다. 개수대 아래쪽, 음식물 쓰레기를 담는 플라스틱 용기가 있는 데서 살강거리는 소리가 들렸다. 나는 꼼짝 않고 그 소리를 듣기 위해 신경을 곤두세웠다. 손으로 벽을 더듬거리며 불을 켰다. 쥐가 화들짝 놀라 냉장고 쪽으로 달렸다. 반짝이는 까만 눈, 통통한 몸통에 길게 이어진 꼬리. 갑작스러운 불청객에 놀란 나는 엉겁결에 국자를 들고 쥐를 잡으려고 했다. 쥐는 민첩하게 고개를 움직이며 숨을 곳을 찾았다. 나는 발소리를 죽이면서 다가갔다. 다리에 힘이 들어가고 가슴이 벌렁거렸다. 쥐가 냉장고 밑으로 사라졌다. 나는 냉장고 아래쪽에 붙어 있는 가리개를 떼어냈다. 그곳에는 고구마 쪼가리와 사과 껍질, 과자 부스러기가 흩어져 있었다. 그 옆으로 쥐똥이 새까맣게 쌓여 있었다. 환약처럼 싸한 냄새가 났다. 냉장고 아래쪽으로 막대기를 집어넣어 쑤셨다. 쥐가 움직이는 소리가 나다가 일순간 조용해졌다. 쥐가 들어올 만한 곳을 살폈다. 개수대의 배관과 연결된 호스에 작은 구멍이 나 있었고, 그 밑으로 일부러 붙여놓은 것처럼 쥐똥이 몇 개 붙어 있었다. 하수구 냄새가 훅 끼쳤다. 쥐가 사라진 자리에 구멍이 있었는데 안은 캄캄했다. 어둠 속에서 쥐들이 줄을 지어 나올 것 같았다. 냉장고 밑을 치우는 내내 쥐벼룩 같은 게 몸에 붙을까 봐 찝찝했다. 뜬눈으로 밤을 새웠다.

내가 쥐 얘기를 꺼냈을 때 오빠는 주인아줌마에게 싱크대 보수를 부탁해 놓겠다고 했다. 오빠는 싱크대 서랍에서 꺼낸 폭이 넓은 스카치테이프를 구멍에다 대고 감았다. 내가 호들갑을 떠는데도 오빠는 말없이 일에 열중했다. 오빠의 손에 거무스레한 찌꺼기가 냄새와 함께 묻어 나왔다. 저렇게 한다고 쥐를 막을 수 있을는지 의구심이 들었다.

오빠는 내게 기분도 전환할 겸 백화점에 같이 가자고 했다. 별로 내키진 않았지만 거절할 명분이 없어 그러기로 했다. 여자도 외출 준비를 하고 있었다. 옷장에서 하늘하늘한 코발트색 원피스를 꺼냈다. 그 옆에는 비옷을 비롯해 여자의 미모를 받쳐줄 옷이 줄줄이 걸려 있었다. 나는 여자의 연분홍 비옷에 눈길이 갔다. 매끄러운 재질로 된 코트형 비옷. 세련되고 예쁜 옷이 가득한 옷장에서 유독 비옷에 눈이 갔는지, 왜 그게 갖고 싶은지 알 수 없었지만 한동안 눈을 떼지 못했다.

백화점을 한 바퀴 돌면서 여자는 내게 마음에 드는 옷을 고르라고 했다. 밝은 불빛 아래에는 옷들이 진열되어 있었다. 화려하게 꾸며진 매장 안에 들어서면 괜스레 주눅이 들었다. 여자가 이 옷 저 옷 들어 보였지만 오빠와 나는 고개를 저었다. 나는 옷을 스스로 산 적이 별로 없었다. 그랬기에 옷을 고르는 건 곤혹스러웠고, 아직 편해지지 않은 여자와 함께하는 쇼핑은 어색했다. 매장에서 나는 입을 다문 채로 망설였고 오빠는 어떤 옷을 선택해서 내게 권해줄지 힘들어했다. 매사에 자기주장을 하지 않고 주변에 휘둘리는 오빠는 옷을 고르거나 책을 고르는 데도 많은 시간을 들였다. 함께 도서관에 가면 서가를 다 돌고서도 빈손일 때가 많았다.

마네킹에 입혀 놓은 옷들은 애초에 내 체형에 맞을 것 같지 않았다. 여자가 좋겠다고 하면 오빠는 토를 달며 그 옷을 사면 안 되는 이유를 댔다. 오랜 시간 매장을 돌다 보니 두 사람은 지쳐가는 기색이 역력했다. 라운드 네크라인의 민소매 원피스를 집더니 여자는 이게 좋겠다며 옷걸이를 빼냈다. 오빠는 그제야 고개를 끄덕였다. 눈웃음이 점점 줄어들어 입을 꼭 다문 여자의 눈치를 보는 건지도 몰랐다. 여자가 입어 보라기에 별말 없이 옷을 갈아입었다. 두 사람의 시선이 집중되었다. 예쁘다는 여자의 말에 오빠가 맞장구를 쳤다. 연두색 바탕에 흰 깃털 모양의 무늬가 엉덩이와 가슴께를 받치면서 가볍게 날아오를 것만 같은 디자인이었다. 통통한 체형을 숨겨주는 원피스가 내 마음에 들었다. 자신은 야위어 뭘 입어도 체형에 맞지 않는다면서, 이 정도면 깔맞춤이라고 내게 입기를 권했다. 나는 여자의 가는 몸매가 마음에 들었는데 여자는 그게 아닌 모양이었다. 라벨에 표시된 가격표를 보자 망설여졌다. 아버지에게 생활비를 받아서 쓰는 처지에 비싼 옷을 사는 건 옳은 일이 아니라고 생각했다. 내가 무표정한 얼굴로 반감을 드러냈지만, 여자는 이걸로 하자고 했고 오빠가 동의를 했다. 원피스를 입고 거울 속의 내 모습을 바라보았다. 치마 길이가 적당한 데다 키도 커 보였다. 매장을 지나가는 사람들이 나를 쳐다보는 것 같았다. 나도 모르게 가슴이 내밀어졌다. 다만 아버지에게 미안한 마음이 있어 멈칫거렸다. 옷을 갈아입고 쇼핑백을 받아들었을 때는 나도 모르게 겨드랑이가 땀으로 젖어 있었다.

돌아오는 차 안에는 침묵이 흘렀다. 어색함을 깨려고 오빠가 말을 걸었으나 나는 단답형으로 대답했다. 집 안은 열기로 차 있었다. 여자가 선풍기를 틀어주었지만 내 눈가에는 미열이 일었다. 오빠는 어쩌자고 여자와 함께 사는 건가? 하필이면 나를 이곳에 데리고 온 건가? 이해 못할 의문들이 자꾸만 머릿속을 맴돌았다.

여자는 장 봐온 물건을 정리해 냉장고에 집어넣고는 전을 부칠 준비를 했다. 농사일이 많은 엄마가 전을 부칠 때는 푸성귀 두 가지 정도를 넣고, 요리하는 속도도 빨랐다. 여자는 재료 하나를 다듬는 데도 정성을 쏟았다. 야채를 흐르는 물에 여러 번 씻었다. 내가 좋아하는 소시지를 비롯해 부추, 양파, 버섯을 부침 가루 반죽에다 집어넣었다. 조금 있으니 고소한 냄새와 함께 전이 익어갔다. 소시지를 넣은 야채전. 평소에 엄마가 해주는 파전도 맛있었지만 그것과는 차원이 달라서 입속에 침이 고였다. 접시 위에 전을 올려놓는 여자의 콧등엔 땀방울이 맺혔고 볼은 발갛게 달아올라 있었다. 나를 위해 애쓰는 걸 보니 한편으로 애잔한 마음이 일었다.

오빠가 젓가락을 챙겨줬다. 노릇하게 구워진 전을 한 입 넣자 감칠맛이 입안을 감돌았다. 태어나 이렇게 맛있는 전은 처음이었다. 바싹한 식감에 소시지 향이 콧속으로 파고들 때 그곳에 온 게 처음으로 괜찮게 느껴졌다. 아기자기하고 섬세한 이미지를 가진 여자는 매력적이었다. 엄마도 푸성귀만 넣은 전이 아니라 내 입맛에 맞는 전을 구워주면 좋겠다 싶었다. 두 장을 먹고 나자 오빠는 자신이 굽겠다면서 자리를 바꿨다. 집에서는 오빠를 부엌에 못 들어오게 했지만 거기서는 오빠가 부엌일을 자연스럽게 했다. 나는 젓가락을 놓았다.

여자는 자외선에 노출됐다며 오이를 길게 잘라 얼굴에 붙이고 안방에 누워 있었다. 장미꽃이 그려진 머리띠를 한 채 눈만 드러난 여자의 얼굴이 우스꽝스러웠다. 오빠와 나는 텔레비전을 보면서 어색한 침묵의 시간을 견뎠다. 전화벨 소리가 울렸다. 오빠는 전화기를 들고 허둥대더니 바깥으로 나갔다. 나도 오빠를 따라 문간방으로 돌아왔다.

오빠가 나가고 얼마 지나지 않아 밖에서 목소리가 들렸다.

"응, 여보. 걱정 마."

올케와 통화하는 중인 것 같았다. 무표정한 얼굴의 올케가 떠올랐다. 올케는 거창 초등학교 선생이어서 한 달에 한두 번 정도 오빠가 찾아가거나 올케가 우리 집으로 온다. 부산으로 전보 신청을 해놓고 기다리는 중인데 아직 소식이 없다. 경제적인 이유를 들어 두 사람 사이엔 아직 아기가 없었다. 올케가 오빠의 이런 모습을 본다면 가만있지 않을 거라는 생각에 머리가 지끈거렸다. 오빠는 올케와 2년 연애 끝에 결혼을 했는데 그 당시에 두 사람의 열애가 시골의 얘깃거리가 될 정도로 떠들썩했다. 처음 올케가 우리 집에 왔을 때 집안 어른들이 좋아하는 글래머에 약간은 과묵한 이미지였다. 그리 예쁜 얼굴은 아니었지만 차분한 성격과 교사라는 직업이 가족들의 호감을 샀다. 마사지를 마친 여자가 얼굴에서 떼어낸 오이를 접시에 담아 문간방으로 왔다. 접시에는 수분이 빠진 오이가 탄력을 잃고 늘어져 있었다. 여자는 음식물쓰레기를 모아두는 작은 용기에 오이를 쏟아부었다.

"피부가 하얘졌네요."

나는 여자에게 마음에도 없는 말을 했다. 여자는 작은 입을 길게 찢으며 웃었다. 여자의 옥니가 밥알을 줄 세운 것처럼 가지런했다. 대화를 이어야 오빠의 목소리가 들리지 않을 텐데 할 말이 별로 없었다. 이마에 진땀이 나고 얼굴이 화끈거렸다.

"잘 자, 여보."

오빠의 목소리가 희미하게 들렸다. 여자의 얼굴이 백지장처럼 하얘졌다. 오빠가 문간방을 들어섰을 때 여자는 말없이 안방으로 들어갔다. 오빠는 영문도 모른 채 따라 들어갔다. 한동안 속닥속닥하는 소리가 들렸다. 좋은 분위기가 아니고 뭔가를 감추기 위해 톤을 낮추고 있음을 감지했다. 그 소리에는 웃음이 전혀 섞여 있지 않았다. 여자는 자제력을 잃어버린 듯 목소리 톤이 올라갔다. 인사, 결혼이란 단어에 힘을 주어 말했다. 급기야 컵이 깨지는 소리가 들렸다. 문간방에서 엿듣던 나는 미닫이문을 열어젖혔다. 여자는 발에 피를 흘리고 있었다. 바닥에는 크고 작은 유리 조각으로 분위기가 살벌했다. 어디에 발을 디뎌야 할지 모를 정도로 자잘한 파편이 지뢰처럼 흩어져 있었고, 바닥에 물이 흥건했다. 여자의 발에서 흘러나온 피가 물 위로 번지며 방바닥은 붉은색으로 물들었다. 피는 나를 주눅 들게 했다. 오빠는 휴지를 풀어 여자의 발에 흐르는 피를 닦았다.

여자는 얇은 입술을 꼭 다물고 손을 떨고 있었다. 나는 바닥에 있는 유리를 묵묵히 빗자루로 쓸어 담고 휴지에 물을 적셔 자잘한 조각들을 닦아냈다. 여자가 배 아프다며 통증을 호소하자 오빠는 여자를 병원으로 데리고 갔다.

횅뎅그렁한 빈방에 혼자 남아 있으려니 오빠의 복잡한 삶에 얽힌 것 같아 불안했다. 내가 왜 여기에 있어야 하는지, 그게 오빠의 권유에 의한 선택이라 더 당황스러웠다. 오빠 집에 놀러 가자고 했을 때 거절했다면 굳이 이런 일에 휘말리지 않았을 거라는 생각이 들었다. 밤은 다가오는데 싱크대 수리 기사는 왜 오지 않는 걸까? 쥐가 나타나는, 다시 다가올 밤의 공포가 여자가 병원에 간 일과 겹쳐서 더 걱정됐다. 나는 쥐 끈끈이를 약국에서 판다는 엄마의 말을 기억해 냈다. 끈끈이를 사려고 집을 나섰다. 주인집 앞마당을 지날 때 엄마 생각이 났다. 빨리 집으로 가고 싶었다. 약국에서 쥐 잡는 끈끈이를 샀다. 녹색 신호등을 기다리는데 땀이 턱밑으로 줄줄 흘러내렸다. 아스팔트에서 열기가 올라와 숨쉬기조차 힘들었다. 설명서에 적힌 대로 펼쳐서 배수구 옆에다 끈끈이를 놓았다. 오빠가 구멍 난 호스에 붙여놓은 테이프는 이빨로 물어뜯은 흔적이 있었다. 몸에 스멀스멀 벌레가 기어오르는 듯 가려움증을 느꼈다. 팔을 북북 긁었지만 가려운 증세는 온몸으로 번져나갔다.

창밖에 비는 뿌리고 두 사람은 돌아오지 않았다. 습한 기운이 방

안을 엄습했다. 발밑으로 축축한 느낌이 전해졌다. 발을 디딜 때마다 쩍쩍 달라붙었다. 방충망 사이로 습기가 파고들었지만 나는 문을 닫지 않았다. 기온과 습도가 높아 온몸이 끈적거렸다.

늦은 밤에 오빠는 여자를 부축해 문간방을 들어섰다. 두 사람은 무방비로 비를 맞은 듯 머리카락과 옷이 젖은 상태였고 얼굴은 굳어 있었다. 여자의 얼굴은 파랗게 질려 있었다. 여자는 초점 없는 눈동자로 넋이 나간 듯했고, 오빠는 눈을 굴리며 겸연쩍은 표정을 지었다. 그간의 사정이 궁금했지만 두 사람은 아무런 언질이 없었다. 두 사람 사이에 주변인인 나는 소외감을 느꼈다. 오늘은 쥐가 잡혀야 할 텐데, 생각하며 불을 껐다.

"왜 수술을 안 한다는 거야? 자기와 아기, 둘 다 위험하다잖아."

"……아이를 지울 순 없어."

미닫이문 너머에서 여자의 흐느낌 소리가 조그맣게 들렸다. 숨죽여 듣던 나는 자리에서 벌떡 일어났다. 이게 무슨 청천벽력 같은 소리란 말인가? 오빠에게 따지고 싶었다. 문을 열어야 하는데 차마 그럴 수 없었다. 오빠를 위기에 몰아넣는 말을 내 입으로 한다는 게 두려웠다. 이불을 뒤집어쓰며 다시 누웠다. 내일은 여길 떠나야겠다며 입술을 지그시 깨물었다. 머리가 짓눌리듯 아팠다.

얕은 잠이 들었는데 찍, 하는 소리가 났다. 찌직, 찌직 소리는 불규칙하게 들렸다. 불을 켰다. 쥐가 끈끈이에 붙어서 발악하며 몸을 움직이고 있었다. 접착제는 버둥대는 쥐를 단단하게 붙들어 맸다.

162

벗어나려 해도 벗어날 수 없는 곳에 발을 디딘 쥐를 들여다봤다. 몸을 움직일수록 불리한 쥐. 나는 불을 켜 놓은 채 이불 속으로 들어갔다. 쥐가 무서워서 잠을 들일 수가 없었다.

일찍 일어난 오빠가 앉아 있는 나를 보며 의아한 얼굴을 했다.

"저기, 저기 저……."

오빠는 싱크대를 살피더니 끈끈이 한쪽 끝을 잡았다. 찌직, 하는 소리와 함께 쥐가 몸부림을 쳤다. 오빠는 끈끈이를 검은 봉지에 넣은 뒤 쓰레기봉투에다 집어넣었다. 내 몸이 소스라쳤다.

어제까지만 해도 일찍 일어나 아침밥을 하던 여자는 안방에서 꼼짝하지 않았다. 미닫이문은 쉬이 열리지 않았다. 가시방석에 앉은 듯 마음이 불편했다.

"오늘 집에 올라갈래."

"아직 개학이 멀었는데 더 있다 가지, 왜?"

"학원 다니려면 이제 가야 해."

오빠는 뭔가 할 말이 있는 사람처럼 간절한 얼굴을 하고 머뭇거렸다. 나를 이곳에 데리고 올 때는 뭔가 이유가 있었을 텐데 오빠는 아무 말도 못했다. 결단을 내리지 못하고 이리저리 휩쓸리는 오빠의 처신이 마음에 들지 않았다. 동거 사실을 알리기 위해 끌어들였는지 모르지만 나는 그런 오빠를 끝내 모른 척했다.

잘 놀다 왔느냐는 아버지의 물음에 나도 모르게 울먹거렸다. 며칠 안 되는 시간에 폭삭 늙어버린 느낌이었다.

"그 아가씨는 집에 잘 갔지럴?"

"……."

"야가 부산 갔다 오더니 벙어리가 됐나, 말을 안 하노?"

"오빠가 그 여자랑 같이 살고 있어서……."

"뭐라고? 전에 벌인 일도 아직 해결 못했는데 또 사고를 쳤단 말이가? 물러터진 놈 같으니라고!"

노발대발하는 아버지를 뒤로하고 내 방으로 갔다. 괜히 동거 사실을 알렸나 싶어 때늦은 후회가 밀려왔다. 여자가 사준 원피스는 가방에 둔 채로 풀지 않았다. 새 옷에 대한 기대감이 없지 않았지만 펼쳐보는 게 꺼려졌다. 인간적으로 여자가 싫은 건 아니었다. 순간순간 여자의 표정과 몸짓이 머리를 스쳤다. 처음 우리 집에서 나와 함께 자던 날의 맑은 웃음, 전을 부쳐주며 붉어진 볼, 쇼핑 가자며 내 손을 잡고 걷던 가녀린 손의 감촉, 세심하게 가족을 챙기며 애교를 떨던 모습을 떠올릴 때면 사랑스러운 마음이 앞섰다. 다만 여자는 연극무대에서 연출되지 않은 가외의 등장인물이었다.

아버지는 올케에게 전화를 걸었다. 올케는 연수를 마치고 막 집에 돌아온 모양이었다. 당장 시골집으로 오라고 했다. 눈과 귀를 막고 싶었다. 중학생인 내가 왜 분란의 중심에 서 있어야 하는지 오빠가 원망스러웠다. 놀러 가자는 오빠의 권유를 받아들이지 않았더라면 지금쯤 친구들과 즐거운 여름방학을 보내고 있을 터였다.

집으로 들어서는 올케의 눈이 발갛게 충혈되어 있었다. 아버지가 올케에게 내가 말한 내용을 소상히 알린 듯했다. 올케는 평소에 말이 별로 없지만 한번 고집을 세우면 쉬이 꺾기 어려웠다. 올케가 이번 일을 어떻게 받아들일지 걱정이 됐다. 아버지는 올케와 함께 당장 부산에 내려가자고 했다. 오빠는 우유부단해서 혼자서는 일을 해결 못 할 거라며 역정을 냈다. 올케는 아버지가 가면 일이 더 복잡해질 수도 있다면서 만류했다. 엄마는 한숨을 내쉬며 관세음보살을 연거푸 읊조렸다. 여자가 충격받을 일이 걱정이라며 오빠를 욕했다. 앞으로 어떤 일이 벌어질지 모른다. 참지 못하고 아버지에게 일러바쳤다는 자괴감이 들었다. 며칠간의 방학이 끝나고 다시 학원 수업이 시작되는 시점이었다. 가고 싶지 않았지만 아버지의 서슬에 나는 할 수 없이 올케와 부산으로 가야만 했다.

집에 들어서는 우리를 본 여자는 얼굴이 새파랗게 질렸다. 오빠는 우리를 데리고 밖으로 나가려고 했다. 오빠의 반응에 올케는 꿈쩍도 하지 않았다. 오빠는 눈을 이리저리 굴리더니 나중에 자세히 말하자고 했다. 나는 슬쩍 여자를 바라봤고, 여자는 허둥대며 시선을 피했다.

"난 상진 씨 안사람인데 당신이 왜 여기 있는 거죠?"

여자는 배를 감싸 쥐고는 오빠를 쳐다봤다.

"같은 여자로서 양심이 있다면 이런 짓은 못 하겠지. 당장 나가요."

올케는 올케대로, 여자는 여자대로 충격을 받은 것 같았다. 올케가 당장에라도 여자의 머리카락을 잡아끌 듯했고, 여자는 오빠의 멱살을 잡고 흔들 것 같아 조마조마했다. 오빠는 올케를 잡아당기며 밖으로 이끌었다.

"잠깐 얘기 좀 하고 올게."

오빠는 여자에게 사정하듯 말했다. 두 사람이 나가고 나는 여자와 함께 있었다. 여자의 노랗게 뜬 얼굴, 까만 눈동자가 대비되어 측은함을 자아냈다. 맛있는 음식을 요리하고, 매끈한 피부를 자랑하던 여자는 세상에 흥미를 잃은 표정으로 안방으로 들어갔다. 여자는 이불을 덮고 누웠다. 얼마 지나지 않아 일어나 앉았다. 오빠가 나간 지 얼마 되지 않았지만 여자는 불안 증세를 보였다. 숨을 몰아쉬더니 다시 누웠다. 여자의 배가 있는 곳에 이불이 오르락내리락했다. 아이를 가진 여자의 슬픔이 자꾸만 내게로 번져오는 듯했다. 그녀의 동그마한 배는 내 슬픔을 가중시켰다.

밤이 깊어도 두 사람은 돌아오지 않았다. 여자는 기어이 이불을 걷고 앉더니 어딘가로 전화를 걸었다. 여러 번 전화를 걸었지만 신호음만 들렸다. 여자는 오빠를 찾으러 가야겠다고 했다. 아기를 지키고 싶어 하는 여자의 야윈 얼굴이 불안해 보였다.

한두 걸음 떨어져 나는 여자를 따라 걸었다. 평소에 발걸음 소리조차 제대로 내지 않던 여자는 성큼성큼 걸어갔다. 커피 전문점과 생맥줏집을 돌았지만 헛걸음이었다. 세 번째 커피전문점에 들어섰을 때 드디어 올케와 오빠를 찾을 수 있었다. 칸막이가 쳐진 구석에 앉아 있어서 하마터면 돌아설 뻔했다.

"우리 그만 이혼해."

"미안해. 내 실수야."

"임신까지 했는데 실수라고, 그게 말이 된다고 생각해?"

"내가 당신 사랑하는 거 알잖아."

앞서가던 여자가 주먹을 꼭 쥐었다. 불난 집에 부채질하는 격인 오빠의 말을 여자가 듣지 않았으면 좋을 뻔했다. 방에서 혼자 이불을 뒤집어쓰던 여자가 생각났다.

"일단 시골집에 가 있어."

"당신이 시골집에서 출퇴근해. 여기 방은 당장 빼고."

"알았으니 조금만 기다려줘."

올케는 오빠의 말에 긍정도 부정도 않고 탁자를 주시했다. 우리를 본 오빠가 눈을 휘둥그레 떴다. 여자는 오빠를 노려봤다.

"여기가 어디라고, 지금 누구한테 눈을 흘겨?"

"그 잘난 사람이 내게도 사랑 타령한 걸 알고나 계신지?"

올케는 여자의 말에 감정을 추스르지 못하고 입가를 부르르 떨었다. 오빠가 왜 이렇게 복잡하게 얽히는지, 책임지지도 못할 거면서 왜 사랑한다는 말을 남발하는지 이해되지 않았다. 오빠는 스스로 결정을 하지 않고 상황이 극에 치달았을 때에야 문제를 드러내 주변 사람에게 상처를 입혔다. 감정을 주체하지 못하고 맘에 드는 사람과 교제했다. 누구에게도 나쁜 사람이 되고 싶지 않은, 헤어지자고 하면 될 것을 굳이 이렇게 복잡한 방식을 택하는 오빠의 마음은 도대체 뭔지 알 수가 없었다.

전화벨이 울렸다. 전화를 받는 올케의 얼굴에 눈물이 고여 있었다.

"아버님이 당신 데리고 당장 올라오라셔."

오빠는 인상을 구기며 고개를 조아렸다. 올케가 집으로 가자고 했다. 나는 여자가 걱정돼서 발걸음이 떨어지지 않았다. 올케 눈치가 보였지만 자고 내일 올라가겠다고 했다.

누워 있는 여자의 얼굴이 굳어 있었다. 올케든, 여자든 한 사람은 이별을 해야 할 상황이었다. 올케가 안 이상 물러나진 않을 거였다. 그렇다고 오빠가 아버지의 신임과 사랑을 받고 있는 올케와 헤어지는 건 쉽지 않은 일이었다. 아버지는 보증 서준 일로 오빠를 불신하고 있었다. 아버지의 말에 따르면, 이런 사실이 학교에 알려지면 오빠는 직업을 잃게 되고 사회에서 매장될 수 있다고 했다. 여자가 마음을 잘못 먹으면 오빠는 파렴치한이 되는 것이다. 두려웠다.

여자의 흐느낌 소리가 들렸다. 사랑하니까, 사랑하니까. 나는 '사랑하니까'를 되뇌어보곤 사랑이 참 쉬운 거라고 냉소했다. 아무 데나 갖다 붙이면 사랑이 되는 거냐고. 한 사람의 인생을 통째로 바꿔놓는 일이 순간적인 감정으로, 일시적인 사랑놀음으로 설명이 되느냐고 묻고 싶었다.

그날 밤, 나는 여자에게 편지를 썼다.

언니에게

이 글을 쓰다 보니 언니와 처음 만났던 때가 생각나네요. 신비로운 느낌으로 다가오던 그 순간의 설렘이 아직 생생합니다. 그때만해도 이런 일이 있으리라 예상치 못했지요.

우리가 이별을 말할 때 누구 하나 상처받지 않을 사람이 없는 것같습니다. 짧은 만남이 이별로 이어지리라는 생각은 아무도 못 했을 거예요. 다시 볼 수 없다는 게, 본다고 해도 함께할 수 없다는 게믿기지 않네요. 소시지 야채전은 맛있게 먹었어요. 무거운 몸을 이끌고 제 옷을 사느라 백화점을 돌아다니던 모습은 아직 눈에 선합니다. 어색해 옷도 제대로 못 고르는 바람에 마음 불편하게 한 일이가슴 한쪽에 남아 있네요.

지금은 누구의 잘잘못을 따지기엔 너무 멀리 와버려 되돌릴 수없는 일이 되었네요. 애초에 오빠가 결혼했다는 사실을 왜 말해주지 않았느냐고 한다면 할 말이 없어요. 제게도 잘못이 있어요. 상황에 끌려가다 보니 말할 기회가 없었거든요. 미안하게 생각해요.

저 역시 오빠의 처신이 이해되지 않습니다. 그런데도 제가 할 수있는 일이 별로 없다는 게 현실인 것 같아요. 오빠에게도 제게도 소중한 인연이었음이 분명하지만 지금은 어쩔 수 없이 헤어져야 하는기로에 놓였네요. 오빠의 앞날을 생각해 원망은 접어두고 우선 건

강을 살뜰히 챙기시길…….

여자와 함께 한방에서 나는 잠을 잤다. 여자는 바른 자세로 누워 천장을 보며 꼼짝 않고 누워 있었다. 흐느끼던 여자는 눈물이 말라 버린 건지 더는 울지 않았다. 대신 방 안에 긴 한숨 소리와 신음이 간간이 들렸다. 가슴 밑바닥에서 올라오는 신음은 세상의 모든 빛을 상쇄시킬 정도의 슬픔을 담고 있었다. 캄캄한 밤이 여자를 에워쌌다.

먼동이 어둠을 몰아내는 새벽녘, 편지를 여자의 머리맡에 두고 나는 살며시 일어났다. 여자의 쌍꺼풀진 눈이 퉁퉁 부어 있었다. 여자는 내가 일어서는 기척에도 아무런 움직임이 없었다. 여자에게 안녕이라고 말할 수 없었다, 그 말은 모순을 내포하고 있었으므로. 여자가 사준 연둣빛 원피스를 떠올리며 방을 총총히 나왔다. 나는 그 원피스를 입을 수 있을까.

언어가 감정을 지배하는 방식

'언어'라는 낱말을 사전에서 찾아보면 '생각, 느낌 따위를 나타내거나 전달하는 데에 쓰는 음성, 문자 따위의 수단'이라고 나온다. 어떤 상황이 언어를 만들어 내고, 그걸 표현하게 되면 언어는 상호작용을 한다. 그렇다면 그 역은 성립할까. 언어가 먼저 전달되고 상황이 생길 수 있는가. 이는 언어학에 대한 어떤 연구 테마가 아니라 수연의 머릿속을 떠도는 생각이다.

만나기로 약속한 날이 내일인데 태우는 전화를 받지 않았다. 문자에 대한 답도 오지 않았다. 수연은 어제 태우에게 퍼부은 모진 말을 떠올렸다. 동료 화가가 아닌 연인 느낌의 문자는 보내지 말아 달라고 요청했다. 평소에는 태우가 귀찮을 정도로 전화와 문자를 했다. 오늘은 수연이 세 번이나 전화를 해도 받지 않았다. 보름 정도 태우에게서 날마다 연락이 왔다. 답을 못 할 때는 잇따라 여러 통이

와 있곤 했다. 한 달 전부터 만나자는 걸 바쁘다는 이유로 미루고 미루어 달이 바뀐 내일에야 만나기로 했다. 시간 약속을 구체적으로 잡지 않아 전화를 걸었던 것이다. 선배 화가인 태우에게서 연락이 왔을 때 수연은 반갑게 응대해줬다. 문제는 태우의 문자 내용이 점점 야해진다는 점이다. 하트 이모티콘은 기본이고 나의 천사, 사랑해, 라는 말은 일상어가 되어갔다. 수연은 태우의 말에 소극적으로 답했다. 기껏해야 수연이 하는 말은 존경해요, 귀여워요 정도다. 그렇게 적극적이던 태우가 수연의 모진 말에 상처를 받았는지도 모르겠다.

냉정한 문자를 보낸 데 대해 미안함을 담아 문자를 여러 통 작성해 보내고 답장을 기다리느라 두어 시간밖에 자지 못했다. 그동안 원하는 문자 내용이 아니라 화난다고 오는 전화도 무시하고, 답을 달아주지 않았던 시간이 떠올랐다. 그럴 때도 태우는 자존심을 세우지 않고 언제 그랬냐는 듯 다시 연락을 해왔다. 마음에 드는 사람에게 보낸 문자 답장이 오지 않을 때 기다린 적이 있었지만 그건 벌써 지난 일이라 잊은 지 오래다. 태우에게서 연락이 오면 기분에 따라 답장을 하거나 말거나 했다. 처음엔 호기심으로 꼬박꼬박 답을 했지만, 갈수록 애정 표현이 노골적이고 횟수가 잦아져 부담이 되어서였다. 막상 기다리는 답이 오지 않으니까 수연은 안절부절못했다.

언제였던가, 수연이 의지하며 지내는 사이였는데 갑자기 소식을 끊어버린 한두 언니가 생각났다. 그 언니는 그림에 대한 조언을 아끼지 않은, 유행과 상관없이 자신만의 화풍을 지닌 사람이다. 미술계에 입문한 적은 없었어도 나름대로 조예가 깊어서 수연에게 도움을 많이 주었다. 잘 대해준다는 이유로 수연은 한두 언니에게 자주 연락을 했다. 언니의 사정을 살피지도 않고 통화하고 싶을 때 안 받으면 연속적으로 통화 버튼을 누르곤 했다. 무리하게 그림에 대한 평을 부탁한 날 한두 언니는 오기 힘든 사정을 말했다. 그리곤 며칠 뒤에 들러서 봐주겠다고 했다. 수연은 급하다며 내일까지 봐달라고 문자를 넣었는데 소식이 끊어졌다. 그 뒤로는 한두 언니를 만나지 못했다. 미술 단체에 소속된 것도 아니고, 집을 알지도 못했기에 전화가 안 되니 연락을 할 수가 없었다. 안 만날 땐 전화로 연결된 관계라는 점에서 평소 친하다는 생각과 달리 쉽게 인연이 끊겨 버렸다. 그러고도 3년. 수연은 한두 언니만 생각하면 가슴 한쪽이 쓰려 왔다. 애정이 있는 만큼 스스럼없이 연락을 했고, 한두 언니도 그걸 알아주리라 여겼다. 현실은 달랐다. 한두 언니는 말없이 사라졌고, 수연은 아직도 그 트라우마에서 벗어나지 못했다. 이러다가 태우도 그렇게 되는 건 아닌지 걱정이 됐다. 지금은 태우가 수연에게 연락을 많이 해서 정반대지만 전화를 받지 않으니까 통점처럼 한두 언니가 떠올랐다. 그때부터였지 싶다. 수연은 누군가와 헤어진다는 데 대해 불안감을 가지고 있다, 그게 수연을 스치는 사람이라 할지라도.

태우를 만난 건 1년 6개월 전이었다. 수연이 처음으로 그림 전시

회에 참여한 날이었다. 태우는 마음씨 좋은 아저씨처럼 너털웃음을
흘렸다. 웃음이 많다는 것 외엔 크게 이목을 끄는 외모가 아니었다.
수연은 태우를 그저 너그러운 선배 정도로 여겼다. 그랬던 그가 한
달 전에 연락을 해 왔다. 그 전에도 문자가 더러 왔지만 이번처럼 집
중적으로 온 건 처음이었다. 수연은 태우에 대한 기억을 떠올리려
해도 왜소한 외모, 소탈한 웃음 외엔 별로 떠오르는 게 없었다. 간혹
동료 화가로부터 상 받은 소식을 접하는 게 고작이었다. 그런 그가
갑작스레 친한 척을 했다. 문자에 예의를 다해 답장한 것은 그가 그
림을 그리는 선배라는 이유가 컸다. 남을 배려하는 수연의 성격 탓
이기도 했고, 나이 차이가 많아서 마음이 편하다는 것도 한몫했다.

문자 내용은 작품에 대한 얘기로 시작해서 나중에는 콜라보레이
션에 대한 기대감을 드러내기도 했다. 수연은 별로 관심이 없는 부
분이라 시쁘게 대답했다. 아직 신출내기인 데다 공동 작업은 생각
도 하지 않았다. 태우는 수연에게 공동 작업의 장점을 상세하게 늘
어놓았다. 초기에 태우는 문자를 보낼 때 예의를 갖추었다. 수연이
답장해 주자 태우는 애정 표현을 하기 시작했고, 급기야 반말을 쓰
기도 했다. 나이 차이가 있으니까, 이런 생각을 하다가도 당혹스럽
긴 했다. 겨우 한 번 대면했을 뿐인데 심하다 싶었다.

어느 날 태우는 문자로 꿈 얘기를 해줬다. 작괘천 옆에 텐트를 치
고 야영을 했다는 문장으로 시작했다. 비가 듣기 시작하고 두 사람
은 분위기에 취해 함께 잠자리를 했다는 내용이었다. 태우는 자수

정동굴에 가보고 싶다고 했다. 처음엔 꿈이라 하기에 모르고 읽던 수연은 시큰둥하게 반응하며 거기에서 빠져나가려고 애를 썼다. 요즘 갱년기를 겪고 있다며 그런 내용은 관심 없다는 투로 답했다. 갱년기라는 말은 사실이 아니었지만 태우는 그 말에 무척 놀라며 슬퍼했다. 야한 꿈 얘긴 줄 알았으면 애초에 막았을 텐데 읽고 보니 후회가 됐다. 선배라는 이유로 너무 믿었던 탓이다. 이성적으로 하는 후회와는 다르게 몸은 더워지는 느낌이었다. 생전 처음 겪는 일에 수연은 당황했다. 마음 가는 곳에 몸이 반응한다는 건 사십여 년 동안 살아온 경험으로 알고 있었다. 이십 대에 만난 남편과 별 충돌 없이 살고 있는 것도 이런 믿음이 깨지지 않아서였다. 수연은 태우의 꿈 얘기에도 당황했지만 마음이 없는 상태에서 몸이 더워지는 걸 이해할 수 없었다. 태우에게 화가 났다.

당혹스러운 게 한 가지 더 있었다. 태우가 그다지 매력적으로 느껴지지 않았지만 수연에게 목을 매는 건 좋았다. 사랑해요, 아름다워요, 라는 낱말은 갈구해도 일상에서 잘 들을 수 없는 말이기도 했다. 살면서 누군가가 절절히 사랑해주면 좋을 것 같은 시간이 있다. 또 한 가지, 작업하면서 느끼는 외로움을 다소간 잊게 해주었다. 남편은 전형적인 경상도 남자이기에 사랑한다는 말은 옆구리를 찔러야 일 년에 한두 번쯤 들을 수 있었다. 그런 수연에게 태우의 말은 설렘을 주기에 충분했다. 대접받고 싶은 마음을 채워주는 태우의 문자에 수연은 일상이 흔들리고 있음을 감지했다.

밤에 수연이 한두 언니와 얽힌 사연을 보낸 것이 효과가 있었는지 태우는 오후 세 시까지 강변 주차장에 도착하겠다고 했다. 수연은 머리를 다듬고 화장을 했다. 오랜만에 만나는 만큼 실망시키고 싶지 않았다. 태우는 첫 만남에서 수연에게 반했다고 했다. 오랜 시간 아무 말이 없다가 유독 이즈음에 고백하는 이유가 궁금해서 물었더니 그동안 말할 기회가 없었다고 한다. 사실인지 확인할 방법은 없었지만, 간혹 문자로 소식을 전해온 일이 있었기에, 그러려니 했다.

그는 어떤 사람일까? 기대감이 부풀어 올랐다. 사랑한다는 한마디 말로 관심의 대상으로 떠오른 태우. 수연은 한편으로 설레는 자신이 두려웠다.

세 시. 기어이 태우와 만났다. 차를 몰고 주차장에 들어갔을 때 그는 시동을 켜놓은 채 기다리고 있었다. 중형차를 몰고 온 그는 수연에게 타라고 했다. 오랜만에 보는 거지만, 여러 번 문자를 주고받아서인지 친숙한 느낌이 들었다. 태우는 처음 봤을 때보다 나이 들어 보였다. 수연은 그곳에서 좀 떨어진 커피숍으로 안내를 했다. 수연이 가리키는 간판을 보더니 마음에 들지 않는다며 태우가 다른 곳으로 가자고 했다. 평소에 커피에 대해 잘 알지 못했고, 의견을 존중해주고 싶었기에 수연은 고개를 끄덕였다.

태우가 가리킨 커피숍은 프랜차이즈가 아니고 개인이 운영하는 곳이었다. 안으로 들어서자 커피 향과 더불어 커피를 뽑는 기구들이 눈에 띄었다. 태우는 에스프레소를, 수연은 카페모카를 시켰다. 태우는 수연의 목걸이를 만지작거리며 예쁘다고 했다. 수연은 애써 태연한 척 웃어넘겼다. 태우는 왜소한 체격에 탈모 증상이 있어 숱이 별로 없었다. 나이가 열여섯 살 많은 그는 기대한 것보다 늙어 보였다. 예순이 된 그가 어디서 그런 열정이 샘솟는지 의아했다. 앞에 앉은 태우와 그동안 보내온 문자 내용은 어울리지 않는 커플처럼 느껴졌다. 수연이 상상한 모습이 아니었다. 문자를 보낸 태우는 젊고 열정적이고 아름다운 이미지여야 할 것 같았다. 태우를 가까이서 보니 마치 두 사람을 마주하는 기분이었다. 커피를 한 모금 마시는 동안 태우는 얼굴을 가린 수연의 머리카락을 넘겨주었다. 섬세한 손길이 싫지 않았지만 문자로 고백할 때처럼 몸이 더워지진 않았다. 대접받는 느낌이 좋았지만 그렇다고 연애 감정이 생기진 않았다. 문자를 보낸 사람과 태우가 다른 사람은 아닐진대 수연은 처음 느끼는 이질적 감정에 당혹스러웠다. 사람은 그저 그런데 그의 말이 좋다니, 그가 보낸 글자가 좋다니. 궤변 같지만 현실적인 느낌이었다.

태우와 점심을 먹으려고 차를 타고 이동했다. 태우가 손을 잡으려 할 때 수연은 자신의 손을 모아 잡았다. 거침없이 다가오는 태우 때문에 두려움이 몰려왔다. 더 가까워진다면 감당할 수 없을 거라는 예감이, 어쩌면 평온한 삶을 깨트릴 수도 있다는 걱정이 수연의 머릿속을 차지했다. 너무나 완강하게 다가오기에 단호하지 않으면 무너질 것 같았다. 그는 두 사람의 이미지로 다가왔기에, 감정 표현이 급작스러웠기에 의구심을 떨칠 수가 없었다.

태우와 함께 찾은 곳은 조용한 쌈밥집이었다. 쌈밥을 시켜놓고 기다리는 중에 태우가 다시 손을 내밀었다. 수연은 웃으며 수저를 꺼내 놓았다. 그림을 그리는 선배 화가 이상의 감정은 없었다. 다만, 그가 보낸 문자 내용에는 마음이 흔들렸다. 수연을 흔드는 대상이 실체인 줄 알았는데 막상 만나고 보니 사람이 아니라 문자라는 점, 말이라는 점이 수연을 혼란스럽게 했다. 그를 만난 것도 선배 화가라는 이유 외에 문자를 주고받으며 생긴, 의문의 감정을 해소하고 싶은 호기심 때문이었다. 돌솥밥과 함께 반찬이 나왔다. 푸짐한 쌈이 두 접시 나왔는데 하나는 날것이고, 하나는 익힌 채소였다. 태우의 모습처럼 두 가지 모습을 하고 있는 쌈 접시를 쳐다봤다. 수연은 돌솥밥 뚜껑을 열어 먼저 태우의 밥을 펐다. 태우 것은 고봉으로 담고, 자기 것은 깎아 담았다. 맛있게 먹는 태우를 보니 메뉴를 잘 선택한 것 같았다.

창밖엔 둥치가 크고 잎이 무성한 나무가 그림처럼 펼쳐져 흔들렸다. 바람이 스치고 지나간 이파리마다 파르르 진동이 일었고, 수연은 대화 중간중간 그 모습을 지켜봤다. 나무의 아름다움에, 바람의 속삭임에 마음을 빼앗겼다. 바람이 무심한 나무를 자꾸만 훑고 지나갔다. 풀잎 냄새가 바람을 타고 들어왔다. 유월의 뜨거운 햇살이 실어오는 향기는 수연의 후각을 자극했다. 식당 안에는 손님이라곤 두 사람밖에 없었다. 간혹 주방에서 아줌마가 일하는 기척이 있었으나 두 사람의 대화를 방해하진 않았다. 숭늉까지 먹고 난 후 두 사람은 밖으로 나왔다.

태우는 수연의 구두를 신기 편하도록 놓아주었다. 누군가 자신의 신발을 그렇게 놓아준 때가 언제쯤인지 기억나지 않았다. 가끔 엄마의 신발을 수연이 놓아준 적은 있었다. 남편은 과묵한 편이다. 연애 때부터 말이 별로 없었으니 남편이 변한 건 없었다. 간혹 다정다감하게 아내에게 얘길 풀어놓는 남자나 깍듯이 대하는 사람을 보면 부러울 때가 있었다. 그렇다고 남편에게 불만이 있는 건 아니었다. 남편은 늘 부지런하고 수연이 그림을 그릴 수 있도록 외조를 아끼지 않았다. 집안일도 도와주고 수연에게 헌신적이었다. 남편을 떠올리면 잘 갖춰진 밥상에 향신료가 부족한 정도라고 할 수 있을 터였다. 태우의 소소한 행동 하나하나가 수연을 배려하고 있다는 느낌을 줬다. 신발을 신을 때는 팔을 붙잡아줬다. 그동안 가족을 챙기는 일에 익숙했던 수연은 태우의 작은 몸짓 하나에도 감응이 일었다.

태우는 자신의 그림 배경이 된 장소를 구경시켜 주겠다고 했다. 언젠가 태우가 전화가 와서 그림을 그리러 왔는데 얼굴을 볼 수 있는지 물은 적이 있었다. 그때 사정이 있어 만나지 못했던 걸 기억해 냈다. 전원주택지가 밀집한 그곳은 지붕이 뾰족한, 창이 예쁜 집들이 모여 있고 하천을 따라 산이 빙 둘러싸고 있다. 전원주택의 마당엔 잘 깎은 잔디가 나지막이 키를 재고, 울타리엔 짙붉은 덩굴장미가 흐드러져 있었다. 집마다 모양은 달랐지만 잔디밭과 꽃이 핀 정원이 있다는 점에서는 비슷했다. 태우는 큰 나무 그늘이 드리워진 널찍한 골목 앞에 차를 세우고는 1분가량을 기도하듯 가만히 있었는데 수연은 그 이유를 알지 못했다. 나무 그림자가 차를 덮고 있어서일까, 뭔지 모를 불길한 기운에 휩싸이는 느낌이었다. 침묵이 끝난 후 무엇 때문에 그랬냐니까 생각할 게 좀 있었다고만 했다. 태우의 행동이 기이하다 여겼지만 더 자세히 묻지는 않았다.

수연은 주차장으로 돌아가자고 했다. 태우의 얼굴에 실망감이 비쳤다. 이내 얼굴을 바꾼 태우는 사랑해, 라며 애교 어린 목소리로 말했다. 전원주택을 빠져나올 때 태우는 수연의 허벅지에 손을 올렸다. 수연은 어쩔 줄 몰라 했다. 시작될 수 없는 일은 미연에 막아야 한다는 게 수연이 지켜온 철칙이었지만 그 순간 태우의 말이 분위기를 압도했다. 커브가 심한 산길을 돌 때 태우는 손을 핸들로 옮겼다. 시간은 일곱 시가 돼가고 있었다. 태우가 몇 번이나 사랑한다는 말을 했지만 수연은 농담으로 웃어넘겼다. 사랑은 진지해야 할 것 같은데 말이 너무 가벼웠다. 사랑은 표현하기 어려워야 할 것 같은데 저돌적이었다. 이건 수연의 방식이 아니었다. 사랑의 말은 오래 숙성돼야 하고, 상황에 따라서는 말하지 못할 수도 있어야 한다고 생각해오던 터였다. 태우를 생각하면 가벼움이라는 단어가 머릿속을 떠돌았다.

"손도 한번 못 잡아보고…… 이러려면 그만 만나요."

강변 주차장에 도착했을 때 태우가 농담조로 말했다.

"그러죠, 뭐."

수연은 웃으며 받아넘겼다. 1년 반 만에 만났는데, 그것도 만나자고 졸라서 만났는데 그만 만난다고 어찌 되는 것도 아니었다. 수연의 시크한 반응에 태우의 표정이 순간적으로 싸늘해졌다.

"먼저 그리 말했잖아요."

수연이 부드럽게 말하자 태우의 표정이 금세 풀렸다. 태우가 수연을 잡아당겨 안으려 했다. 수연은 다가오는 그를 밀쳤다. 태우의 얼굴이 일순간 굳어졌다.

"나오지 마세요. 이만 가요."

수연이 예의를 갖춰 고개를 까딱했다. 태우는 잠깐 내리더니 특별히 인사도, 제스처도 없이 차에 올라탔다. 수연이 시동을 걸고 차를 출발시키기 전에 태우는 이미 주차장을 벗어났다. 그토록 치근대던 태우가 이상하리만치 깔끔하게 떠났다. 미끄러지듯 나아가는 차를 보니 어쩌면 화가 난 듯도 했다.

수연이 집에 돌아오니 남편이 기다리고 있었다. 그날따라 남편이 젊고 잘생겨 보였다. 선배 화가의 실체는 만나보니 별것 아니었고, 가슴이 설레지도 않았다. 그동안 수연은 무엇을 그리워한 것인지 알 수 없었다. 그가 보내는 문자, 그가 거는 전화 목소리에 반응한 자신의 감정이 이해되지 않았다. '시니피앙'이 '시니피에'가 돼서 수연의 감정을 건드렸다는 건데, 그 언어라는 게 독립적으로 사람의 감정을 지배할 수 있다는 말인지, 생각이 꼬리를 물었다.

수연이 기다린 건 그의 문자나 전화였다. 보이지 않는 실체를 쫓아다니며 애를 태운 시간이 허망하다는 생각을 했다. 그런데도 수연은 또다시 문자를 기다리고 있었다. 끊임없이 오는 문자에 지쳐서 화가 나기도 하고 그의 집착에 모진 말도 했지만, 어느덧 그 언어에 중독돼 가는 자신을 발견했다. 잘 갔다는 연락이 언제쯤 오지? 기다리다 못한 수연이 문자를 넣었다. '잘 갔어요? 만나 반가웠어요.' 바로 답장이 날아왔다. 잘 도착했으니 걱정하지 말라는 내용이었다. 그제야 안도하며 수연은 남편의 품으로 파고들었다.

다음 날, 태우에게서 서양화 전시회를 보러 오라고 연락이 왔다. 그 전시회는 수연이 사는 곳에도 다음 달에 전시가 예정돼 있어 굳이 멀리까지 가서 볼 필요가 없었다. 이곳에 열릴 때 볼 계획이라고 하니까 태우는 화가 난 이모티콘을 보내왔다. 수연은 여러 핑계를 대서 달래느라 애를 먹었다. 조금만 마음을 열고 대화하면 여지없이 하트가 날아오고 사랑해, 라는 말을 남발했다. 수연은 부담이 됐지만 일정 부분 참기로 했다. 대신 천사 같은 호칭을 쓰지 말라고 하니까 어느 순간 '자기'라는 말을 들고 나왔다. 수연은 그건 좀 아닌 것 같다고 예의를 갖추든지, 이름을 불러달라고 했다. 태우는 바꾸는 척하다가 어느 순간 원점으로 되돌아와 사람 속을 뒤집었다. 고장 난 오디오처럼 자신의 말을 반복했다.

"전시회 정말 좋았어요. 눈에 띄는 특징은 공동 작품이 많다는 거였어요. 우리도 같이 하나 해요."

"저는 공동 작품은 애초에 관심 밖이에요."

"자수정 동굴은 언제 갈 수 있어요? 진짜 가고 싶은데."

"요즘 눈코 뜰 새가 없어요."

태우는 또 삐쳤는지 답장을 안 하기 시작했다. 수연은 태우의 행동도 짜증났지만 거기에 매달리는 자신의 태도가 더 참기 어려웠다. 외모도 아니고 재산도 아닌, 그가 보낸 언어에 집착하는 게 있을 수 있는 일인지 알 수 없었다. 도대체 이 감정은 뭘까? 아무리 생각해도 해답을 알 수 없었다. 태우의 호의와 사랑 고백이 싫지 않았지만 그와 본격적인 연애를 할 마음은 없었다. 어쩌면 수연이 바라는 건 남편에게 부족한, 살가운 말이 아닐까 하는 생각을 했다.

태우는 정말 좋아서 이러는 걸까. 뭔가 또 다른 욕심은 없을까. 문자에 그는 젊은 사람과 어울리며 젊게 살려고 노력해야 예술에 도움이 된다고 했다. 그렇다면 그런 걸 충족시키기 위한 수단으로 수연이 필요하다는 말이 성립된다. 그리 오래된 인연도 아니고 고작 두 번 만났을 뿐인데 지금이라도 그가 보낸 문자에 매달리지 않으면 아무 일도 없었다는 듯 일상으로 돌아갈 수 있다. 그런데도 수연은 그렇게 하지 않고 머뭇거린다, 마치 뭔가 아쉬운 것처럼.

호칭에 대한 충고 때문인지 태우는 온종일 전화도 문자도 없었다. 어젯밤엔 '내 사랑'이란 호칭을 쓰지 말라고 경고했다. 태우를 만나기 전 호칭 문제를 엄중하게 따지고 다짐을 받았으나 시간이 지나니 그 버릇이 다시 나타났다. 수연은 진심이라 믿었던 태우의 말에 의심이 가기 시작했다. 상대방이 원한다면 원하는 대로 해주고 최소한의 예의를 지켜야 사랑을 말할 자격이 있는 거 아닌가 싶었다. 태우는 연인이 됐으면 했고, 수연은 친구가 됐으면 했다. 과정이 없고 목적만 있는 태우의 행동을 이해할 수 없었다. 말로만 사랑 타령을 하는 것 같았다. 태우는 감정에 북받쳐 애정 표현을 스스럼없이 했다. 남편을 생각할 때마다 수연은 죄책감에 시달렸다. 태우에게 경고를 보내고 나면 마음이 불편했다. 지금도 그런 일이 반복되고 있다. 태우가 상처를 받은 거 아닌가 하는 생각이 수연을 지배한다. 전에 태우가 자신이 아무 연락이 없으면 죽은 줄 알라는 문자를 한 적이 있어서 더 불안하다.

태우는 지금 무엇을 하고 있을까?

수연은 결심한 듯 자판을 두드렸다. 합작품을 고려해 볼 것이며, 자수정동굴은 다음에 한번 가자고 길게 문자를 했다. 그 내용을 보내고 얼마 안 있어 태우에게서 답장이 왔다. '저녁에 통화해요.' 수연은 그제야 안도를 했다. 왜 태우의 신변까지 걱정하게 되는지, 자꾸 신경이 가는지…….

작업을 마무리하고 산책하러 갔다. 늘 앉아서 작업하기에 뱃살이 불었다. 일 년 사이에 몸무게가 4킬로그램이 늘었는데 잘 빠지지 않았다. 직업 때문이기도 하겠지만 운동에 신경을 쓰지 않은 탓이 더 컸다. 하루에 한 번은 걷기 운동을 하리라고 다짐했다. 옷을 입어도, 사진을 찍어도 요즘은 '뚱뚱하다'가 어울렸다. 예전에는 그래도 '통통하다'로 통했다. 강가를 걸으면서도 전화를 기다렸다. 전화벨은 운동이 끝나고 집에 올 때까지 울리지 않았다. 저녁을 먹고, 빨래를 널고, 청소를 마치고, 샤워를 끝낼 때까지도 오지 않았다. 문자로 연락을 해볼 수도 있었지만 여기서 굽히고 들어가면 또 호칭 문제로 왈가왈부해야 할지도 몰랐다.

언어. 인공지능 로봇이 사람의 심리를 이해하고 그에 맞는 답을 해준다면 차라리 그렇게 하고 싶었다. 복잡해서 머리를 굴려야 하는 인간관계에 얽매이는 언어는 단절이 있고, 굴절이 있고, 과장이 있다. 애초에 언어에 집착하지 않는 남편의 선택이 옳았는지도 모른다. 현실에서 언어는 필요하지만 지나칠 필요는 없는 것이다. 지나친 건 감정 과잉이거나 사치인 듯했다.

저녁 시간이 지나고 아홉 시가 돼도 태우는 연락이 없었다. '무슨 일 있어요?' 수연은 궁금해서 문자를 넣었다. '영화 보고 왔어요.' 태우가 태연히 답장을 보내왔다. 수연은 기가 찼다. 저녁에 전화를 걸겠다고 해서 언제쯤 소식이 오나 기다렸는데, 많이 바쁠 거라고 여겼는데 영화 보느라 연락을 못했다니……. 태우는 자신의 마음이 잘 받아들여지지 않는 걸 원망하는 내용을 보내왔다. 수연은 그동안 노력했다고 답하니까 또 야한 내용의 문자를 보내왔다. 그동안 몇 번의 경고로 진심이 받아들여지리라 기대했지만, 아니었다. 모든 건 이렇게 어긋나버리는 걸까. 잘 지내보려던 마음이 싹 달아났다. 진정으로 생각한다면 상대방이 뭘 원하는지 알고, 배려하고, 기다려야 하지 않나 싶었다. 태우는 막무가내로 다가왔다가 마음대로 안 되면 삐치곤 했다. 그동안 수연의 노력이 물거품이 되는 기분이었고, 태우의 달콤한 사랑 고백은 자신의 감정을 충족시키려는 방편이 아닌지 의심스러웠다. 거기에 쓸데없이 장단이나 맞춘 것 같아 허탈했다. 사진과 내용을 함께 보내온 마지막 문자에는 답을 달지 않고 잠을 청했다. 문자에 간명하게 용건만 담는 남편이 오히려 믿음직스럽게 느껴졌다.

'일전에 갔던 곳 있잖아요. 커피 맛이 좋던데 오늘 어때요?'

아침나절에 태우가 문자를 보내왔다. 수연은 저녁에 동인과 밤샘 작업을 하기로 한 일이 떠올랐다. 그러려면 집안일을 해놓고 화구를 챙겨야 했다. 수연은 사정 얘기를 하며 다음에 마시자고 했다. 태우는 그럴 줄 알았다면서 화를 냈다. 수연은 동인 모임의 계획안까지 사진으로 찍어 전송하면서 통화할 수 있냐고 물었다. 태우는 묵묵부답이었다. 태우와 수연의 타이밍은 늘 엇갈렸다. 태우가 간절히 원할 때 수연은 바빴고, 수연이 대화를 원할 때 태우는 문자를 읽지 않았다.

수연은 짜증이 치밀었지만 집안일이 밀렸기에 일을 시작했다. 아무런 연고도 없던 사람이 왜 이렇게 가까이 다가와 정신을 흩트려 놓는지 알 수 없었다. 청소기를 돌리고 설거지를 했다. 오늘밤 작업에 필요한 물품들을 점검했다. 간혹 물감 통에 빠진 색이 있거나 붓 통 안에 원하는 붓이 없어 당황할 때가 있었다. 꼼꼼히 챙기지 않으면 밤샘 작업에 방해가 된다.

점심때쯤 전화가 울렸다. 받지 말까 하는 마음이 있었으나 이런 일로 신경을 뺏기기가 그랬다. 서로 엇갈리는 상황이 싫어 고립의 길을 택했는지도 모른다. 기다림은 외로움을 동반한다, 기다림이 끝나는 순간까지.

목소리가 다운돼 있었던지 왜 기운이 처졌느냐고 물었다. 어제부터 빗나간 대화로 지쳐 있었다. 겨우 이어진 문자에서 태우는 수연이 제시한 내 사랑, 자기야, 뽀 등등 금지어를 날렸고, 그 때문에 수연은 우울해졌다. 의견이 받아들여지지 않으니 무시당하는 기분이었다. 대화하는 중에 태우가 농담을 해서 웃었더니 만난 이후 제일 밝게 웃는 것 같다며 덩달아 좋아했다. 주말에 예술인이라면 봐야 할 영화가 있으니까 보러 오라고 했다. 수연은 주말에 스케줄 때문에 힘들겠다고 말했다. 어쩌면 태우는 정말 수연을 아끼는지도 모른다는 생각이 들었다. 그동안 다가오는 태우를 막는 데만 급급했던 것 같아 미안한 마음이 일었다. 누구를 좋아하는 게 큰 죄는 아닐 텐데 수연은 밀어내기에 바빴다. 한편으론 자유로운 태우의 영혼이

부럽기도 했다. 그 자유로움이 자유로움으로 끝날 것인가. 수연은 머리를 가로저으며 화구를 마저 챙겼다.

'오늘 자수정동굴 갈래요? 한잠 자고 나면 오후엔 갈 수 있을 거 같은데……'

'오케이, 그쪽 가서 연락할게요.'

밤샘 작업을 마치고 돌아와 잠에 빠져 있는데 전화벨 소리가 울렸다. 두 시에 맞춰둔 알람이 울리기 전이었다. 잠이 덜 깬 목소리로 전화를 받으니 집 앞에 와 있다고 했다. 약속시간 40분 전이었다. 수연은 좀 더 쉬고 싶었지만 옷을 챙겨 입고 밖으로 나갔다. 태우의 차는 아파트 통로 앞에 있었다. 태우는 미소를 띠며 차를 출발시켰다.

차는 작패천 옆 도로를 달렸다. 간간이 때 이른 행락객이 그늘에 앉아 있는 게 보였다. 수연은 전에 태우가 해준 꿈 얘기가 생각났다. 작은 다리를 지나 산길을 따라 올라가니 자수정동굴나라 입구가 나왔다. 주차를 마친 태우는 가방에서 그림을 꺼내 수연에게 내밀었다. 꼭 껴안고 있는 남녀 조각상을 대략 스케치한 거였다. 그건 평소에 수연이 좋다고 말한 조각상이었다.

"어머, 정말 감사해요."

"맘에 든다니 다행이네요. 이걸 함께 완성해 봐요."

"그새 이런 걸 준비해 오시다니 대단해요."

"오늘은 선사시대 영감 받게 저길 구경해요."

"좋아요! 영감이 청년처럼 와야 할 텐데."

모처럼 분위기가 부드러웠다. 자수정동굴 안에는 선사시대의 모습이 전시돼 있었다. 사람을 닮은, 원숭이에 가까운 인간인 파란투르푸스부터 현재 인류의 모습과 가까운 크로마뇽인까지 전시돼 있었다. 선사시대엔 어떻게 의사소통을 했을지 궁금했다. 미라가 전시된 곳을 지날 때 태우는 갑자기 뒤쪽에서 허리를 잡으며 소리를 질렀다. 수연은 그 소리에 놀라 더 큰 소리를 내며 태우에게 안겼다. 앞서가던 사람들이 두 사람을 돌아봤다. 태우는 낄낄거리며 웃었고, 수연도 덩달아 웃었다. 조금 어둑한 곳을 지날 때마다 태우는 수연의 어깨를 감쌌다. 수연 역시 태우의 팔짱을 끼고 걸었다.

동굴 위쪽에 자수정이 덩어리째 달린 곳을 지날 때였다.

"저 신비한 보라색 알갱이를 자기에게 주고 싶어요. 수정 한 알한 알이 사랑의 마음이니까요."

태우의 말이 신빙성이 없어도 수연은 기분이 좋았다. 태우가 내미는 손을 자연스레 잡고 손가락을 만지작거렸다.

걸어서 동굴을 둘러본 두 사람은 보트를 타기 위해 구명조끼를 껴입었다. 조금 늦은 시간이라 승객은 둘뿐이었다. 운전자는 시동을 걸어 보트를 출발시켰다. 보트는 어둡고 서늘한 동굴 속으로 미끄러져 들어갔다. 태우는 한 손은 밧줄을 붙잡고, 다른 손으로 수연의 팔을 감싸 안았다. 수연은 태우 쪽으로 머리를 기댔다. 보트는 인공폭포에서 잠시 정차했다가 다시 출발했다. 용 그림이 그려진 곳을 지나고 자수정이 박힌 곳에 보트를 세웠다. 암석에 붙은 보랏빛 자수정이 조명을 받고 빛났다. 머리 위에는 자수정이, 바닥에는 검푸른 물이 있었다. 두 사람이 스케치를 한다. 부드러운 곡선과 거침없는 직선이 어우러진다. 여자는 태우가, 남자는 수연이 맡아 음영을 넣는다. 희미하던 윤곽이 드러나고, 입체감이 살아난다. 물감을 칠한다. 가깝게 느껴지는 태우의 숨소리. 서로를 갈망하는 남과 여. 나신으로 밀착된 그림이 완성되는 순간 수연의 붓이 그림의 귀퉁이를 누른다. 그림이 물속으로 빠진다. 색색의 물감이 풀어지면서 흐릿해지는 물빛……. 수연은 그림을 잡으려고 손을 뻗었지만 보트는 계속 나아갔다. 그림이 점점 멀어져 갔다. 거무스레한 물 위에 그림 한 장이 희미하게 보이다 사라졌다. 수연은 그림을 잃어버려 미안하다고 말했다. 태우는 다시 준비할 테니 잊어버리라며 어깨를 토닥였다.

동굴 밖으로 나왔을 때 해는 서산에 뉘엿거리고 있었다. 태우는 차를 산길 쪽으로 몰았다. 말이 없던 태우는 키 큰 나무가 즐비한 나무 밑에 이르러 차를 댔다. 숲속이라 그런지 주변이 어스레했다.

"사랑해, 수연."

태우의 목소리는 조용하고 감미로웠다. 몸이 그 말에 반응을 하는지 전류가 흐르는 듯 저릿했다. 가슴에 기대어 오는 태우의 뒷머리를 가만히 쓰다듬었다. 태우는 주머니에서 작은 상자 하나를 꺼내 수연에게 건넸다. 뚜껑을 열어보니 자수정 목걸이가 들어 있었다. 물방울 모양으로 디자인된 은빛 모형 위에 가만히 얹힌 자수정

펜던트……. 수연은 감탄이 절로 나왔다.

"고개를 조금만 숙여 봐요."

태우는 낮게 읊조리며 수연에게 펜던트를 걸어주었다. 수연은 자신도 모르게 태우의 등허리로 손이 갔다. 마법이 걸린 듯 수연은 태우가 이끄는 대로 딸려갔다. 몸이 화끈 달아올랐다. 태우는 두 손을 깍지 끼고 수연의 허리를 꽉 조였다. 온몸이 팽팽하게 부풀어 오르는 듯했다. 허공을 채우는 두 사람의 숨소리. 사르륵, 물감이 풀어지던 그림……. 일순 에로틱한 감정이 사라졌다. 낯선 느낌, 차가운 입김. 수연은 태우를 밀어냈다.

이상하게 태우를 생각하는 마음이 물처럼 가라앉는다. 별다른 이유는 없었다. 태우가 경고를 무시하며 야한 말을 보내오고, 대화가 원만히 이루어지지 않는 일이 반복되는 게 피곤했다. 진실은 말에 있는 게 아니라 삶에 있다는 생각이 들었다. 현란한 수사, 듣고 싶은 말이 섞여서 들어오는 문자에 시큰둥해지는 자신을 발견하며 감정이 이렇게 쉽게 가라앉을 수도 있다는 사실이 믿기지 않았다. 들끓던 마음이 다시 불러일으킬 수 없을 정도로 내려앉았다. 그렇게 간절하던 언어에 대한 갈망이 사라지자 수연은 남편이 생각났다. 미칠 것 같던, 미쳐서 끊어질 것같이 팽팽한 선의 경계에서 흔들리던 마음이 가라앉았다.

들끓던 마음은 식었지만 태우가 궁금하지 않은 건 아니었다. 수연은 문자가 오지 않으면 어느새 휴대전화를 열고 있었다. 미술 관련 소식을 주고받을 때엔 대화가 잘되기도 했다. 그러면 어김없이 태우는 과도한 감정 표현을 했다. 금지어는 이제 수연을 무시하는 말로 느껴져서 기분이 언짢았다.

수연이 금지어에 대한 경고를 날리면 태우는 침묵했다. 미안한 마음에 다른 얘기를 하면 기회다 하고 금지어를 날렸다. 수연은 태우의 말 때문에 지쳐갔다. 설레던 단어는 어느새 수연의 심기를 건드리는 말이 돼 있었다. 말에 지배당하는 감정에 대해 생각했다.

"금지어 쓰면 인연 끊을 거예요."

수연의 단호한 문자에 대해 답이 없었다. 답이 없으면 기다리고, 뭔가 되돌아보게 되고, 미안하다고 해야 할 것 같았다. 이번만은 절대로 더 이상의 내용을 보내지 않고 기다릴 것이다. 다시는 금지어에는 답을 달지 않을 거라고 다짐했다.

인터넷으로 주문해 놓은 구두가 도착했다. 택배 상자를 뜯어보니 수연이 선택한 구두가 아니고 다른 물건이었다. 구두코가 뾰족하면서 발랄한 디자인을 선택했는데, 도착한 구두는 나비 모양의 장식이 달린 나붓한 디자인이었다. 수연이 쇼핑몰에 전화해서 알아보느라고 애쓰고 있을 때 카톡이 들어왔다. 카톡, 카톡, 카톡. 여러 통 연이어 오는 걸 확인해 보니 태우였다. 수연은 좀 있다가 통화하자며 주문한 신발이 잘못 온 걸 해결해야 한다고 답을 했다. 쇼핑몰에서 구두를 다시 보내주기로 하는 답변을 받고 겨우 숨을 돌렸다.

전화벨이 울렸다. 대뜸 자기야, 하면서 애교 있는 목소리로 불렀다. 예순의 남자가 그렇게 아양을 떨기도 쉽지 않을 것 같아 수연은 웃음이 나왔다. 목소리만 들으면 30대 정도밖에 안 돼 보였다. 태우는 왜 그렇게 겉도는 대화만을 하느냐고 수연을 다그쳤다. 수연은 어떤 대화를 해야 하느냐며 어물쩍 받아넘겼다. 태우는 형이상학과 형이하학이 조화를 이뤄야지 어떻게 형이상학적인 말만 하느냐며 비아냥거렸다. 통화를 오래 했지만 이야기는 겉돌았다. 태우는 좀 더 은밀한 관계가, 수연은 동료 화가로 자연스러운 관계가 되기를 바랐다.

전화를 끊고 나자 수연은 기분이 찜찜했다. 그림에 대한 이야기로 카톡 대화를 시도했다. 수연은 태우의 강점인 추상화에 관해 물었다. 태우는 오늘 후배와 술 한잔해야겠다며 다음에 얘기하자고 했다. 화난 듯한 태우에게 전화를 걸었지만 받지 않았다. 좀 전에 전화를 끊을 때까지 별다른 내색을 하지 않았는데 뭔가 심기가 불편해 보였다. 매달리는 사람이 약자인 것 같은데 이럴 땐 수연이 약자라는 생각이 들었다. 휴대전화에 저장해둔 개망초꽃 사진을 보냈더니, 시큰둥하게 반응했다. 태우가 진정으로 바라는 걸 모르는 바 아니지만 그렇다고 항간에 떠도는 스캔들을 만들고 싶진 않았다. 태우가 수연을 진심으로 생각하는 건지, 단지 감정에 충실한 건지 알 수 없었다.

태우에게 다시 전화를 걸고 문자를 넣어도 응답이 없었다. 수연은 괴로웠다. 태우가 전해주던 말이 없어지자 허허로운 벌판에 서 있는 느낌이었다. 그 느낌만큼 가슴 한쪽이 아려왔다. 젊은 날 이별을 했을 때의 아픔과 비슷한 허전함이었다. 오지 않는 답을 기다리다 지쳐갔다. 그러다가 냉정하게 자신을 돌아보았다. 대체 무엇을 바라는가. 현실에서 만남이 이루어지는 것도 아니면서 무엇에 연연하는가. 문득 모든 게 우스웠다. 그렇게 잘못한 일이 없는데도 태우는 화를 냈고, 화를 풀어주지 못해 안달 내는 상황이 이상했다.

사흘 뒤 뜬금없이 카톡에 이어 전화가 왔다. 수연은 답을 하지도 않고 전화도 받지 않았다. 나흘 연이어 카톡이 와도 답을 하지 않고, 전화도 받지 않았다. 카톡에는 한 가수의 'I love you'라는 영상이 포함돼 있었지만 마음이 동하지 않았다. 다시는 태우와 승강이를 벌이고 싶지 않았다. 오후에 화실에서 작업하다가 걸려오는 전화를 받았다.

"선생님도 그렇고 저도 그렇고, 서로 상처 그만 주고 여기서 멈춰요."

"이럴 때 둘이 한 걸음씩만 다가서면 더 좋은 관계가 될 건데……"

"그만, 그만해요. 다 끝났어요."

"잠깐만요. 사람 이렇게 아무것도 아니게 만들 거예요?"

수연은 전화를 끊었다. 기분이 언짢았지만 며칠 전에 느꼈던 슬픈 감정은 올라오지 않았다. 사람 이렇게 아무것도 아니게 만들 거예요, 이 문장만이 머릿속을 떠돌았다.

　같이 미술을 하는 사람으로 태우의 열정을 이해하려 했고, 어쩌면 진심에서 우러나온 말이라고 생각했다. 수연은 태우에게 실망이 컸다, 적어도 열정만은 순수할 거라고 여겼기에.

　그의 언어는 자신의 감정을 스스로 감당하기 위한 유희가 아니었을지. 하지만 태우가 이 말에 어떻게 반응할지 수연은 알지 못했다.

담장

귀를 찢는 듯한 쇳소리에 잠이 깼다. 창문이 흔들리고, 바닥에서는 미세한 진동이 느껴졌다. 나는 불편한 손님을 맞이한 주인같이 언짢아졌다. 주섬주섬 옷을 입고 밖으로 나갔다. 담장 너머 앞집에는 굴착기가 기와집을 뭉개고 있었다. 집을 새로 짓는다고 하더니 드디어 공사를 시작한 모양이었다. 소들이 우는 소리가 요란스레 들렸다. 소들은 누웠다가 내가 들어가면 무거운 몸동작으로 천천히 일어나곤 했는데 오늘따라 큰 눈을 끔벅이며 모두 일어서 있었다. 암소 여덟 마리에 수송아지 두 마리가 내가 키우는 소의 전부다. 그중 몇 놈은 습관처럼 꼬리를 올려 좌우 등짝을 탁탁 쳤다. 짚을 먼저 주고 바가지에 사료를 퍼서 구유에다 부었다. 소들이 우적우적 씹는 소리를 냈다. 늘 들어도 맛있는 소리다. 소의 분뇨 냄새가 아침 공기를 타고 콧속을 파고들었다.

구제역 때문에 키우던 소와 돼지를 모두 땅에 묻고 새로 시작하기까지 힘든 고비를 넘었다. 매끼 맞닥뜨리던 놈들을, 멀쩡하게 눈을 끔벅이는 놈들을 모두 죽여야 한다고 했을 때 눈앞이 캄캄했다. 두 번 다시 짐승을 키우지 않겠다고 고집을 피우다가 배운 일이 그것뿐이라 다시 소를 키우게 됐다. 구제역이 발생했을 때, 소는 죽여서 매몰을 했지만 돼지는 산 채로 묻었다. 굴착기로 구덩이를 파고 수백 마리의 돼지를 집어넣는다. 굴착기에 달린 차갑고 두꺼운 쇳덩이가 돼지를 구덩이로 밀어 떨어뜨린다. 처음엔 땅을 짚고 서 있던 돼지들이 숫자가 늘어나면서 서로 올라서려고 짓밟으며 찢어질 듯한 비명을 지른다. 틈 없이 빽빽해지자 돼지들이 앞발을 들고 사람처럼 기립한 상태로 절규한다. 돼지들의 귀를 찢는 듯한 울음소리가 아비규환을 방불케 한다. 죽을힘을 다해 다른 돼지를 밟고 올라서지만 계속 떨어지는 돼지들에 의해 결국 압사당한다. 맨 위의 돼지들 역시 흙에 덮여 죽는다. 시간이 제법 지났지만 아직도 어제 일처럼 잊히지 않는다. 나는 눈을 질끈 감고 고개를 가로저었다. 굴착기의 진동이 텅 빈 돼지우리를 뒤흔드는 바람에 그때의 기억이 생생하게 재생되었다.

앞집으로 가는 길, 우리 집과 경계인 담과 길 쪽으로 난 담벼락에 담쟁이들이 무성했다. 푸른 잎들이 아침 이슬을 머금고 햇빛을 받아 은빛으로 반짝였다. 얼기설기 무리를 이루고 뻗쳐나가는 게 씩씩한 군인 행렬 같았다. 작은 흡착근이 벽에 딱 붙어서 얽히고설켜 있었다. 어릴 적엔 영남 형과 함께 담쟁이 잎 아래의 줄기를 가지고 눈꺼풀에 끼워 눈을 크게 만드는 장난을 치곤 했다.

쌍꺼풀진 눈이 유난히 동그란 형수가 입을 야무지게 다물고 팔짱을 낀 채 작업을 지켜보고 있었다. 나는 가볍게 목례를 하며 들어섰다. 구릿빛으로 그을린 피부의 영남 형이 눈가에 굵은 주름을 잡으며 웃는 얼굴로 나를 맞았다.

"인자 드디어 새집을 짓는갑네."

"웅, 동생 왔나? 나야 뭐 그냥 살아도 괜찮은데 집사람이 불편해서 살 수가 없다카이 별수 있나."

영남 형이 아쉬움과 설렘이 뒤섞인 듯 모호한 표정을 지었다. 먼지가 날리며 한쪽에 남아있던 망와가 풀썩 내려앉았다. 허물어져 가는 기와집을 바라보니 지난날 팔작지붕을 자랑하던 위풍당당한 모습이 생각났다. 영남 형네는 마을에서 늦게 집을 새로 짓는 축에 속했다. 기와집이 어느 집보다 크고 깨끗해서 다른 집에 비해 느지막이 양옥으로 바꿀 마음을 낸 것이다. 그것도 형이 형수와 결혼하지 않았다면 새로 지을 마음이 없다고 얘기하곤 했다. 형은 사람 좋고 착실했지만, 혼처가 나서지 않아 마흔이 넘도록 노총각으로 있다가 3년 전에 형수를 만나 가까스로 결혼했다. 형수는 전남편과의 사이에서 아들 하나를 둔 이혼녀로 형이 자주 가는 식당에서 만났다고 했다.

어릴 때부터 나는 영남 형 집에서 많이 놀았는데 형이 쓰던 작은 방과 대청마루에 대한 기억이 선명했다. 작은 방에서 주로 만화책이나 잡지 같은 흥미를 끌 만한 것들을 보며 시간을 보냈다. 햇살이 실처럼 빛을 뿌리던 대청마루에서 딱지치기도 하고, 윷놀이도 하고, 잘 놀다 뜬금없이 싸워서 코피를 쏟기도 했다. 기억의 한 편에 자리 잡은 애틋한 추억들도 함께 사라지는 것 같아서 쉬이 그 자리를 뜨지 못하고 서성거렸다.

하루 만에 아래채만 남기고 텅 비어버린 공간을 보며 현대적인 장비가 사람이 할 수 있는 몇 사람 몫의 일을 순식간에 해내는 점에 새삼 놀랐다. 소여물을 주려다가 일이 얼마나 진척되었는지 궁금해서 앞집으로 향했다. 가다 보니 헐어버린 담벼락 터에 줄기를 잃어버린 담쟁이 밑동이 서너 장의 잎을 매단 채 떨고 있었다. 시골 담벼락에 운치를 더하며 영화를 누리던 날도 어제의 일이 되었다. 담쟁이가 잘려나간 흔적을 보니 앞집에 가보려던 마음이 싹 달아났다. 우리 집 외양간으로 발길을 돌렸다.

외국산 소고기 수입이 늘어나고, 구제역의 여파로 솟값이 많이 떨어졌다. 소를 키워도 인건비와 사료비 충당이 어려운 실정이지만 특별한 대안이 없어 이제나저제나 키우고 있다. 솟값은 떨어져도 한우의 고깃값은 내려가지 않아 수요와 공급이 원활하게 이루어지지 않았다. 중간에 폭리를 취하는 사람들이 있어도 그에 대해 문제삼는 일은 흔치 않았다. 언론에서 한 번씩 떠들었지만 어느 순간 슬그머니 꼬리를 감추었다. 농사가 천직이라며 살아온 세월이지만 농민의 삶은 도박하는 사람처럼 굴곡이 심하였다. 고추, 양파, 배추도 가격변동이 심했다. 수확도 안 한 배추를 그대로 갈아엎는 농가가 속출했다. 흙과 함께 찢겨 뒤섞이는 배추를 보면 속병을 앓을 수밖에 없었다. 예전에는 농사지으면 배는 안 곯는다 했는데 요즘엔 아차 하면 빚더미에 앉기 쉬웠다.

비 오는 날 빼고 여름 한 달 내내 집 짓는 일이 시끌벅적하게 진행되었다. 나는 가끔 가서 집 짓는 구경을 하기도 하고, 새참으로 먹는 막걸리를 한 잔씩 거들어 마시기도 했다. 앞집의 일이 내 일인 것처럼 뻔질나게 들락거렸다. 마누라는 그런 나를 흘겨보며 집안일이나 하지 쓸데없이 다닌다고 지청구를 했다.

맹렬하던 뙤약볕의 열기가 가라앉고 찬바람이 불기 시작했다. 앞집에서는 건물의 외장 페인트 작업까지 마쳐 드디어 집이 완공되었다. 내가 집을 새로 지은 것처럼 기분이 들떴다. 앞집으로 가는 길에 잘려나간 담쟁이덩굴 밑동에서 새로운 줄기와 잎이 나서 자라고 있었다. 담장이 허물어져 올라갈 곳이 없어 허방다리를 짚듯 허공을 향해 손을 뻗은 모습이었다. 질긴 생명력을 자랑하며 새움을 틔운 녀석들이 갈 길을 잃고 공중 곡예를 하듯 흔들렸다. 영남 형에게 집이 다 지어진 걸 축하한다며 인사했지만 담쟁이를 생각하니 마음이 편하지만은 않았다. 형은 개구리처럼 튀어나온 눈을 이리저리 굴리며 열없게 웃었다. 내일부터 블록으로 담장 작업을 한다고 했다. 저만치 형수가 다가왔다.

"형석이 아빠, 내일 우리가 담장 작업하는데 예전에 우리 터였던 곳을 찾아서 담을 칠 거니까 그리 아세요."

"그기 무슨 말인교?"

"아따, 와 사람 말을 못 알아 듣노? 원래 우리 땅이었던 터까지 넣어서 담장을 칠 거니까 경운기를 밖으로 빼놓든지 하라고요."

"그거는 예전에 아재가 십시일반으로 모은 돈을 받고 내놓은 땅인데 지금 와서 글카면 우짜능교?"

"내사 마, 호랑이 담배 피던 시절의 이야기는 모르겠고, 우리 땅이니까 우리가 건사하는 거는 당연하다고 생각합니다."

"거 참, 그카면 우리는 우째 다니라 말인교?"

"그러니까 경운기를 마을회관에 대놓든지 하라 안 합니까?"

도시에서 살다 시집온 티를 내는 형수의 말투가 앙칼졌다. 나는 화가 나서 가래침을 카악 내뱉었다.

"사람살이가 그런 기 아입니다, 형수요."

한마디 하고는 뒤도 안 돌아보고 돌아섰다. 부아가 머리끝까지 치밀었다. 대문 옆 들어오는 길머리에 놓인 양동이를 발로 힘껏 찼다. 노란 양동이가 시멘트와 부딪히며 둔탁한 쇳소리를 냈다. 마당 곁 채마밭에서 잡초를 뽑던 아내가 영문을 모르겠다는 얼굴로 나를 빤히 쳐다봤다.

"에이 씨발, 더러워서."

입에서 욕이 튀어나왔다. 곧장 외양간에 가서 소에게 먹을 것을 챙겨주는데 솟값이 좋을 때는 그렇게 살갑던 녀석들이 사료만 축내는 것을 쳐다보고 있자니 울화가 치밀었다. 조만간 한 마리를 팔아야 밀린 사료비를 해결할 수 있을 것이다.

"많이 먹어둬라, 이놈들아."

소에게 사료를 챙겨주면서도 형수가 한 말이 자꾸 생각나 돌아가는 세탁기에서 이는 세제 거품처럼 분한 마음이 부풀어 올랐다.

밤이 새도록 길에 대한 생각에 골몰해 있었다. 앞집에는 아직 사람들이 오지 않았는지 별 기미가 보이지 않았다. 일찌감치 소여물을 주고, 외출 준비를 서둘렀다. 앞집에 가서 별난 형수에게 얘기해봐야 본전도 못 찾을 거고, 면사무소에 가서 민원을 제기해볼 심산이었다.

"친절 봉사 행정 실현"이라고 적힌 현판을 뒤로하고 지루한 낯빛을 한 공무원들이 자리를 지키고 있었다. 그중에 나를 알아보는 직원이 인사를 건넸다. 건축 민원과 관련해서 볼일이 있어 왔다고 하니 담당자가 있는 쪽으로 안내해줬다. 담당 직원은 사무적으로 인사하고 무슨 일로 방문했느냐고 물었다. 나는 아버지 세대에 있었던 일부터 시작해서 지금 담을 길 쪽으로 나와 치려고 한다는 것까지 내력을 이야기했다. 담당 직원은 어쨌든 좋은 쪽으로 합의를 하는 것이 좋지 않겠느냐며 영남 형네로 전화를 걸어 설득해 보겠다고 했다. 좋게 해결하고 싶지만 막무가내인 형수의 호기 어린 눈동자가 예사롭지 않아 신경 쓰였다.

집으로 돌아오는데 엉킨 실타래처럼 머릿속이 복잡했다. 다리 너머에 끊임없이 들어오는 신설 공장들이 검회색 매연을 뿜어내고 있어 괴괴한 분위기를 자아냈다. 그 주변이 산업 단지가 되면 지역주민에게 취업의 혜택을 주고, 인구가 유입되어 발전이 될 것이라는 말은 무지갯빛 환상일 뿐이었다. 통근차 수십 대가 아침저녁으로 나다니며 인근 대도시로 직원들을 태워 다니는 바람에 난데없이 출퇴근 시간이면 차가 막히는 기현상이 생겼다. 사람들은 통근의 불편함에도 아이들의 교육환경이 열악한 곳으로 이사를 하지는 않았다. 공장 굴뚝에서 내뿜는 짙은 회색 매연은 오랫동안 이어져 내려온 청정지역의 공기를 오염시켰고, 페인트 냄새 같은 독한 냄새를 공기에 실어 날랐다.

골목으로 들어서는데 길 모양이 이상했다. 곧은길에 뭔가 뾰족하게 튀어나온 부분이 있었다. 이미 땅에 홈을 파서 선을 그어놓은 상태였다. 내가 면사무소에 갔다 오는 사이에 작업을 시작한 모양이었다. 경운기가 들락거리기 힘들 정도로 좁게 남겨두고 구획이 되어 있었다. 다짜고짜 앞집으로 달려가 형을 불렀다.

"왔는가?"

영남 형이 약간 멋쩍어하며 마주치는 눈길을 외면했다. 그 옆에 형수가 불퉁한 얼굴로 나를 쳐다봤다.

"형, 진짜 너무함더. 아무리 그래도 경운기 길이라도 내줘야 농사를 지을 거 아닌교? 내가 살다 살다 별꼬라지 다 보겠소. 돈 받을 땐 무슨 맘이고 이제 와서 땅을 찾아가겠다니 칼만 안 들었지 완전 강도짓 아인교?"

"아따, 뭐라 캅니까? 이제까지 남의 땅 밟고 잘 다녔으면 고맙다 해야지 이게 무슨 경웁니까? 권리를 주장하려면 서류를 내놓든가. 안 그러면 남의 일에 감 놔라 배 놔라 하지 마세요."

"사람 인정이 그런 기 아이다 아인교? 농사짓고 먹고 사는데 이레 길을 막아뿌리면 우째 살아라 말인교? 딱 가디가 죽어라 말인교?"

눈길을 피하는 영남 형의 멱살을 우악스레 움켜잡았다.

"와 이카노?"

영남 형이 피하려 했지만 내 주먹은 이미 형의 얼굴을 강타하고 있었다. 한 대 맞은 형이 씩씩거리며 나의 멱살을 잡으려고 했다. 잇달아 주먹으로 형의 얼굴을 때렸다. 순간 붉은 피가 형의 코에서 퍽 쏟아졌다. 흥분된 나는 주먹을 휘둘러댔다. 하늘색 와이셔츠에 영남 형의 코피가 범벅이 되어 퍼져나갔다. 순간 머리에서 탁, 하고 둔탁한 소리가 나면서 깨질 듯한 통증이 느껴졌다. 형수가 곡식을 옮겨 담을 때 쓰는 빨간 바가지로 내 머리를 내려친 것이었다.

"남의 신랑 잡을 일 있나? 어디 와서 행패고 행패는!"

코피를 계속 쏟고 있는 형을 보니 정신이 퍼뜩 들었다. 억울한 마음으로 치자면 불이라도 지르고 싶었지만 고함을 치며 그곳을 물러났다.

사람만 겨우 드나들 정도의 길 모양을 보니 흉측하기가 그지없었다. 구획작업을 하면서 몇 뿌리의 담쟁이는 뿌리째 뽑혀나가고 없었다. 작은 손가락을 하늘로 뻗고 구원을 요청하던 녀석들이 담벼락 옆에서 맥없이 몸을 늘어뜨린 채 시들어가고 있었다.

"갔던 일은 우째 됐는교? 에구머니나, 우야다가 온몸에 피를 이레 묻히가 왔는교?"

아내가 단춧구멍만 한 눈을 동그랗게 뜨고 호들갑을 떨었다. 걱정스러운 눈으로 달려드는 아내를 무시하고 외양간으로 갔다. 소들이 매일 쏟아내는 분뇨도 길이 없으면 실어낼 수가 없다. 소들이 철퍼덕, 철퍼덕, 똥을 눈다. 분뇨가 켜켜이 쌓인다. 층계를 이루어 지붕에 닿고 축사 전체를 뒤덮는다. 우리 집 소들이 분뇨 속에 파묻히는 상상에 빠진 나는 몸을 흠칫 떨었다. 산다는 것이 문제에 자유로울 수는 없겠지만 이렇게 대책 없이 힘들 때는 많지 않았던 것 같다. 소들이 엉덩이와 다리 쪽에 분뇨를 잔뜩 묻히고 서 있었다. 아버지나 앞집 아재가 살아 돌아온다면 일이 쉽게 해결될까? 면 직원이 형수에게 전화하면 효과가 있을까? 방도를 찾지 못한 나는 애가 탔다. 그날따라 밧줄을 풀고 돌아다니는 놈, 철 구조물을 망가뜨려 놓은 놈 등 소들이 가지가지로 애를 먹였다. 갈수록 거구 거산이라고, 살았을 적 어머니가 하던 말이 생각났다.

저녁을 먹는다고 있는데 대문간이 떠들썩했다. 양철 긁는 목소리를 내는 앞집 형수였다.

"내가 알아듣도록 말을 했건마는 뭣 땜에 면사무소에 말을 해가 이리 시끄럽도록 하는지 모르겠네."

반말로 마당에서 한마디 뇌까리고는 방으로 득달같이 달려왔다.

"대통령이 뭐라 캐도 우리 땅 찾아서 담 칠 거니까 그리 알아요."

살집이 없이 깡마른 얼굴에 부리부리한 눈이 금방이라도 사람을 잡아먹을 기세였다.

"우리도 농사는 짓고 살아야 할 거 아닌교?"

"그건 이 집 사정이고 우리가 알 바 아니지."

"형님요, 듣자 듣자하니 너무하네요. 이웃에서 우째 그럴 수가 있는교?"

못내 아는 척을 하지 않던 아내가 정색을 하고 한마디 거들었다.

"이웃이고 뭐고 나는 다 필요 없으니까 이 일 갖고 동네 시끄럽게 떠들고 다니지 마세요. 온 면에 소문나서 어디 얼굴 들고 다니겠나?"

목까지 분노가 차올라 고함을 칠까 하고 있는데 형수는 어느새 방문을 열고 휑하니 등을 보였다. 늘 일방적인 태도로 심기를 건드린다. 아내도 분을 못 참겠는지 설거지를 하면서 구시렁거리고 있었다.

밤새 뒤척이느라 잠을 도통 이룰 수가 없었다. 경운기가 못 다니면 농작물도 실어 나르기 어렵고, 소를 키우면서 해야 하는 일도 하기 힘들어진다. 그런 실정을 뻔히 알면서도 담을 치겠다는 형수도 그렇지만 그냥 따라가는 영남 형도 괘씸하기는 마찬가지였다.

추수를 대비하여 논도랑을 치기 위해 집을 나섰다. 앞집 공사장 옆을 지나는데 삼각자의 꺾어진 등허리 모양으로 삐져나온 선을 보니 잠시 가라앉았던 분통이 다시 치밀어 올랐다. 어릴 적 영남 형과 함께 소 먹이러 다니고, 딱지치기, 구슬치기, 썰매 타기를 했던 생각이 났다. 친형제처럼 웃고 울고 했던 시절이 아득한 옛일같이 느껴졌다. 나는 홈을 파기 위해 박아둔 말뚝을 발로 한 번 차서 비뚜름하게 만들고는 가던 길을 계속 갔다.

금빛으로 넘실대는 들판에는 벼들이 고개를 숙이고 있었다. 벼에 내린 투명한 이슬이 햇빛에 반짝거렸다. 군데군데 거미줄이 갓 세공을 마친 수정처럼 영롱한 이슬을 매달고 미풍에 가만가만 흔들렸다. 내 기분과 상관없이 벼들은 잘 여물어가고 있었다. 물이 많이 고이는 고논으로 들어가서 물 빠짐이 좋아지도록 논도랑을 치기 시작했다. 해마다 하는 일인데도 그날따라 허리가 뻐근하고 뒷다리가 평소보다 땅기는 것이 피로가 몰려왔다. 고인 물에서 비릿한 물비린내가 났다. 제대로 먹지 못한 바람에 속에서 헛구역질이 올라왔다. 어지럼증을 간신히 참으며 벼 포기를 뽑아 물길을 텄다. 내가 치는 논도랑처럼 앞집과의 일도 시원하게 해결되면 좋겠다는 생각이 들었다. 한나절 동안 일을 하고 나니 허리를 펴기가 힘들었다. 한 공기의 밥을 먹기 위해서 몇 번이나 사람의 손을 거쳐야 하는지 농사 짓지 않는 사람들은 잘 몰랐다. 주인의 발자국 소리를 듣고 자란다는 벼가 아니던가. 일이 힘들 때마다 농부들의 숨은 땀에 대한 생각을 떨치지 못했다.

우리 집에는 아직 콤바인이 없어서 바인더로 벼를 베야 한다. 이웃집 콤바인을 불러서 하면 마지기당 나가야 하는 돈이 만만찮다. 1년 동안 농사지은 수고가 거의 헛농사에 가까워질 수도 있다. 조금이라도 비용을 아끼기 위해 바인더로 작업하려니 고생도 되고 일도 더뎠다. 그렇다고 수천만 원이나 되는 콤바인을 살 엄두는 더더욱 낼 수가 없다. 농사지어서 그렇게 큰돈을 만들기가 쉽지 않은 것이다. 시대 따라 사람들이 쉽게 하는 농사법을 따르는 것이 어쩔 수 없다고 여기면서도 한편으로는 한심하다 싶었다. 부대비용은 늘어나고, 생산성은 빤한 농사의 미래가 불투명하고 대비책을 마련하는 것 또한 쉽지 않았다. 초등학교에 다니는 아이들이 조금 더 자라면 교육비가 만만치 않게 들 것이다. 축사에 소를 불려가는 것을 낙으로 삼았는데 그것마저도 솟값이 떨어지면서 사료비를 충당하고 나면 인건비조차 건지기 힘들었다. 우울한 생각을 하면 끝이 없을 것이고, 마지막 벼 포기를 뽑아 옮기면서 생각을 바꾸려고 안간힘을 썼다.

일을 끝내고 돌아오는 길에 보니까 벌써 홈 아래로 옹벽공사가 한창 진행 중이었다. 화가 머리끝까지 치솟았다.

"형, 진짜 이럴 긴교?"

"우야겠노. 미안하지만 우짤 수가 없네. 집사람이 자기 뜻대로 안 해주면 집을 나가겠다고 카니 낸들 방법이 없다네. 벽을 치면 경운 기가 나갈 수가 없으니 우선에 회관 앞에라도 갖다 대 놓게."

"이놈의 담벼락 그냥 다 뿌사삐고 말끼라."

씩씩거리며 집으로 돌아왔다. 도저히 묘수가 떠오르지 않았다. 늦은 나이에 이혼녀와 결혼할 수 있었던 어리숙한 영남 형이 형수 의 엄포에 기가 죽은 것이었다. 우선에 경운기를 회관 앞에라도 옮 겨놓아야지 방법이 없었다. 담장 작업이 본격적으로 시작되면 실제 로 경운기를 옮기는 일은 불가능하다. 자존심이 상했지만 어쩔 수 없이 경운기를 회관 앞에다가 옮겨놓았다. 오는 길에 이장을 만나 자초지종을 말하고 하소연을 했다. 이장은 국민권익위원회에 민원 을 바로 넣으면 빨리 해결되니까 그렇게 해보라고 말했다. 조급한 마음에 내일 만나 그곳에 넣을 서류 준비를 좀 도와달라고 했더니 흔쾌히 그러마고 고개를 끄덕였다.

이장을 만나려고 가는 길에 담장 작업을 하는 인부들이 보였다. 낯선 사람들인데도 왠지 미운 마음이 생겼다. 굳은 표정으로 그 사 람들을 쏘아보았다. 인부들은 그런 내게 관심도 주지 않고 시멘트 블록을 쌓아 올렸다. 기필코 저 담장을 무너뜨리리라, 나는 마음을 다져 먹었다. 여러 번 마을 일을 맡아 경험이 많은 이장은 어렵지 않게 민원서류를 작성했다. 그동안 있었던 사실을 죄다 넣어서 서류를 꾸몄다. 이장이 작성한 내용을 읽으며 당장에라도 일이 해결될 것처럼 마음이 바빴다. 나온 김에 우체국에 들러 서류를 등기우편으로 보냈다.

집으로 가는 길에 담장 옆을 지났다. 무릎 위까지 쌓아 올려진 담장은 길을 더 좁아 보이게 했다. 마음 같아서는 쇠메를 들고 와서 담을 뭉개버리고 싶었다. 담쌓는 인부들을 눈으로 흘기며 지나갔다. 담을 쌓는 데 열중하던 인부 한 명이 나를 힐끗 쳐다보았다. 턱밑에 덥수룩하게 자란, 깎지 않은 수염까지 밉살스레 보였다.

작업복으로 갈아입고, 장화를 신고 외양간에 갔다. 분뇨를 쳐낼 때가 되어서 소의 발이 분뇨에 푹푹 빠지고 냄새가 심했다. 다리 중간까지 똥이 거멓게 묻어 질척거리고 있었다. 내 발이 그 속에 파묻힌 것처럼 찝찝한 느낌이었다. 경운기로 한 번 쳐내면 그만일 테지만 지금의 길 상태로는 일하기가 어려울 것이다. 작은 수레를 이용하여 꺾어진 담장 부분에서 옮겨 실어야만 작업이 가능하기 때문이다. 당장 축사의 분뇨부터 해결해야 하는데 내 입술은 위아래로 자꾸만 앙다물어졌다. 영남 형 내외에 대한 증오심이 한여름의 태풍처럼 회오리쳤다.

회관 앞에 있는 경운기를 몰고 왔다. 소의 분뇨를 작은 수레에 삽으로 떠서 싣고, 그것을 다시 경운기로 옮기는 작업은 쉽지 않았다. 길이 갈라지는 곳에서 경운기를 돌려 뒤로 들어와야 했다. 시간과 노력이 두세 배는 더 들었다. 앞으로 이 일만이 아니라 짚을 들이거나 벼를 담은 포대를 실어 나를 때도 똑같은 수고를 해야 한다. 생각할수록 화가 치밀었다. 여러 번 옮기다 보니 옷에 분뇨가 묻고 길바닥에 떨어지고 난리였다. 나는 계속 구시렁거리며 작업을 했다. 인부들은 일찍 퇴근하고 없었지만, 집안에 분명 사람이 있을 텐데도 앞집에서는 아무도 내다보지 않았다. 한 시간이면 끝날 일을 네 시간에 걸쳐 하고 나니 날이 어둑해져 있었다. 일하는 과정이 힘들고 속도가 나지 않아 진이 빠지고 속은 부글부글 끓었다.

한밤중에 새 담장이 있는 곳으로 갔다. 담장을 뭉개버릴 마음으로 허리 부분까지 쌓아 올려진 곳에 올라가서 발로 밀어보았다. 꿈쩍도 하지 않았다. 형 집 아래채의 문이 열리는 소리가 났다. 흠칫 놀라 내려서려 했으나 발이 시멘트 블록 사이에 끼었다. 슬리퍼를 신고 나오는 것이 아니었는데 발을 빼내는 순간 슬리퍼가 시멘트 블록의 구멍 속으로 들어가 버렸다. 손을 넣어 빼내려 했지만 어찌된 일인지 더 깊이 들어가 버렸다. 문을 열고 형수가 나오고 있었다. 나는 한쪽이 맨발인 채로 부리나케 집으로 줄행랑을 쳤다. 한밤중에 다시 나가 찾아보려 했는데 낮에 분뇨를 치느라 진을 뺀 탓인지 잠이 들어 일어나지 못했다. 다음 날에 나가보니 담장 작업이 더 진행되어 있었다. 내 슬리퍼는 담장 속에 파묻혀 찾을 수가 없었다.

눈이 빠지게 기다리던 우편물은 민원서류를 보낸 지 보름이 넘어서야 배달되었다. 국민권익위원회의 주소가 찍힌 서류봉투를 조심스럽게 개봉했다. 그곳에 회신 내용을 보니 통행만은 보장해줘야 한다는 원론적이고 애매한 답변이 적혀 있었다. 그것을 들고 이장에게 달려갔다. 이장은 동네 어르신들과 함께 영남 형을 설득해 보겠다고 했다. 그 길로 면사무소에 가서 담당자에게 민원 결과를 보여줬다. 농사짓는 경운기 길이라도 틔워 주면 좋겠다고 말했다.

"실소유자인 데다가 길을 만들 당시에 주고받은 증거 서류도 없으니 일이 쉽지가 않습니다. 다니는 길이 막힌 것도 아니어서 담을 허물기도 힘들어요. 게다가 그 집 사모님 성정이 보통이 넘던데……."

담당자는 난색을 표했다. 앞집에서 경운기 길을 막았으니 이건 농사짓는 사람더러 죽으라는 말과 같다며 담당자에게 짜증을 냈다. 한 번 더 설득해보겠다는 확답을 받고서야 바빠 보이는 직원을 뒤로하고 돌아섰다.

집으로 오는 길에 앞집에서 웅성웅성하는 소리가 들렸다. 동네 사람 네댓 명이 앞집 마당에 모여서 형 내외와 옥신각신하고 있었다.

"이번에 우리 땅을 확실히 안 해놓으면 언제 찾으라고요. 이렇게 와서 얘기해봐야 소용없으니까 확실하게 우리 땅이 아니라는 증거를 갖고 오세요."

형수의 목소리가 카랑카랑 울렸다.

"사람 사는 도리가 그게 아니지. 이 집 선친이 살았을 때 그때 시

214

세대로 값을 쳐서 길을 내준 거라 말일세."

바우 영감이 점잖게 한마디 했다.

"우린 그런 거 모르니까 더 이상 그 일에 대해서는 왈가불가하지 마세요. 왜 남의 일에 일일이 간섭하고 드는지 모르겠네요."

"영남이 자네는 알잖는가? 이 동네 살라 카면 서로 도우며 살아야지 이기 무슨 해괴망측한 짓이고."

말깨나 하는 소호 아재가 목에 핏대를 올리며 말했다. 영남 형은 아무 말도 못하고 쭈뼛거리며 서 있었다.

"지 땅 지 가져가는 게 무슨 문제가 되는지 법적으로 해결하세요. 그럼 매매계약서라도 가져와서 따지든지요. 저는 할 말 다했으니 모두 가 주세요."

형수가 눈에 불을 켠 듯 희번덕이며 똑 부러지게 반박을 했다. 동네 사람들이 더는 대화가 안 될 것 같은지 한 명 두 명 발걸음을 돌렸다.

"혼자 잘 묵고 잘 사소. 에이 더럽다 더러워. 어디서 굴러먹던 개뼉다구 같은 기 동네 들어와 물 다 흐리네. 자, 자, 사람도 아이니 이만 갑시다."

바우 아재가 소리를 고래고래 질렀다. 나는 멈칫거리다가 동네 어르신들을 보고 고개 숙여 인사를 했다.

"어이, 형석이, 인자 농사짓기 수월찮겠네. 이 집 안주인이 오죽 드세야 말이지."

공장에서는 오늘도 시커먼 연기를 내뿜고 있었다. 세상이 온통 잿빛으로 물든 듯 노랗게 익어 수확을 기다리는 벼들도 몸을 웅크린 모습이었다. 앞집을 지나쳐 오는데 형수가 대문간에 널어놓은 콩을 뒤집고 있었다. 인사도 하기 싫어 그냥 외면하고 지나치려 했다.

"이제 사람을 숫제 그림자 취급을 하네요."

"형수가 원인 제공해 놓고 뭔 참견인교?"

"도면을 보니까 옆집이 길을 많이 잡아먹고 있던데 왜 모두들 나만 못 잡아먹어 안달인지 모르겠네."

형수가 악을 쓰며 말할 때마다 눈썹이 올라갔다 내려갔다 했다. 형수를 똑바로 쳐다보지 않고 발길을 돌렸다. 더는 말을 섞고 싶지 않았다. 내일 면사무소에 가서 다시 한번 방법이 없는지 알아봐야겠다고 생각했다. 형수가 성재 형 집에서 길을 잡아먹고 있다고 한 말도 어찌 된 내막인지 확인해봐야 할 것 같았다.

면사무소에 가서 지적도를 열람해 보니 실제로 성재 형 집이 길쪽으로 나와서 담을 쳤다는 것을 알 수 있었다. 예전에는 큰 문제가 안 될 때면 집의 경계를 주인 맘대로 치는 경우가 종종 있었다. 나는 농사짓는데 경운기가 들락거리지 못하는 게 말이 되느냐며 길을 둘러싼 주변 집에 대해 정확한 측량을 해달라고 민원을 제기했다. 담당 직원이 공부를 면밀히 검토하고 현장 답사한 후에 가부를 결정

해서 연락하겠다고 했다.

이 일을 성재 형에게 가서 말을 해야 하나 말아야 하나 망설였다. 말을 하면 형이 뭐라고 할까 걱정이 되었다. '에라 모르겠다. 될 대로 돼라.'고 생각하며 성재 형 집 대문에서 뒤돌아섰다.

수확한 농작물을 집에까지 옮기는 일에 골머리를 썩이게 된 나는 더는 성재 형을 걱정할 여유가 없었다. 어떻게든 경운기가 다닐 길은 확보되어야 내가 농사를 지으며 살 수 있기 때문이다.

면사무소 직원과 군청 직원들이 와서 정밀 측량을 하고, 성재 형 집의 땅 일부가 길이라는 판정이 내려질 때까지 나는 바깥출입을 거의 하지 않았다. 괜스레 성재 형과 부딪히면 좋은 소리를 못 들을 것 같아서였다.

면사무소에서 성재 형네의 담을 허물어야 한다고 통보한 날이었다. 늦은 밤에 성재 형은 술이 잔뜩 취해 우리 집에 와서 한바탕 난리를 쳤다. 두 집이 싸우는데 내가 왜 피해를 봐야 하느냐며 같은 말을 반복하였다. 속으로 미안한 감이 있었지만 달리 방도가 없었기에 고개만 주억거렸다.

"시골 인심 이레 사나워져서 어디 무서워 살겠나?"

성재 형이 원망할 때마다 쥐구멍이라도 있으면 숨고 싶은 심정이었다.

"나도 농사지을라 카면 우짤 수 있는교?"

성재 형이 원망스러운 듯 눈을 부라렸다. 그날 밤 성재 형의 핏발

선 눈이 오랫동안 뇌리에 박혀서 떠나지 않았다.

앞집에는 발길도 하지 않고 지내고 있었는데 이장으로부터 형수가 가출했다는 소리를 들었다. 성재 형과 내가 싸우는 모습을 보고 영남 형이 형수에게 우리가 양보하는 게 어떻겠느냐는 말을 했는데, 그 소리에 화가 난 형수가 영남 형과 대판 싸운 것이었다. 다음 날 이른 아침에 형수는 가방을 싸서 집을 나갔다고 했다. 늦게 결혼한 영남 형이 안됐다는 생각이 들었지만 들여다보지 않았다.

성재 형 집 주위로 측량선이 그이고, 그 집 담장이 허물어지고, 앞집에서 튀어나온 모양과 비슷한 형태로 담이 다시 쳐졌다. 옛날처럼 경운기가 일직선으로 가지는 못하지만 핸들을 꺾으면 경운기는 다닐 수 있게 되었다. 길이 완성되던 날 소의 분뇨를 경운기에 실어 나를 때는 가슴 위까지 차오른 체증이 내려가는 기분이었다.

길을 가운데 두고 벌인 쟁탈전 때문인지 우리 세 집은 기름과 물처럼 데면데면하게 지냈다. 형 아우 하던 것도 아랑곳없이 내왕이 없었다. 그도 그럴 것이 서로에게 좋지 않은 감정까지 속내를 드러내 보인 것 때문에 마주 보며 이야기하기가 어색했다.

"집사람이 돌아왔다. 이웃끼리 밥 한 끼 먹자."

뜻밖에도 영남 형의 전화였다. 그동안 영남 형을 찾아가 보지 못해 미안한 마음도 있고 해서 선뜻 가겠다고 했다. 소문에 형수는 아들 얼굴이라도 한번 보려고 갔다가 못 만나고 여기저기 떠돌았다고 했다. 돈을 벌기 위해 예전에 다니던 식당에서 일하다가 일주일 전쯤에 장날에 낫을 사러 나간 영남 형과 조우해서 다시 집으로 돌아오게 되었다고 했다. 그 소리를 들었을 때 나도 모르게 안도감이 밀려왔다. 그날 동네 사람 대여섯 명이 함께 영남 형 집에서 밥을 먹었다. 성재 형도 섞여 있었다. 막걸리를 함께 내놓는 바람에 얼굴이 벌게지도록 마셨다. 술이 들어가니 처음에 어색하던 마음은 사라지고 언제 그랬느냐는 듯 형, 아우 하면서 너스레를 떨었다.

"영남 형, 새집 지어놓으니 넓어 좋네요."

"글라. 내사마 우리 집에 사람들이 이레 법석대는 기 더 좋다. 그동안에 여러 가지로 미안케 됐다. 고래 싸움에 새우 등 터진다고 성재 니한테도 참말 미안타."

"고마, 됐다. 지난 야기 하면 뭐하노. 술이나 묵자."

영남 형이 잔이 넘치도록 막걸리를 따랐다. 형수가 음식 수발을 마치고 밥상 귀퉁이 쪽에 앉았다.

"형수도 한잔하소. 내가 그동안 여러 가지로 형수한테 섭섭했지만 우쨌거나 이레 돌아와서 다행임더."

형수가 빈 술잔을 내밀면서 동그란 눈을 초승달처럼 하고 어색하게 웃었다. 술기운 탓인지 형수의 눈웃음이 밉지가 않았다.

술이 기분 좋을 만큼 취해 집으로 돌아오는 길이었다. 달빛이 밝아서인지 앞집 담벼락에 담쟁이가 새순을 틔우고 작은 손을 시멘트 벽에 고정시키고 있는 게 보였다. 그 많은 우여곡절에도 살아남은 담쟁이가 한 그루 있었다. 길이 꺾이지 않은 초입에 자리 잡고 있어서 겨우 살아난 듯했다. 지난날 담장을 가득 메웠던 담쟁이의 푸른 행렬처럼 새 담장을 타고 진군할 보드라운 순을 오래도록 쳐다보았다.

고양이가 사는 집

집을 나와 진눈깨비가 날리는 길을 걸었다. 눈발이 굵었지만 땅에 닿자마자 녹아내렸다. 하늘은 잿빛 구름을 낮게 드리우고 도시를 집어삼킬 듯이 가까이 다가와 있었다. 차고 습한 공기를 타고 된장국 냄새가 났다. 집에서 멀어질수록 추위는 더욱 시퍼런 날을 세웠다. 나는 호주머니에 든 명함을 만지작거려보았다. 반장이라고 직책이 새겨진, 지금은 쓸모없는 명함인데도 버리지 못하고 있다. 모서리의 뾰족한 감촉이 손끝을 스칠 때 납작한 동물의 사체가 눈에 들어왔다. 형체가 조금 남아 있는 머리 부분을 보니 고양이였다. 붉은 피와 흰 살점과 누르스름한 털이 짓이겨져서 뒤범벅이 되어 있었다. 흰색 털로 뒤덮인 폐가의 고양이가 뇌리를 스쳤다. 그 고양이는 별일 없는지 걱정이 됐다. 고양이의 사체 위로 차 한 대가 지나가자 고양이는 더 납작해졌다. 밟고 지나가는 바퀴의 흔적만큼 고양이는 자신의 형체를 잃어갈 것이다. 길 건너 골목길은 짐승이 사는 동굴처럼 어둑해 보였다.

폐가의 마당을 들어섰을 때 고양이 울음소리가 들려왔다. 요 며칠 조용하던 녀석들이 시끄럽게 우는 이유가 궁금했다. 안으로 들어가니 어미 고양이는 새끼는 신경도 안 쓰고 혼자서 문 쪽을 빙빙 돌았다. 뭔가에 홀린 듯 나를 보고도 시큰둥하더니 벌러덩 누워 몸을 좌우로 굴렸다. 그 모습을 보고 놀란 새끼가 울었다. 평소에는 새끼를 끼고 다니더니 오늘은 관심도 없었다. 고양이의 이상행동은 아내의 속마음처럼 난해하기만 했다. 내가 실직을 하고도 아내에게 비밀로 하는 것은 아내와 부딪히는 걸 피하고 싶어서다.

아내가 한창 부업에 정신이 팔려 있을 때였다. 말이라도 나누려면 일을 같이하면 좋을 것 같아 아내 쪽으로 발걸음을 뗐다. 아내는 세 걸음 이내에 앉아 있었다. 물리적 거리에 어떤 의미가 있다는 생각을 해보지 않았지만, 아내와 나 사이에 메워지지 않는 미세한 틈 같은 것이 존재한다는 사실을 문득 떠올렸다. 아내는 헝클어진 머리카락을 말린 야생화가 장식된 머리끈으로 묶은 채 기계적으로 손을 놀렸다. 박스 안에는 아귀가 맞춰진 플라스틱 원형이 빼곡히 채워져 있었다. 고무 패킹을 집으려는 순간 아내는 눈을 치뜨곤 손사래를 쳤다. 일을 같이하다 보면 자연스레 전하고 싶은 이야기에 대한 말문이 트이거나 잠시라도 잡념에서 벗어날 텐데, 극구 말리는 바람에 나는 소파에 몸을 뉘었다. 걱정이 머리를 헤집어놓았다. 눈을 감고 잠을 청해보았지만 쉬이 오지 않았다. 딱. 딱. 딱. 회색 원형이 하얀 원형의 테두리에 딱 들어맞는 소리가 들렸다. 흰색 패킹이 회색 패킹을 감싸도록 끼우는 것이 아내가 맡은 일이었다. 규칙적인 소리는 신경을 곤두서게 한다. 언젠가 경쾌하게 들리던 소리가 지금은 나를 옭아매는 소리로 바뀌어 주위를 맴돈다. 분무기에 물을 뿌리는 소리가 들렸다. 이는 패킹이 부드럽게 잘 끼워지게 하려는 비법이다. 물을 뿌리지 않으면 패킹은 빡빡해서 잘 들어가지 않는다. 아내와 나 사이에도 물 같은 물질이 있다면 뿌리고 싶었다. 아내는 아직 눈치를 못 챈 듯하지만 자꾸만 위축되는 마음은 어쩔 수 없었다.

아내는 여전히 딱, 딱, 소리를 내며 패킹을 끼우고 있었다. 나는 실눈을 뜨고 아내의 손을 내려다봤다. 가느다란 손가락 끝부분엔 밴드가 말려 있었다. 기계적으로 움직이는 손가락은 끝없이 움직일 것만 같았다. 지문이 다 닳았어. 아내가 자주 이 말을 했던 기억이 났다. 아내의 말이 때론 부담이 되기도 했지만 그런 아내에게 일을 그만하라는 말은 하지 않았다. 나는 다시 눈을 감았다. 아내에게는 사실을 알려야 할 것 같았다. 자리에서 슬며시 일어나 앉았다.

"현지 엄마……."

새침한 얼굴로 고개를 드는 아내를 보는 순간 말할 용기를 잃고 말았다. 입을 꼭 다문 아내가 쌀쌀맞게 느껴졌다. 그럴 때마다 불편한 말들은 안으로만 파고들었다. 그것이 아내에 대한 배려인지 내

자존심 때문인지 정확히 구분 지을 수 없었다. 나는 왼손 엄지손톱을 잡고 꼭꼭 눌렀다. 아내는 말을 잇지 못하는 나를 힐끗 쳐다보더니 싱겁기는, 하고는 다시 규칙적인 소리를 냈다. '딱' 할 때마다 두 개의 패킹이 만나 정확히 한 덩어리가 된다. 아내와 나도 저렇게 한 몸이 될 순 없을까, 하는 생각이 들었다. 저놈의 딱딱 소리. 내 말을 가로막는 저 소리.

사택에서 생활하다 한 달에 두세 번 집에 들르곤 했다. 정상 출근이라면 주로 일요일 저녁에 회사에 들어갔다. 지금은 가야 할 이유가 없는데도 아내에게 월차를 냈기에 내일 가도 된다고 했다. 아내는 자세히 묻지도 않았다. 아내가 꼬치꼬치 물어왔다면 자연스럽게 내 처지를 알릴 수 있었을지도 모른다. 일에 몰두하느라 내게 무관심한 아내라는 사람을 한참 동안 쳐다보았다.

텔레비전을 틀어놓은 채 리모컨을 들고 애꿎은 채널을 계속 바꿨다. 아내는 한가득 쌓인 부업 상자를 차에 싣기 위해 패킹을 갈무리해 담았다. 내가 도와주려고 일어났을 때 아내는 혼자 해도 된다며 상자를 들었다. 아내가 나간 뒤 나는 베란다로 갔다. 모자를 쓴 사내가 지정 장소에 놓아둔 상자를 싣고 있었다. 조금 있으니 아내가 나타났다. 사내는 아내가 든 상자를 받아서 차에 실었다. 아내는 사내에게 지나칠 정도로 입을 벌리고 웃으며 뭐라고 말을 했다. 사내도 미소를 띤 채 은근한 눈빛을 보내고 있었다. 무슨 얘기를 그렇게 유쾌하게 하는지 알 수 없었다. 은밀한 연인들처럼 닮아 보였다.

평소에 나를 보면 닦달하는 아내는 온데간데없고 상큼한 매력을 발산하는 아내가 그곳에 있었다. 비스듬한 자세로 곁눈질을 하던 나는 아내가 볼까 봐 거실로 들어왔다. 생각보다 오랫동안 짐을 싣는 것 같았다. 뒤늦게 나타난 아내는 내게 멋쩍은 웃음을 흘렸다. 점심 때 먹던 김치찌개를 데우더니 밥 먹자고 했다. 찌개 위로 따뜻한 김이 모락모락 올랐다. 국물을 한 숟갈 떠서 입에 넣으니 쓴맛이 받쳤다. 아내는 호기심도 애정도 없는 무덤덤한 얼굴로 나를 쳐다보았다. 나는 입술 근육을 움직여 억지로 웃어 보였다, 아내가 눈치채지 못하도록.

새끼 고양이의 털은 어미 고양이와 다르게 검은색이다. 나는 가방에서 멸치를 꺼내 고양이 앞에 놓았다. 어미 고양이는 먹을 생각도 않고 머리를 벽에다 부딪고 있었다. 새끼 고양이는 깔짝거리며 멸치를 먹기 시작했다. 처음엔 나를 경계하느라 가까이 오지 않던 놈들이 먹을거리를 갖다 주다 보니 요즘은 먼저 다가와서 머리를 비비기도 했다. 새끼 한 마리를 잃고 난 뒤 남은 새끼를 더욱 살뜰히 보살피던 어미 고양이가 오늘은 본 척도 안 했다. 나는 어미 고양이의 목을 쓰다듬고 엉덩이를 툭툭 쳐주었다. 그랬더니 제법 얌전해져서는 머리를 내 몸에다 비비적거렸다. 창밖에는 바람에 떠밀린 진눈깨비가 시야를 가릴 정도로 뿌옇게 내리고 있었다. 축축한 겨울바람에 몸이 선득했다. 아내와 나를 갈라놓은 큰길도 흐릿해서 잘 보이지 않을 정도로 진눈깨비가 몰아쳤다.

이곳으로 이사 왔을 때 큰길을 중심으로 양쪽으로 서로 다른 풍경이 펼쳐졌다. 한쪽은 사람들의 고성이 창밖을 넘기도 하고 세제가 섞인 퀴퀴한 하수구 냄새가 들이치는 주거지역이었고, 다른 한쪽은 빈집들이 즐비하게 늘어선, 가끔 바람이 찾을 뿐 인적이 드문 재개발 예정 지역이었다. 너덜거리는 광고지가 붙은 전봇대 너머로 방치된 집들이 오종종하게 모여 있었다. 아이들이 빠져나간 학원처럼 사람들이 떠나고 없는 빈집들은 기다림을 떠올리게 했다. 시멘트가 갈라진 틈새로 잡초가 무성하게 자란 오래된 집들에서는 곰팡내가 났다. 사람이 살지 않는 집에서는 고양이와 쥐들이 건물 안팎을 누비고 다니며 주인 행세를 했다. 먹장구름이 드리운 하늘에서 굵은 빗줄기가 쏟아지고 있었다. 차창을 열고 허공을 향해 손을 내밀었다. 손바닥이 빗물로 흥건해졌다. 가구는 비닐을 덮은 상태였지만 조금씩 젖어 들었다. 길 건너 빈집들은 쏟아지는 비에 포위된 채 음습한 기운을 풍기며 금방이라도 내려앉을 듯했다. 우리 집은 월세를 줘야 하는 열여덟 평짜리 집이다.

이삿짐을 풀고 난 뒤 잡동사니들을 버리러 갔을 때였다. 쓰레기봉투를 담는 통 옆에 덩치가 큰 길고양이 한 마리가 쪼그려 앉아 울고 있었다. 내가 다가가도 두려워하는 기색 없이 고양이는 뭔가를 애타게 바라는 모습이었다. 빗소리와 뒤섞인 울음소리는 공포심을 불러일으켰다. 내가 쓰레기봉투를 집어넣고 통을 닫는 순간 고양이는 앙칼지게 울어댔다. 비에 젖은 고양이는 등뼈가 앙상하게 드러나 있었다. 두 눈에는 연녹색의 빛이 났고, 이빨 사이에 분홍 혓바닥이 꿈틀거렸다. 집으로 돌아온 나는 소파에 앉지 못하고 거실을 왔다 갔다 했다. 고양이의 애끓는 울음이 귓전을 맴돌았다. 멸치 몇 마리를 호주머니에 집어넣었다. 고양이는 그 자리를 떠나지 않고 있었다. 나는 고양이 앞에다 멸치를 떨어뜨렸다. 고양이는 캬아악, 소리와 함께 날카로운 이빨을 드러내며 내게 위협을 가했다. 내가 뒤돌아가는 척하자 그제야 멸치에 달려들었다. 머리를 좌우로 돌려가며 순식간에 먹어치웠다. 그리곤 어딘가를 향해 달리기 시작했다. 네 개의 다리가 가볍게 움직였다. 마치 음악에 맞춰 리듬을 타는 것처럼 등줄기가 출렁거렸다. 고양이가 가고 있는 곳이 궁금해서 발소리를 죽이며 미행했다. 고양이는 주변을 경계하며 담장을 넘거나 건물 사이 텃밭으로 난 지름길을 이용했다. 사뿐사뿐 움직이는 고양이에 비해 나는 힘들게 고양이를 따라갔다. 고양이는 침침한 폐가의 골목으로 달렸다. 길고양이들은 아침저녁으로 김치찌개 냄새가 바람을 타고 나는 곳과 곰팡이꽃을 피운 빈집들이 비린 냄새를 풍겨대는 지역을 넘나들며 주린 배를 채웠다. 전깃줄이 거미줄처럼 엉킨 아래로 펼쳐진 골목길에는 아무렇게나 버려진 쓰레기봉투가 길가에 늘어서 있었고, 스멀거리며 기어오르는 악취에 코를 막아야 했다. 대문은 누가 떼어갔는지 시멘트 속에 녹슨 철심만 덩그러니 남아 있었다. 입구에 들어서자 화단이었음 직한 담벼락 밑 좁은 땅에서는 잡초가 뒤엉켜 자라는 중이었다. 빈 상자와 스티로폼이 마당가에 흩어져 있었다. 고양이가 들어간 집 안에는 새끼 고양이 두 마리가 엎드린 채 꼬물거렸다. 나는 문틈으로 안을 들여다봤다. 벽과 천장에는 검푸른 곰팡이가 얼룩져 있었다. 바닥에는 불에 그슬린 흔적이 흉터처럼 보였고, 누군가 피우고 버린 짧은 담배꽁초와 빈 병들이 방 한구석을 차지하고 있었다. 고양이는 얼굴과 몸을 헛바닥으로 닦더니 새끼에게 젖을 물리기 시작했다. 나는 그 광경에 홀려서 오랫동안 지켜보았다, 고양이가 눈치채지 못하게 멀찍이 선 채로. 마당에 떨어지는 빗방울이 더욱 굵어졌다. 아무도 없는 폐가인데도 언젠가 와본 듯한 느낌이 들었다.

그날 이후 고양이가 궁금하거나 아내와 말다툼할 때면 이곳을 찾곤 했다. 집에 와서 자고 가는 날이면 아내 몰래 멸치 몇 마리를 들고 고양이를 찾았다. 앙상한 고양이의 등허리가 올 때마다 홀쭉해져 갔다. 내가 이곳을 네 번째 들렀을 때 새끼 고양이의 사체가 폐가 마당 한쪽 구석에 다리를 뻗은 채로 굳어 있었다. 흰 털이 유난히 고운 것이 이곳에 머물던 새끼 고양이임을 한눈에 알아봤다.

진눈깨비가 나무에, 지붕에, 마당에 퍼부어댔다. 새끼 고양이를 묻어 둔 화단에는 눈이 쌓였다가 녹았다가를 반복했다.

조금 떨어진 곳에 우리 집이 있지만 나는 폐가에서 고양이들과 놀았다. 며칠 전부터 몸을 기대온 은신처이다. 허기가 밀려들었다.

누런 알루미늄 냄비에다 물을 붓고 간이 가스레인지 전원을 켰다. 가스레인지 밑에는 신문을 깔아 놓았고, 그 주변으로 생활 정보지, 광고지가 뒤섞여 흩어져 있었다. 창틈 사이를 비집고 들어온 바람에 종이들이 팔랑거렸다. 소주를 일회용 컵에 따랐다. 컵라면을 밥 삼아, 안주 삼아 술을 마셨다. 알싸한 소주가 목구멍으로 넘어갔다. 눈물이 볼을 타고 내려와 입안으로 흘러들었다. 회사를 나오는 날 김 씨를 만났다. 그에게 사정을 해보면 수가 날 것도 같아서였다. 회사에서 김 씨는 형님 동생 하며 지낸 사이로 내가 작업반장이 되었을 때부터 웃기는 일이 없는데도 나와 눈이 마주치면 실없이 웃을 때가 많았다. 우선 김 씨에게 얼마간의 돈을 빌려 융통해 쓰면서 일자리를 알아볼 요량이었다.

회사에서 조금 떨어진 한갓진 돼지국밥집에서 김 씨와 마주 앉고 보니 뭔가 어색했다. 절반 이상이 일자리를 잃은 구조조정의 된바람에도 살아남은 김 씨가 신통해 보이기도 하고, 얄밉기도 했다. 어떡해서든지 돈을 좀 빌릴 수 있으면 좋겠다는 생각이 간절했다. 내 앞에서 곧잘 머리를 조아리곤 하던 김 씨는 그날따라 목을 꼿꼿하게 세우고는 눈을 자주 내리깔았다. 사람의 처지가 손바닥 뒤집듯 달라진다는 것이 쉬이 받아들여지지 않아 나도 모르게 욕을 내뱉을 뻔했다. 뚝배기의 뜨거운 김이 코끝으로 올랐다. 내심 소주라도 한 병 시켰으면 하는데 김 씨는 눈을 끔뻑이며 내 눈치를 살피더니, 술은 다음에 한잔하자고 했다. 반주를 곧잘 마시던 김 씨는 그새 습관이 바뀐 것처럼 점잔을 뺐다. 국밥을 목구멍으로 넘기면서 몇 번이나 돈 얘기를 꺼내려다 말고 했다. 아쉬운 소리를 할 때는 자꾸 망설여졌다. 국밥을 먹는 건지, 말을 삼키는지 모를 정도의 시간이 지나고 나니 뚝배기가 바닥을 드러내고 있었다.

"입이 참 안 떨어지는데 어째 돈 천 정도 융통 안 되겠나?"

김 씨는 대답 없이 탁자에다 시선을 고정했다. 김 씨의 표정은 무덤덤해서 마음을 읽기가 어려웠다.

"돈요? 요즘 쌓아두고 사는 사람이 어딨는교?"

"그럼 되는 대로라도……."

"우리 집도 요즘 굴러가는 기 빡빡하더."

김 씨는 자세한 설명 없이 툭 내뱉었다. 휴대전화와 계산서를 챙기며 서두르는 기색이 역력했다. 이 자리를 피하고 보겠다는 속셈인 것 같았다. 겸연쩍은 얼굴로 김 씨가 자리를 털고 일어났다. 김 씨는 밥값을 계산한 뒤 묵례를 하고는 음식점을 나갔다. 나는 쇠 냄새가 나는 김 씨의 체취를 따라 걸었다. 갈 곳이 있는 뒷모습이 의기양양해 보였다. 잰걸음으로 달려가 김 씨의 팔을 잡아챘다.

"사정 좀 봐 주게."

"형님, 와 사람 말을 못 알아 듣는교?"

김 씨는 내 팔을 가볍게 떼어놓았다. 내가 머뭇거리는 사이 김 씨는 작업복을 입은 사람들 사이에 섞였다. 언제까지 갚겠다는 확실한 믿음을 주고 말하지 않았다는 후회가 뒤늦게 밀려왔다. 김 씨는 나보다 6개월이나 늦게 그곳에 입사했다. 허드렛일이나 주로 하는 그가 내게 용접 기술을 배우고 싶다고 했다. 형님, 형님 하며 다가오는 김 씨를 외면할 수 없어서 틈날 때마다 기술을 전수해 주었다. 학원에서 배우고 닦은 실력을 한 달 만에 다 가르쳤을 때 김 씨는 나를 끌어안았고, 나는 웃으며 김 씨의 등을 토닥여주었다. 한동안 김 씨는 뻔질나게 술을 샀다. 외아들이라 형님으로 모시고 싶다는 김 씨가 마음에 들었었다. 김 씨가 모르는 타인처럼 멀게 느껴졌다. 차라리 그랬다면 기대감 같은 건 없었을 것이다.

일자리가 바로 연결되면 아내에게 말하기가 수월하겠다는 생각이 들었다. 나는 길거리에 비치된 벼룩시장 홍보지를 꺼내서 천천히 훑어보았다. 매물 부동산에 대한 정보가 지면을 가득 채우고 있었다. 구인구직란에 학원 강사를 구한다는 글귀가 눈에 띄었다. 바로 전화를 걸었다. 한참을 기다린 후 세상 풍파를 겪지 않은 듯 안정감이 느껴지는 목소리가 들려왔다.

"강사를 구한다는 광고를 보고 전화드렸습니다."

"벌써 구했습니다. 죄송합니다."

그는 거절하면서도 품위를 잃지 않았다. 나는 평소에는 괜찮다가 긴장을 하면 말을 더듬을 때가 있다. 간절하다는 건 때로 비굴하게 만든다. 다시 구인란을 훑었다. 이곳에 찍힌 내용 중에 아직 사람을 구하지 않은 곳은 어디일까? 직원을 구하고도 광고가 그대로 실린 채 내보내는 경우가 잦았다. 몇 군데 전화를 걸어보았지만 모두 구했다는 답변이었다. 나는 홍보지를 구겨서 길바닥에 던졌다.

길거리를 돌아다니며 사람을 구한다고 나붙은 곳이 있는지 찾아 헤맸다. 일을 다니고 있을 때는 눈에 쉽게 띄던 구인 광고도 막상 찾으려고 하니 잘 보이지 않았다. 출입문에 붙은 광고를 보고 들어간 빵집 주인은 내 행색을 위아래로 훑더니 나이 때문에 안 된다며 잘라 말했다. 반나절을 발품을 팔아 헤매어 다녔는데도 성과도 없이 애꿎은 발가락만 욱신거렸다.

겨울옷을 깔아놓은 곳에서 깜박 잠이 든 모양이었다. 스멀거리는 느낌에 잠을 깼다. 새끼 고양이가 내 배 위에 올라와 있었다. 눈언저리가 당겼다. 속이 쓰리고 목이 말랐다. 생수를 마셨다. 위가 한차례 뒤틀리는 느낌이 났다. 한기가 살갗을 파고들었다.

한참 잠잠하더니 어미 고양이가 또 울기 시작했다. 나는 고양이의 엉덩이를 손으로 때렸다. 고양이는 송곳니를 드러내며 방어 자세를 취했다. 평소에는 목을 쓰다듬어주거나 내 무릎 위에 안고 놀기도 했는데 오늘은 다른 고양이를 보는 듯했다. 안락함을 주곤 하던 곳이었는데 뭔가 어수선했다. 새끼 고양이는 한쪽 구석에 앉아 어미를 바라보고 있었다. 미친 듯한 어미 고양이의 행동에 새끼 고양이가 놀라지 않을까 걱정이 됐다.

어제는 유독 바람이 많은 날이었다. 큰길가에 장식된 트리는 거센 바람을 맞으며 서 있었다. 크리스마스 캐럴이 바람을 타고 귓전에 부딪혔다. 얇게 눈이 쌓인 거리에는 트리에서 불빛이 뿜어져 나와 흔들거렸다. 황금색 불빛이 빙글빙글 돌았다. 불빛의 시작과 끝을 찾아 눈을 돌려 따라가다가 놓쳤다. 아내는 내가 직장에 나가고 있을 때도 불만이 많았다. 전에 살던 아파트를 그리워했고, 학원이 잘되고 있을 때를 되씹곤 했다. 그때 이랬더라면 좋았을 것을, 아내는 소용없는 말을 고장 난 오디오처럼 되풀이했다. 아내의 말은 오히려 절망감을 키웠지만 나는 아무런 대꾸를 하지 않았다. 아내의 그 말은 쉬이 그칠 기미를 보이지 않았다. 그런 아내에게 실직은 큰 충격을 줄 것임에 틀림없다.

아내는 내게 챙겨 주던 크리스마스 선물을 어느 순간 중지하고, 딸아이에게 주기 시작했다. 그렇다고 섭섭한 것은 아니었다. 기다릴 일이 한 가지 줄었을 뿐이다. 그동안 비밀에 부친 것을 알게 되면 아내는 나를 혐오하게 될지도 모른다.

"지금 뭐 해?"

"몰라서 물어?"

전화선을 타고 딱딱거리는 소리가 연이어 들려왔다. 고개를 모로 젖히고 전화기를 어깨와 턱 사이에 고정한 채 일을 하고 있을 아내의 모습이 눈앞에 그려졌다.

"크리스마스에 집에 못 가는데 어째?"

"딴생각 말고 일이나 해. 나 지금 무지 바빠."

할 말이 떠오르지 않는 대신 목이 칵 메여 왔다. 나는 아내에게 더는 아무 말도 할 수 없었다, 실은 널린 게 시간이었기에.

밤거리를 흐느적거리며 걸었다. 수은등 불빛이 내리쬐는 길목에서 어둠 속에 파묻힌 폐가를 쳐다봤다. 내 그림자가 기다랗게 골목에 드러누워 있었다. 내가 움직이자 그림자가 조금씩 뒷걸음을 쳤다. 갈림길에서 나는 폐가로 들어서지 않고 불이 켜져 있는 집으로 향했다. 더 늦기 전에 아내에게 털어놔야 한다. 한 걸음, 두 걸음, 세 걸음……. 칼바람이 부는데도 이마에 땀이 바짝바짝 났다. 이백아흔아홉, 삼백, 삼백하나. '삼백하나'라고 마음속으로 헤아렸을 때 드디어 나는 우리 집 문 앞에 서 있었다. 가까운 곳에 내가 머물고 있는데 아내는 그것을 모른다. 벨을 누르려는 순간 손끝이 부르르 떨렸다. 한참을 서성이다 비밀번호를 눌렀다. 아내가 있을 거라 생각했는데, 집은 고요했다. 밤에는 외출을 할 거라는 생각을 해보지 않았다. 부업을 마치면 늦은 오후에 시장을 보고 와선 집에 있을 거라고 추측할 뿐이었다. 아내의 일거수일투족을 다 안다고 할 순 없다는 생각에 미치자 피식, 헛웃음이 나왔다. 아내가 없는 집에 몰래 들어온 내가 도둑고양이처럼 느껴졌다. 바로 나갈까 하다가 거실로 들어섰다. 아내가 없는 공간이 낯설었다. 아내는 바쁘게 나갔는지 침대 위에 옷가지들이 아무렇게나 놓여 있었다. 익숙하지 않은 장면, 침대가 이렇게 너저분한 것은 처음이었다. 아내의 옷들이 아무렇게나 구겨진 채 흩어져 있었다. 거실에는 부업 상자가 거실 중간을 차지하고 있었다. 아내 손을 거치지 않은 미완의 패킹들이었다.

일이라면 사족을 못 쓰는 아내가 일거리를 이렇게 미뤄놓고 어디로 간 걸까? 냉장고 문을 열어 보았다. 내부는 깔끔하게 정리되어 있었다. 아내는 집안 살림과 부업, 자식 뒷바라지 등 어느 것 하나 소홀히 하지 않았다. 그런 만큼 내게 바라는 것이 많았다. 어떤 일이든 완벽하게 잘해야 직성이 풀리는 사람이다. 그것이 단점이 될 수는 없을 것이다. 그럼에도 나는 아내의 그런 점 때문에 주눅이 들곤 했다.

소파에 앉아 휴대전화를 만지작거리며 초조하게 기다려도 아내는 오지 않았다. 큰맘 먹고 왔는데 왠지 불안한 마음이 일었다. 집안의 공기가 나를 밀어내는 것 같았다. 신발을 신으려는데 검정 단화에 군데군데 흙이 묻어 있었다. 흙을 따라가다가 신발 밑창을 뒤집어봤다. 가운데 부분에는 흙덩이가 바싹 말라붙어 있고, 반질반질하게 닳은 밑바닥에는 여러 개의 실금이 뒤얽혀 있었다. 바닥에다 놓고 엉거주춤하게 엎드려 신발을 신었다. 썰렁한 느낌에 도망치듯 그곳을 빠져나왔다.

폐가의 골목을 들어서려는 순간 용달차 한 대가 불빛을 쏘아대며 올라왔다. 눈이 부셔 처음엔 몰랐는데 가까이서 보니 부업 상자를 실어 나르는 차였다. 완성된 부업 상자는 이미 다 실어갔는데 밤중에 부업 차가 왜 왔을까? 차는 우리 집이 있는 빌라 앞에서 멈췄다. 나는 전봇대 뒤에 몸을 숨기고 차를 주시했다. 운전석에 앉은 사내와 옆에 앉은 여자가 포옹한 상태로 격렬하게 키스를 나누었다.

두 사람은 혹시나 있을지도 모르는 행인을 전혀 의식하지 않는 듯했다. 잠시 뒤 운전석 문이 열리면서 모자를 쓴 사내가 내렸다. 그러더니 조수석 문을 열어주었다. 여자가 차에서 내렸다. 가로등 불빛 아래 원피스를 입은 아내의 실루엣이 어렴풋이 보였다. 용달차는 기역자로 차를 꺾어 돌렸다. 아내는 사내를 향해 손을 흔들더니 아쉬운 듯 차의 뒤꽁무니를 쳐다보았다. 나는 그 자리에 선 채 굳어 있었다. 아내에게 달려가 속사정을 따져보고 싶었지만 오늘 잔업이 있다고 말했기에 망설여졌다. 아내를 목격한 것이 사실임을 인정하고 싶지 않았다. 빌렁거리는 심장을 가라앉히며 나는 아내를 따라 바삐 걸었다. 아내는 밤하늘을 쳐다보며 꿈에 젖은 듯 사뿐 걸었다.

"이 밤에 어디 갔다 오는 거지?"

"깜짝이야! 그나저나 당신은 웬일이야?"

"지금 도대체 시간이 몇 신데 싸돌아다녀?"

"열두 시가 넘었네, 친구들과 수다 떨다 보니 벌써……."

아내의 목소리는 긴장돼 있으면서도 애교가 묻어 있었다. 아내는 비밀번호를 눌렀다. 두 번을 실수한 뒤에야 문을 열었다. 아내의 뻔뻔스러움에 심통이 났다. 아내의 진한 화장이 눈에 거슬렸다. 나는 거실 중간에 놓인 부업 상자를 넘어뜨려 왈칵 쏟아부었다.

"이딴 거 다 집어치워."

"당신 도대체 왜 이래? 한 푼이라도 벌어서 살림에 보태려는 거 몰라서 이래?"

아내는 눈에다 쌍심지를 켜고 눈을 파르르 떨었다. 진실을 말하지 못하는 나 자신이 비겁하게 느껴졌지만, 그 말이 두 사람을 벼랑으로 몰고 갈까 봐 차마 입을 떼지 못했다. 아내는 훌쩍훌쩍 울기 시작했다. 아내의 가면을 벗기고 싶은 욕구가 일었지만 참고 있었다.

"이제 부업 그만해."

"그만하면 감당할 능력은 되고?"

"내가 못 본 줄 알아. 어디 코앞에서 허튼수작하고 다니는 거야."

"누군 좋아서 그러는 줄 알아? 당신은 아무것도 몰라."

아내는 씻지도 않고 방으로 들어가더니 문을 닫았다. 평소에 아내는 피부 상한다고 꼭 씻고 자는 사람이었다. 나는 머리끝까지 화가 났지만 아내에게 갈 수가 없었다. 아내와 끝장을 볼지도 모른다는 불안감이 몰려왔다. 치솟아 오르는 분노로 이를 악물었다. 이 사이로 신음이 새어 나왔다. 소파에 누워 뜬눈으로 밤을 새웠다.

폐가의 창문에는 어젯밤처럼 바람이 몰아쳤다. 진눈깨비가 잦아들었지만 낮은 구름층이 그대로 남아있었다. 바람이 배롱나무 잔가지를 이리저리 흔들었다. 마당가에 플라스틱 파편이 구르는 소리가 둔탁하게 들렸다. 곰은 사람이 되기 위해 쑥과 마늘을 먹으며 동굴에서 살았다고 한다. 사람이 되려고 맵고 쓰고 어두운 고행을 참을 필요가 있었나 싶다. 먹고, 싸는 건 비슷하고 단지 생각의 차이가 있을 텐데 말이다. 그 생각이라는 것이 사는 데 도움이 되기도 하겠지만, 그만큼의 수고도 감수해야 하니까 나로서는 그리 매력적으로 느껴지지 않았다.

바람이 구름층을 밀어낸 사이로 여린 빛살이 창을 뚫고 들어왔다. 어미 고양이는 빗장을 풀고 기어이 외출을 감행했다. 연이어 새끼 고양이도 따라 나갔다. 빈방에 홀로 남으니 고요 속에 갇힌 것 같았다. 깊은 고독감이 쓰나미처럼 몰려왔다. 하늘은 잿빛을 일부 걷어내고 연푸른빛을 군데군데 드러냈다. 어릴 적, 태양을 향해 눈을 감고 있으면 오렌지빛이 닫힌 눈꺼풀 안을 가득 메우던 때가 떠올랐다. 사물에 대한 호기심으로 끊임없이 미지의 세계에 대한 탐험을 시도했던, 어쩌면 어린 연구가였을지도 모르던 그때가. 보자기를 펼쳐놓은 듯 마름모꼴 모양의 햇살이 비쳐들었다. 벌어진 창틈으로 바람이 쉬쉬 소리를 냈다. 불꽃이 푸르르, 소리를 내며 흔들렸다. 나는 햇살이 퍼지는 장판 한쪽을 차지하고 앉아 하늘을 바라봤다. 부업하느라 바쁜 아내는 하늘을 볼 시간이 없을 것 같았다.

고무줄을 질끈 동여맨 아내의 머리카락 일부가 얼굴 쪽으로 헝클어져 내려와 있었다. 눈 밑으로 거무스레하게 그늘이 번져 있었다. 일이 급할 때는 잠을 제때 자지 못하고 물량을 맞춰야 하므로 아내는 다크서클이 끼어있을 때가 많았다. 약간 벌어진 아내의 입술 사이로 이가 하얗게 보였다. 아내는 부업이 긴급하다고 해도 자신을 가꾸는 일에는 소홀히 하지 않았다. 나는 아내의 발그레한 입술이 꿈틀대는 것을 보았다. 대학을 졸업한 아내는 단순한 부업을 하면서도 여전히 생기가 있었다.

아내와 나는 최근 몇 년 동안 숨 쉴 틈 없이 짜인 시간 속에서 긴장하며 살았다. 아내의 잔소리에 나는 해야 할 말을 감추며 겉으로는 아무 일 없는 듯 무표정했는지도 모른다. 빨리 돈 벌어서 넓은 집에 가서 살아요, 아내는 잊을 만하면 그 말을 했고, 나는 그에 발맞춰 살려고 애를 썼다. 물질이 풍성한 세상에 가진 만큼 행복할 수 있다는 믿음을 가진 아내에게 나는 늘 성에 안 차는 가장이었다. 그런데도 나는 회사에서 김 씨의 이중 처신쯤은 별것 아닌 양 버텨야 했고, 비굴함을 느끼면서도 상사에게 때때로 억지웃음을 흘려야 했다. 회사 생활은 그리 즐겁지 않았다, 학원을 운영할 때보다 부담감은 덜했지만. 프랜차이즈 학원에 밀려 문을 닫을 때까지 피 말리는 시간을 보낸 나로서는 많지 않지만 꼬박꼬박 일정 금액의 봉급을 받는 것만으로도 안도감을 느꼈다. 하지만 그 시간도 그리 오래 가지 못했다. 절반 정도의 인원 감축설이 돌자 같은 부서에서 내 밑에서 일을 하던 김 씨가 윗사람들에게 알랑방귀를 뀐 보상으로 나를 밀어내고 그 자리를 지키기 위해 돈을 썼다는 소리를 들었다. 나로서는 속수무책이었다. 폐가엔 아무것도 없었다. 약육강식도, 사람들의 가면도, 김 씨의 이중 처신도, 모자 쓴 사내의 위협도, 빵빵거리는 차 소리도, 딱딱거리는 패킹 소리도, 직장을 구해야 한다는 강박감도 없었다. 긴장하지 않아도 되는 더없이 평화롭고 안온한 공간이었다.

고양이 우는 소리가 아기 울음처럼 들려왔다. 소리는 커졌다가 작아졌다가를 반복하며 절규하듯 이어졌다. 어미 고양이는 발정이 난 것 같았다. 뒤늦게 이 사실을 떠올린 건 내가 아내 생각에 골몰해 있었던 탓이었다. 아내는 지금도 패킹을 끼우고 있을 것이다. 나는 불현듯 아랫도리가 뻐근해져 왔다. 불쑥 솟아오른 성기는 한동안 가라앉지 않았다. 모자를 쓴 사내에 대한 질투심이 불길같이 치솟았다. 아내의 패킹 끼우는 소리와 교성이 뒤엉켜 들리는 것 같았다. 아내는 젊을 때의 모습으로 내 곁에 누워 있다. 긴 생머리에서는 풋풋한 과일 향이 난다. 나는 아내를 부둥켜안는다. 고양이 울음소리는 점점 멀어지고 있었다. 여섯 개의 면으로 둘러싸인 방안에 침묵이 흘렀다. 오롯이 나만이 존재하는 공간에서 느끼는 익숙한 감정, 하지만 고립된 느낌이 서로 뒤섞였다.

구름 사이로 햇살이 삐져나와 창으로 비쳐들었다. 명주실 가닥처럼 줄줄이 빛이 갈라져 내렸다. 회색빛 지붕들에 햇빛이 살포시 내려앉았다. 축축한 마당에도 햇살이 드리웠다. 마당 표면은 바람이 불어 꾸덕꾸덕 말라가고 있었다. 저 길을 건너면 아내가 있는 집이 있다. 환청처럼 아내가 내는 딱딱 소리가 들려왔다.

전화벨이 울렸다. 아내에게서 온 전화였다.

"여보, 현지 등록금 어찌 됐어? 아직 입금이 안 됐던데."

아내는 아무 일 없었다는 듯 평소와 같은 어투였다. 아내의 말이

혼란스러워 머리에 통증이 느껴졌다. 고양이의 털이 빛줄기를 타고 떠돌았다. 수십 가닥의 털이 햇빛 속을 부유하며 나를 포위했다. 나는 팔을 휘저었다. 숨이 막혀왔다. 창문이 흔들렸다. 비틀린 문 사이를 비집고 불청객이 들어와 한 바퀴 돌았다. 웅웅. 나는 찬바람의 습격에 몸을 떨었다.

휴대전화에서 알림 소리가 났다. 이번 달 보험금이 미납되었다는 내용의 문자였다. 정해진 날짜가 되자 독촉이 한꺼번에 날아왔다. 오래전부터 넣어오던 생명보험을 떠올렸다. 쌓아둔 옷가지와 흩어진 신문지 뭉치를 방 가운데로 모았다. 내게 남은 최후의 방법은 이것뿐이라는 생각이 불쑥 들었다. 아내에게 전화를 걸었다. 아내가 받는 순간 나는 전화를 끊었다. 나와 통화가 되지 않으면 아내는 나를 찾을 것이다. 전화벨이 울렸다. 라이터에 불을 댕기려다 멈칫했다. 화면에는 아내의 이름이 떠 있었다. 나는 전화를 받지 않았다. 창틈으로 휘이이 바람이 새어 들어왔다. 방 한가운데 물건을 쌓아둔 앞에 섰다. 라이터 부싯돌 휠에 엄지손가락을 올렸다. 순간 고양이 울음소리가 들렸다. 창밖을 보니 낯선 고양이가 한 마리 더 끼어 세 마리로 늘어 있었다. 집 나간 어미 고양이가 수컷 고양이를 데리고 새끼와 함께 돌아온 것이다. 두 마리의 고양이는 밀착되어 있었고, 새끼 고양이는 그 주변을 맴돌며 뛰었다. 세 마리 고양이의 보드라운 털 위로 햇살이 희미하게 비치고 있었다. 아내는 어떤 일이건 내가 없는 것보다는 낫다고 생각할지 모르겠다. 좋아서 그러지 않았다는 아내의 말을 믿고 싶었다. 아내에게 사실을 털어놓고 막 노동이라도 하면서 일자리를 찾아야겠다. 손에 힘을 빼고 라이터를 떨어트렸다. 구석에 둔 가방을 어깨에 메고 어두침침한 그곳을 빠져나왔다.

진눈깨비가 뿌옇던 골목길에는 바람이 몰아치고 있었다. 나는 우리 집을 향해 걸었다.